广州市宣传文化人才培养专项经费资助

记者记着

徐宏　主编

中国文史出版社

图书在版编目（CIP）数据

记者记着／徐宏主编. -- 北京：中国文史出版社，
2023.1

ISBN 978-7-5205-3873-2

Ⅰ．①记… Ⅱ．①徐… Ⅲ．①新闻–作品集–中国–
当代 Ⅳ．①I253

中国版本图书馆 CIP 数据核字（2022）第 203530 号

责任编辑：牟国煜

出版发行：**中国文史出版社**

社　　址：北京市海淀区西八里庄路 69 号院　邮编：100142

电　　话：010-81136606　81136602　81136603（发行部）

传　　真：010-81136655

印　　装：北京新华印刷有限公司

经　　销：全国新华书店

开　　本：720×1020　1/16

印　　张：17　　　　字数：258 千字

版　　次：2023 年 1 月第 1 版

印　　次：2023 年 1 月第 1 次印刷

定　　价：68.00 元

目　　录

调查和深度报道

特别节目

消　息

也和自己赛跑 _{（自序）}

相比写稿，我更喜欢羽毛球，而且羽毛球打得更好。如果记协每年都组织羽毛球比赛，拿奖想必不至于那么痛苦。

2005 年研究生毕业，到广州人民广播电台（后与广州电视台合并为广州市广播电视台）当记者。刚入行，连新闻消息的门径也摸不到，谈何精品创作。所谓思想有多远，差距就有多远。羽毛球也一样，只有看守饮水机的份儿。

人非生而知之者，孰能无惑？勤而行之能补拙。多学，多看，多练，多写，慢慢就有所悟了，羽毛球也一样。这也应验了亚当·斯密的论断，不同的人在不同领域所展现出来的不同天赋，其实是长期社会分工的结果。意思就是说，做得好，不是有多厉害，只是做多了而已。只是不临深溪，不知地之厚，做得越多，发现差距越大。

本书收录的作品，有些写得差，有些还算凑合。无论好坏，都是亲手敲字码成，贬也罢赞也好，皆可付谈笑。自家孩儿嘛，好坏都为己出。缘何将不成体统的文章付梓？一想及时当勉励，怕岁月不待人；二想将来要翻翻要调侃也方便。

写成这些文字，最重要的是有团队协助。感谢他们经常陪我白天干活晚上熬夜，才让我有幸记录下这么多事件，这些作品，每一件都有他们的苦劳。

从事新闻工作近二十年，一直没离开过采编工作。长期职业生涯养成遇到新闻总想插一手的坏习惯，所幸这段时间，亲身参与经历过这么多大事件，总算没辜负青春。

徐　宏

2022 年 4 月 28 日

广州电台同人

本书主编徐宏

调查和深度报道

2008 年 5 月在奥运火炬传递广州站现场连线报道

医院违规体检内幕揭秘

2009 年 6 月 20 日，在新港西路大型公立医院——新海医院体检科工作了六年多的市民李先生向电台独家报料说：该医院体检科六年前被某台商企业承包，聘用没有资质的医护人员从事违规体检。该案件涉及人数之多，性质之恶劣，引起广州市政府和社会的广泛关注。

为了揭开内幕，记者用半年时间，深入广东省卫生厅、广州市卫生局、医院和珠三角受骗单位、受骗群众进行明察暗访，收集医院大量的违规证据。今年年底，该医院体检科终于遭到有关部门严厉的取缔和处罚。

【节选精彩录音】

1."所以我说我是被人出卖了，我发的邮件，可以说原文，连标点符号，一字不漏打印出来，落到台湾人手上！打电话过来都是恐吓性的东西，他说他要先将老婆和儿子撤走，撤走之后再跟我'玩'!"

2."哼！哼！你们是想怎么样!"

3."张三是 A 型血，第二年再体检是 B 型血，第三年再体检就成了 AB 型的了，这怎么可能呢?"

违规体检的黑暗内幕，本台接下来几天将一一为大家独家披露。

第一篇　举报违规医院，市民经常被跟踪

为了举报新海医院，李先生多次向卫生主管部门反映，但是，举报后一年多的时间里，他经常被跟踪，甚至连累到家人。这一年多，李先

生是如何度过的？今天（2009 年 10 月 28 日）请听系列报道《医院违规体检内幕揭秘》第一篇：《举报违规医院，市民经常被跟踪》。

为了了解事件的真相，6 月 21 日，记者约见李先生。出于自我保护，素未谋面的李先生多次改动见面的时间和地点。6 月 25 日，记者终于在一家西餐厅见到报料人李先生。

2008 年离职至今的一年多时间里，李先生多次向广东省卫生厅、广州市卫生局等有关部门举报该体检科，可是，举报资料却原封不动地落到承包商手中。【录音】"所以我说我是被人出卖了，我发的邮件，可以说原文，连标点符号，一字不漏打印出来，落到台湾人手中，我怎么知道呢？他是将这份文件用打印机打印出来后，给了我现在还在医院工作的同事看，让他告诉我，叫我别搞这么多东西出来，如果我搞这么多东西，对我家人是没有好处的！"

这位承包商对李先生的恐吓并非只停留在嘴上。自此以后，李先生经常收到恐吓电话并多次被跟踪。【录音】"打电话过来都是恐吓性的东西，他说他要先将老婆和儿子撤走，撤走之后再跟我'玩'。我说你撤走老婆儿子都没有用，我又不会动他们一根头发，我又不会学你那么卑鄙，来到我家搞我的家人。"

就在今年 3 月和 4 月，甚至出现四五十个陌生人将他家的房子团团围住的情况。李先生有家不能归。【录音】"都有四五十个人，当时就来我家里找我，直接指名道姓找我，又敲门又叫喊的。我走出去了不在，他就说要找我儿子，我儿子只有几岁那么大，根本就不认识那些人，你说他找我儿子什么事呢？所以我们街道派出所已经落了案，有底了，那天晚上，那些警察是护送我进出的，是素社街派出所。"

第二篇　当局者迷

意识到事件的严重性，从 6 月份到 8 月份，记者多次试图联系广东省卫生厅、广州市卫生局和新海医院，可是得到的答复不是不知道这件事就是不了解情况。下面请听系列报道《医院违规体检内幕揭秘》第二篇：《当局者迷》。

卫生厅："喂!"

记者："喂,余主任还在开会是吧?"

卫生厅："对,哪位?"

记者："广州电台××。"

卫生厅："我有急事!"

记者："我5点钟打给你行不行?"

电话挂断,嘟……嘟……嘟……

这已经是记者第三次致电广东省卫生厅新闻发言人了,可是依然没有得到回应。

几经波折,记者终于联系上余主任,他表示卫生厅没有收到任何举报信,要记者自己查明真相。【录音】"你说的情况我们没有掌握!""也不知道是吧?""不知道!按照他说的,你们可以去新海医院做一些调查了解!"

7月份,记者再次寻求卫生部门的帮助,但是广州市卫生局新闻发言人也表示对此案并不知情。【录音】"我没有收到这样的投诉,没有收到这样的举报,你可以告诉他,把材料举报出来,他甚至可以写我的名字或者唐局长的名字举报,但是一定要有事实根据!"

连卫生主管部门都不知道新海医院的情况,记者只能尝试着联系新海医院,让人没有想到的是院方强硬地否认此事并质问记者。【录音】"哼!哼!这个事情真的不清楚!你们是想怎么样!是谁跟你们打的投诉(电话)?!"

多次被当事方拒绝,无奈之下,记者只能在李先生的指引下,踏上暗访之路。【录音】"哪怕他们现在销毁证据也好,我都可以带你们去那些曾经做过体检的厂,你们可以问问是不是有这回事。"

原来,这个被承包的体检科打着新海医院的名号,招聘大量的"业务员"到广州郊区和珠三角大型工厂招揽体检生意。【录音】"去那些工厂替员工体检,将这些结果写好,拿回来的大便等样本之后扔掉,就写结果进去还给人家,根本就不会去验就盖好结果给人家,我在那里做了六年,我看有一半的检查都是假的!不检验,很多时候都不检验,一两个就检,大批量不检就出结果!"

这些"业务员"到珠三角的工厂后，先与工厂负责体检的人联系，私下协商体检价格和回扣。李先生透露，每年珠三角地区起码有六七十万人被骗。【录音】"价钱由业务员和工厂谈的，大约是二十多元到四十多元这样的幅度，最便宜的十多元的都有。好像那间汉达精密电子，两万多人，就是四十元每个人，实收二十元，那二十元的回扣就是给那间厂里面应该有五六个人分，你说有什么理由不给它做呢？一间厂过两万人，每人二十，你想想那笔数目！我就是曾经帮他们送过一次回扣，我才知道的！"

第三篇 违规内幕初探

7月28日，报料人李先生带着记者来到顺德龙江镇一家与新海医院体检科合作长达五年的电器公司，总经理段先生向我们讲述了工厂员工体检时的离奇遭遇。下面请听系列报道《医院违规体检内幕揭秘》第三篇：《违规内幕初探》。

五年里新海医院和这家电器公司的合作是在一种"和谐"的状态下展开的。

> 段总经理："跟我们工厂也有五年的合作了，相关的费用我们也支付了，但是也没有去审核，也没有严格去审查他的相关资质。"

不过，近两年，特别是今年体检后，段总经理总是不断接到员工的来电，称体检结果弄虚作假。

> 记者："员工怎么知道他们是假的呢？"
>
> 段总经理："比如说搞胸透吧，胸透人还没有站上去，'可以了！下来'，人还没有站上去就下来了！然后我们登记了血液啊！张三是 A 型血，第二年再体检是 B 型血，第三年再体检就成了 AB 型的了！有的员工在检验完了就拒绝（交钱），拒绝原因就是你压根就是不太可能的，就是一个非专业

的员工都知道是虚假的，就提出拒绝，我不参与！一个非专业的人都知道，一个农民都知道，这怎么可能呢?"

三年体检验血，结果血型竟然各不相同，这样离奇的情况在员工中愈传愈烈。因为公司每年的体检员工都要自费百分之三十，因此有员工甚至怀疑是不是公司在体检上也欺诈员工。段总经理无奈地说，现在，八成以上的员工都拒绝参加体检。

段总经理："大家都知道，大家都知道是假的！比如员工站在上面，还没有站稳，他就叫你下来，有的甚至把名字搞错了，有的甚至把血型搞错了！"
记者："这么过分，这么多年了！所以很多员工就拒绝不愿意去了?"
段总经理："对，百分之八十的员工都拒绝（体检）了。是我们当初在考虑的时候，别人（体检）的单价很贵，他的很便宜，我们就选择了他，但是他没有实实在在地帮到我们员工！"

当着记者的面，段总经理翻开这几年的合同详细一看，原来，代表医院体检科与公司签订合同的只是一位业务员，合同上连单位公章都没有盖，看来公司内部负责体检的人与体检科存在某种关系。

段总经理："没有任何资质证明，当然我们这边的负责人也没有细致去了解他的资质，也没有去查他的证明！签的合同不是跟医院签的，是跟他们的一个代表，我们也不知道这个代表是不是跟这个医院很熟，或者跟这个医院有关系的，因为他没有提供任何跟这个医院有关系的证明，是他们私人签名的，也没有章，也就是把钱直接打到某个账号就行。"

第四篇　深入虎穴，揭秘内幕

8月1日，举报人李先生告知记者，新海医院体检科第二天将为中山市某大型民企的五千多名员工体检。为了揭开违规内幕，记者先利用医务人员的身份，再扮成企业员工，成功潜入体检现场，亲历了一次"体检"。下面请听系列报道《医院违规体检内幕揭秘》第四篇：《深入虎穴，揭秘内幕》。

[压混]

早上七点半，记者和李先生等人驱车从广州出发，8点半到达体检现场，记者以医务人员的身份，尝试进入工厂。

　　记者："您好！我们医院今天是在这里体检吧？"
　　门卫："等一下去新厂啦！"
　　记者："啊？！"
　　门卫："现在这边检查完了，等一下去新厂那边。"
　　记者："现在检完了，医生都走了吗？"
　　门卫："还没有啊，等一下就走了。"
　　记者："哦，好的，那我先去新厂吧。谢谢，一直走过去是吧？"

原来，该工厂规模很大，厂区分成两部分，相距几公里。在工厂一名员工的带领下，记者一行摸清到新厂区的路。

　　记者："那医生告诉我们这边，我们都不知道怎么走。"
　　员工："就在前面。"
　　记者："远不远啊？"
　　员工："就几分钟，我带你去。"
　　记者："好，上车！不是这里啊，跟着前面的摩托车！"

几经周折，记者终于找到新厂，但是以什么借口进入场地，如何完

8

成采访，却成了最大的困惑。同行司机说："你说我现在去场地看看嘛，说看一看场地摆设怎么样嘛。"

想好借口后，记者拽紧扑通欲出的心脏，拖着尽可能稳重的步伐，以医院工作人员的身份，战战兢兢走向"虎穴"。

> 记者："我们医院早上在哪里体检？"
> 门卫："干吗的？体检的还没有来啊，等一下！"
> 记者："我知道啊，马上来了，我先进去看看场地。"
> 门卫："往这边走，右边，前面有个减速带，就在那里。"
> 记者："员工来了没有？"
> 门卫："来了，等你们来了就在了。"

在企业一位负责人的陪同下，记者顺利来到工厂饭堂认真地"视察"体检场地。

9点钟，医院的医务人员开始进入企业饭堂。一边是陪同的负责人，一边是陌生的医护人员，如何应对？记者的心跳越发激烈。

"来了？"记者脑袋一片空白，对着陌生的医护人员蹦出两个字。

没想到，一场危机竟然在千钧一发时化去了，原来，医护人员把记者当成了工厂负责人之一。

惊愕了几分钟之后，记者继续利用双重身份，揭秘违规体检内幕。

在体检单上，记者发现三十五元的体检套餐竟然包含了胸透、尿检、血压、视力、验血等多个项目。据后来查证，在正规医院，这样的体检套餐，起码需要两百元以上。

在一台由报废民用面包车组装而成的胸透机上，记者体验了一次七秒钟的快速胸透。【录音】"往前面走，靠紧板，胸口贴紧板，别动啊！（七秒钟）……好的，可以了，到车头盖章！""可以啦？""嗯。"

而由始至终，胸透机的前镜一动不动。

第五篇　医院承认违规体检遭取缔

8月底，记者将暗访搜集到的资料交给广州市卫生局和新海医院后，医院终于承认体检科存在违规问题；9月6日，市卫生局复函广州电台，确认新海医院体检科涉嫌违规操作；10月27日，经过两个多月的调查，广州市卫生局对医院及医院体检科分别进行处罚和取缔。下面请听系列报道《医院违规体检内幕揭秘》第五篇：《医院承认违规体检遭取缔》。

8月初，在一大沓资料面前，一再回避问题的医院终于改口承认存在违规体检。【录音】"领导才回来，他叫我这样跟你说，他就说这个事情我们主管部门广州市卫生局已经在过问了，我们稍后会跟他们做汇报的，具体的其他情况我们就不能跟你们说什么了。"

9月6日上午，广州市卫生局议政处致电广州电台，确认新海医院体检科被承包后涉嫌违规操作。【录音】"应该采取怎样的措施去处理、去处罚，这可能要下一步才能决定，具体的时间我真的就答复不了你。所谓明确的答复就是经过了解清楚之后，各方面的措施出来之后，包括整改也好，处罚的措施也好，或者是什么其他东西的，到时候我会具体让我们医政处或者监督所这些清楚之后再告诉你。"

10月27日，市卫生局向电台通报了新海医院违规体检的前因后果。【录音】"新海医院以提供业务用房的形式和广州亿成医疗科技有限公司联合，设立了体检科，开展健康体检活动，而亿成医疗科技公司没有这方面的资质，所以，它是属于违法的！"

对这种违规行为，市卫生局表示，以后发现一宗将严处一宗，绝不让卫生事业蒙上灰尘。【录音】"对广州新海医院除没收违法所得36539元，并处以5000元罚款的行政处罚，同时责令新海医院停止违法行为。第二是对广州亿成医疗科技有限公司开展健康体检活动予以取缔，并对这个公司进行违法体检所得207059元的没收，然后处以10000元的罚款、行政处分。对这两个单位的处罚，上述这两个单位都已经执行了，具体的时间是9月25日。"

（该作品获 2009 年度广东省广播影视奖二等奖）

评　析

采编过程：

2009年6月20日，市民李先生向电台独家报料说：有某大型公立医院体检科被台商企业承包后，从事违规体检。该案件涉及人数之多，性质之恶劣，令人瞠目结舌。作者在接到市民报料后的半年时间里，一直在追踪医院违规事件。在这段时间里，记者不知道多少次前往广东省卫生厅、广州市卫生局和新海医院进行明察暗访，还深入到报料人所在的素社街、素社街派出所收集资料。为了新闻的真实性，记者更是跟报料人多次到顺德、中山等地进行暗访。为了揭开违规内幕，记者甚至潜入到受害企业，先利用医务人员的身份，再扮成企业员工，成功潜入体检现场，亲历了一次"体检"，医院假体检内幕最终被揭开。最后，记者将搜集到的大量第一手资料上报给广州市卫生局，违法医院终于得到应有的惩处。

社会效果：

正规医院从事违规体检行为，对社会影响非常大，也有损公益性事业的良好形象。在报道出来后，广州市卫生局严厉惩治了违规医院，对医院和医院体检科的罚款超过二十万，并对有关负责人进行行政处分。另外，在调查过程中，记者还发现另外三家医院也存在体检科被承包的情况并告知市卫生局，随后，广州市卫生局还发文到下属各医院，规范了承包责任制。该作品引起了广播新闻的新思考，其实，广播新闻只要用心采访、策划，也可以写得非常深刻，取得良好的社会效果。

作品评介：

该稿件体现作者践行"四力"、坚守一线、深入挖掘的作风，内容直抵人心。记者敏锐地发现线索后，多次赴多地求证采访，稿件精细有深度，情节生动，立体饱满。作品脉络清晰，结构完整，叙事流畅，以小见大。

1. 独家报道，精心策划。作品能够获得独家报道并长期跟踪报道，实属不易，事件严重性随着调查的进展不断加重，内容环环相扣，策划到位。

2. 采访不易，素材丰富。到中山市暗访时，记者假扮医务人员和企业员工才进入工厂采访，最后被发现差点儿被困在工厂，在把部分采访录音删除后才得以脱身。整个过程需要采访者具备超强的采访技巧和新闻职业精神。

3. 民生新闻，用心报道。广播新闻出现舆论监督取得显著成效的稿件不多，要长时间沉浸到新闻事件当中挖掘新闻价值的稿件更是少，该稿件是这方面的典型。

4. 意义深远，引以为鉴。作品虽然只报道新海医院违规体检，但在调查中，记者还发现另外三家医院也存在体检科被承包的情况并告知卫生局。

5. 广播特点强，故事性好。特别是记者深入中山市暗访的报道，记录了暗访过程的惊心动魄，稿件既有各方当事人的录音，也有体检时的录音，再加上细腻的心理刻画，作品非常具有现场感。

2006 年 6 月赴印尼雅加达港采访"哥德堡号"

广东经济转型，华丽大变身

广东经济高速发展了三十年，GDP 上去了，绿色家园少了。平地耸立着连绵的高楼大厦、企业厂房，天空飘浮着迷蒙的灰霾颗粒，空气中充斥着化工气味。这样的发展还能维持多久？

2010 年 5 月 11 日，广东省委、省政府出台《关于加快经济发展方式转变的若干意见》（下称《意见》）。广东加快转变发展方式，当好科学发展排头兵正式吹响了进军号，一场无法回避的"硬仗"悄然开始。

从今天（11 月 28 日）起，请听本台记者采写的系列报道：《广东经济转型，华丽大变身》。今天请收听系列报道第一篇：《巨变，遇增长极限》。

第一篇　巨变，遇增长极限

奔流不息的珠江水养育了多少优秀的羊城儿女，但是，在经济改革的大潮中，它只能默默容纳污垢浊秽，鞠躬尽瘁。

河涌边的广州恒生染整厂是一家有着六百五十位职工的企业。广州市环保局环境监察支队队长郑则文说，这个企业日均排放三千三百吨废水，真正能够处理的废水却不到两千吨，附近居民对它记录在案的投诉就达到两百多起。

郑则文："工业企业在生产中不可避免会出现一些噪声、废气等等的一些污染，这个老企业，面临的问题太多了，它自己的污染治理能力跟不上。"

14

厂子负责人潘文韬说，强行关闭企业，六百五十个职工啊！不关，又能怎么办？

潘文韬："六百五十个职工六百五十个家庭啊！一关的话，六百五十个职工就会有很大很大的困难！"

20世纪70年代，中国以广东为试点，向世界敞开一扇窗：高能耗、高污染产业也从这扇窗悄然跨进国门。

全国政协委员、广州市政府参事室主任张嘉极说，正因为有了这一扇开放的窗口，才彻底改变了当时广东在中国经济格局中排在倒数几位的尴尬局面。

张嘉极："摸着石头过河，我们走了三十年的道路，到目前为止，我们的成绩是非常辉煌的，而且超出了我们改革者原来的期望和设计。最明显的指标是什么呢？就是GDP和经济社会的各种指标到目前为止还都占全国第一！"

三十年高能耗的快速发展，绿地变成别墅，耕地成为厂房，导致河涌黑臭、空气灰霾……奇迹变成危机并迅速蔓延。剩下的，只有一连串苍白、干瘪的经济数据。

张嘉极："从广州开车到深圳，一路走下去，厂房那是鳞次栉比，延绵不断，所以风一刮，这些厂房一挡，温室效应就开始产生了，灰霾天气也多起来了。平常感觉到空气总是迷迷茫茫，隔没多远的建筑就看不见了，一年到头，没有几天不是这样！"

5月11日，广东省委省政府出台《意见》，大力推动经济进入创新驱动、内生增长的发展轨道，促进经济社会又好又快发展，直面迎战"增长极限"。

国家科技部调研室主任胥和平认为，这是中国为经济寻求永久性动力的未雨绸缪。

> 胥和平："现在是经济上去了，总量也上去了，家底子也大了，怎么办？本质的问题，就是给未来的持续发展寻找那种较持续的、永久性的动力。"

省委书记汪洋强调，如同三十年前率先站在改革开放的最前沿，这次广东又走在变革的雷阵中。不容忽视和回避的是，我们总体上走的，仍然是一条大规模消耗资源、大规模使用廉价劳动力、大规模发展简单制造业的传统工业化路径。

广东的经济发展已经是三十而立，而立之年的发展依然是要素高投入、低附加值、资源高消耗与环境高污染——这套旧式衣服，显然已经不合身了。那么广州绿色增长的道路在哪里呢？明天请继续收听系列报道第二篇：《转型，迫在眉睫》。

第二篇 转型，迫在眉睫

企业对可持续发展的探索既需要胆识，需要智慧，同时也需要政府敢于对既得利益做出调整，创新观念，创新体制。非常时刻，广东发出声音，给出了一个鲜明而坚定的信号：绿色转型是唯一出路。请继续收听系列报道的第二篇：《转型，迫在眉睫》。

在世界经济发展史上，无论是西方发达国家还是亚洲新兴工业国家，都必须经历一场深刻而艰巨的转型。广州市政协副主席、长隆集团董事长苏志刚认为，从以消耗自然资源或资本投入带来的粗放式增长，转向以技术进步或提高效率带来的集约式增长，是中国企业转型必走之路。

> 苏志刚："三十年前，我们都是很穷，发展到今天我们的企业壮大了，三十年以后，我们怎么办呢？我们的企业怎么发展呢？一个企业都是大浪淘沙的，不进则退！"

"依靠自主创新实现绿色增长！"广州市委书记张广宁强调。

张广宁："有些企业不行了，环境污染严重，影响很大也没有发展前景，这时候我们就应该进行调整！"

著名经济学教授卓鸥说："如果不这样，我们将不得不重蹈西方国家经济发展的覆辙，承受工业化带来的悲哀与绝望，这绝不仅仅是风光的不再，而是人类文明的莫大悲哀。"

卓鸥："确实经济的发展，如果环境污染严重，不适合人的生存，那么整个投资环境也就比较恶劣，改善环境也是促进经济发展的必要，环境保护是经济发展不可或缺的东西。如果你不及早地从环境保护的角度来处理，将来付出的成本和代价更大！"

产业革命以来经济增长模式所倡导的"人类征服自然"，其后果是使人与自然处于尖锐的矛盾中。这条传统工业化的道路，已经导致资源短缺、环境污染和生态破坏，实际上人类走上了一条不能持续发展的道路。

过去多年的痛并繁荣着，为广东转型积淀了比中国其他地方都更为坚实的市场基础和普遍共识。加快转变经济发展方式，已经是一场无法回避的"硬仗"。

张广宁："其实我们这几年都在调整结构，逐步使它能够转移，这样我们也能置换出一些地方来发展现代服务业！"

所以，省委书记汪洋表示，当其他各地还在大力"招商引资"时，广东经济工作的核心和"头号工程"已经变成"转变经济方式"。今年采用提升技术、采用先进设备、设计研发新产品等各种产业升级策略的企业比重比去年高出十到二十个百分点，专营贸易和搬迁的企业比重分别达到 14.4% 和 33.1%，都大幅高于去年的 6.6% 和 23.5%。中国劳工以低工资无限供应的神话已经破灭，珠三角以劳动密集型、出口加工型的产业体系必须洗牌调整！

转型升级方向已经深入人心，但是，即便如此，对每一个企业而言，这仍是一个艰难的抉择：金融危机之后全球经济开始复苏，生存环境依旧滋润；若是转型，这条在雷阵中摸索的新路风险难料，随时都会倒在半路上。

不可逾越的障碍必须直面，而面对绿色转型，广东的企业该如何闯关寻觅可持续发展呢？有没有绿色转型经验可供借鉴呢？明天请听系列报道的第三篇：《创新，绿色突围》。

第三篇　创新，绿色突围

依靠高能耗、高劳动力投入，中国企业完成资本原始积累，拥有自主品牌，学会了独立，但三十年过去了，这种自立显然还不足以实现可持续发展。自主品牌企业如何实现可持续发展呢？请收听系列报道的第三篇：《创新，绿色突围》。

艾哈迈德亲王："谢谢广州（掌声）……谢谢中国（掌声）……"

11 月 27 日晚上，亚奥理事会主席艾哈迈德亲王在广州海心沙宣布第十六届广州亚运会正式闭幕。

［歌曲：《温暖》］
艾哈迈德亲王："祝贺广州人民！（掌声）我爱中国！我爱中国，谢谢！（掌声）"

当《温暖》唱毕，王锐祥仰望星空，长长舒了一口气。
从 2006 年取得北京奥运会开幕式"鸟巢"扩声系统的供应商资格，到成为 2010 年广州亚运会扩声系统独家供应商，这三四年，锐丰音响

"掌门人"王锐祥与总经理徐风云的身影，就经常出现在海心沙岛上。

1993年，在改革开放的春风中催生的锐丰音响，以代理 TC、哈曼这些著名的国际品牌为生。成长于民间的经济力量，总是像野草一样，敏感、顽强。这个名不见经传的小企业靠国外订单实现自立。

> 徐风云："从 1997 年开始，我们就创立了自己的品牌，通过做代理挣的钱来补贴国产品牌的推广。"

依靠代工获得的原始积累，锐丰先与广东著名高校合作，研发环保机箱，再请来世界最著名的音响专家鉴定，将几乎全部的利润都投入到绿色研发中。

怀揣最顶尖的绿色技术，短短几年，锐丰便拿下了九运会主会场音响系统工程以及故宫博物院、最高人民法院等国家重点单位扩声系统工程，并首次走出国门，成为美国职业棒球大联盟指定音响品牌。

2006年，锐丰作为国内唯一一家音响企业，与国际最知名的十三家公司竞标奥运会"鸟巢"扩声系统。

面对多国"围攻"和几近苛刻的要求，没有奥运会经验的锐丰依靠高于欧洲环保等级 E1 的一级环保材料和自主知识产权的数字功放技术，一举突围成功。

> 徐风云："为做一个音箱，要做 300 多种材料的选择和比试，元器件就连里面的一个螺丝，都要经过国家检测。我们的资料库里，所有材料的认证有 1740 种。我们获得了 3 项专利，解决了 129 项攻关难题。"

[奥运歌曲：《我和你》。亚运歌曲：《重逢》]

2008年奥运会开幕式在锐丰线性阵列音箱的精彩演绎下，时而悠扬，时而澎湃激荡；2010年第十六届广州亚运会开闭幕式上，锐丰音响更是一展身手，细腻、激扬的音符流淌在全亚洲、全世界人民耳边……一切都无可挑剔。

十多年的华丽转型，锐丰音响的环保技术已经通过欧盟 CE、欧盟

RoHS 环保认证，中国 CCC 质量标准认证，达到国际先进水平，能够在诸多大型场馆音响中与国际音响巨头一决雌雄。

> 徐风云：“当所有的国产品牌都在忙着给别人做贴牌、做代理的时候，我们早了别人半步，开始做自己的品牌，通过代理挣的钱来不断去补贴自主品牌，才能走到今天。”

而 2012 年伦敦奥运会，已经向这家中国民营企业发出邀请函……

从自立到可持续发展，不安分的锐丰从"地雷阵"中杀出一条血路，走出一条光明大道。那么一个拥有几百、几千家企业的地区转型之路又在何方呢？明天请继续收听系列报道第四篇：《"瓷都"，再现岭南水乡》。

第四篇 "瓷都"，再现岭南水乡

锐丰的经验昭示着，企业只有通过自主创新"豪赌绿色转型"，才能实现可持续发展。对于一个城市来讲，绿色就显得更为重要了。请继续收听系列报道的第四篇：《"瓷都"，再现岭南水乡》。

崔伯是住在潮州西湖边上的老街坊，幼时，西湖在他脑海中是垂柳紫荆相间下平静灵秀的一湾，"西湖渔筏"更是令他至今沉醉。

> 崔伯：“1956 年到 1974 年，我下乡那段时间都住在那里，那个时候的水感觉比较干净，而且很清，可以看到小鱼。那个时候也没污染，每天傍晚经常和邻居、同学们走到那里去玩。”

潮州，这座最早建制始于东晋咸和六年的粤东"海滨邹鲁"，拥有全国重点文物保护单位八处，是全国文物古迹最多的地级市。与珠三角的多数城市一样，20 世纪 80 年代，"瓷都"潮州的陶瓷业开始工业化进程，很快便"村村点火"；高峰时，陶瓷企业将近两万家，产量占了全国百分之五十，是中国最大的陶瓷生产和出口基地，荣获"中国瓷都"称号。

然而，就是陶瓷，这个潮州自诞生之日起就与之相生相存的古老行当，当初却差点毁葬了潮州国家历史文化名城的美誉。

站在韩江边，遥想当初，潮州市委书记骆文智有些惋惜。

骆文智："古城都是宝，是吧？有这么好的一个古城，太可惜了！"

这位从 1999 年就到潮州工作的书记顿了顿，突然抬头说，自从潮州决定绿色转型，一切都不一样了……

2008 年 3 月，广东提出要实现产业和劳动力的"双转移"和"自主创新"，饱受设备老化、产能落后、污染严重等问题困扰的潮州，开始决心关停高污染企业，实现绿色增长。

就在关停风暴加速推进的时候，国际金融危机不期而至，陶瓷企业老板抗议甚至集体写信到新华社告状："陶瓷业刚会蹒跚学步，政府却要我们转型飞起来，也不想想我们的税收占了整个潮州的三分之一，转坏了，谁来承担？"

彷徨中，中共中央政治局委员、广东省委书记汪洋的一句话，坚定了潮州的决心。汪洋说，虽然我们要承受短期的阵痛，但从总体看，积极的一面要好于消极的一面。

关了陶瓷企业，潮州还能再发展什么？骆文智说，这个问题，曾困扰了他许久。毕竟，用几十年艰辛打造下来的"中国瓷都"这张名片弥足珍贵，它更是潮州人难以割舍的一份荣耀。

几经商榷，解决的方案就是汪洋书记提出的"双转移"和"自主创新"：工厂出去，总部留下，绿色环保。

政府负责"搭建戏台"建设陶瓷文化创意园，企业"演绎各自精彩"，用绿色科技武装"转出企业"，实现绿色 GDP。

长城集团是潮州最大的陶瓷生产企业，去年集团研发的节能窑炉目前已经投入使用。新窑炉采用高速、高温、还原的技术烧制瓷器，可比传统窑炉节能百分之四十以上，余热利用率达到百分之六十，潮州陶瓷行业协会顾问黄振豪说，这是目前国内陶瓷窑炉节能最高水平。

黄振豪："从传统的立方窑发展到现在的隧道窑、辊道窑、节能窑，每年我们潮州陶瓷的节能降耗是以 5% 的速度进行递减。"

　　近年来，集团还与北京大学合作，自主研发了十条全自动生产线，将陶瓷生产过程中的成型、干燥、修坯、烧成等工序进行衔接，克服了传统日用陶瓷生产工序分散、联动性差、效率低等缺点。长城集团董事长蔡廷祥自豪地说，企业成功转型，最大的获利者还是企业自身。

　　蔡廷祥："每一百秒同时可以注浆八个产品出来，对比我们传统的增长方式，需要十六个工人才能生产这么多的数量，采用自动化生产之后，用工方面工人可以减少一半以上。"

　　2007 年至今，潮州整合转移陶瓷企业上万家，目前注册企业只剩下四千多家，往日的陶瓷厂平房，如今已经被造型优美、设计精巧的一座座陶瓷总部大楼取替。而潮州陶瓷业产值却从 2007 年的二百八十亿元上升到 2010 年的三百五十亿元；出口贸易接近六十亿元，每年出口销售额还保持以百分之二十的速度递增。

　　终于，潮州完成了"告别污染的宣言"，昔日不见天日的古城，在几经转型之后，已经是优雅别致的岭南水乡。一度奄奄一息的红树林和水杉，开始重新萌发新绿——这是对大气环境非常敏感的植物，空气一差，就没法生存。

　　2010 年，潮州的空气质量监测结果显示，空气质量从 2008 年全省评价指标排位倒数一跃到今年前列；韩江水质也有明显的改善。久违的蓝天，除了让潮州人深深地吸了一口气，也让腾出笼子的潮州看到了新的发展机遇。

　　在刚刚结束（2010 年 11 月 24 日）的第一百零八届中国进出口商品交易会（广交会）上，潮州陶瓷在市场一片哀鸿的形势下逆流而上，取得骄人成绩，成交量比上届增加了两成。潮州市委书记骆文智坚信，有绿色创新，每届广交会潮州陶瓷成交量总会实现稳步增长。

骆文智："注重自主创新，注重打造自主品牌，我们的企业就可以得到持续发展。"

小从企业，大至地区，依靠双转移、转型升级、优化产业结构、自主创新等不同方式实现《意见》中提出的绿色增长。

道路虽艰，心更坚。明天请继续收听系列报道第五篇：《艰难，转型荆棘路》。

第五篇　艰难，转型荆棘路

广东，转型道路注定坎坷与曲折，充满荆棘与阴霾，但成功属于在困难中勇往直前、亲临万丈深渊、不断挑战自我者。相信所有这些先行先试的探索，毫无疑问都将作为珍贵的经验或教训，为中国随后若干年中将掀起波澜壮阔的整体转型做出不可磨灭的巨大贡献。今天请收听系列报道第五篇：《艰难，转型荆棘路》。

卢智俊，广州科技园第一批回国创业的留学生，现在其一手打造的广州朗圣药业已经从1998年的一穷二白，发展到今天华南地区最有影响力的计生药品和抗生素生产企业。

1998年创业初，广州出台的《三十六条》，对绿色产业加大制度支持，这让他最终选择了零污染的制药行业。

卢智俊："从它的投资环境、政策和扶持力度，从整体综合性来讲，广州应该是最好的，尤其是对以科技创新来创业这样的企业来讲。"

回首艰难的岁月，白云山下，珠江岸边，选择绿色制药的艰难让卢智俊的回味和思索如同滔滔珠江，源远流长而亘古不息。

卢智俊："采用强制性的创新，以研发作为主导来运作企业。强制性创新就是指每个项目一定要有创新，就是背后一定要有一个专利，今年年底我们就会投产第一个由自己生产的

23

药物。"

今天，朗圣药业已经获得一项国家实用发明专利，开发出五个新剂型避孕药、三个新剂型抗肿瘤药物等具有国际先进水平的新药，成为国内计生药品领域稀缺的创新产品。

在商业气息充斥于每个角落的广州，大企业数以千计，年产值约一亿元的朗圣制药可能显得非常渺小，甚至微不足道，但对于一个不到两百人的企业来说，人均产值却是任何企业都不可忽视的。更重要的是朗圣药业从诞生到现在，没有向社会排放过一滴废水、一升废气！

卢智俊："要把企业做成功，一定要有和别人不一样的地方，你一定要优势介入，这个概念已经深入到我们企业的每个环节了。"

如果试图在朗圣这些企业成功中寻找一丝波澜壮阔的痕迹，可以发现，在辉煌成就的背后，原来是蕴藏着绿色科技平凡而壮硕的力量，它琐碎、细小，像一缕幽香，淡淡地藏在竞争中最不起眼的角落里。

市领导："绿色经济、绿色技术、低碳关税，将会成为我们新的挑战，谁能够把握这个机遇，抢占先机，谁就可以在新一轮的竞争挑战中把握主动。"

金融危机洗礼后，广东一批拥有自主技术、自主品牌的企业已经长成。广州市委书记张广宁表示，政府要为绿色企业营造更好的环境，并引导站住脚跟的传统企业把握世界发展潮流，做成各个领域的"绿色航空母舰"。

张广宁："我们应该在政策上、产业上（扶持），政策上支持，产业要引导，社会服务上要加大力度！"

绿色转型我们还需要一种气势，一种古希腊悲剧激情磅礴的气势；

需要一种精神，一种愚公移山坚韧不拔的精神；还需要一种勇气，一种壮士断臂破釜沉舟的勇气。

唯有如此，广东才能再次从国内外错综复杂的发展环境中觅得可持续发展，造就一个全面改革、全面开放、全面创新、全面发展的绿色时代。

（该作品获 2010 年度广东省广播影视奖二等奖）

评　析

采编过程：

2010 年 3 月 24 日，在广东省省委中心组专题学习会上，省委书记汪洋强调，转变经济发展方式是今年全省经济工作的核心和"头号工程"。这一提法引起记者高度关注。

4 月 28 日，《广东省委省政府加快外经贸战略转型提升国际竞争力的决定》实施；对此，记者专门邀请多位专家进行分析。

5 月 11 日，省委、省政府出台总结性、全局性和指导性文件：《关于加快经济发展方式转变的若干意见》。记者到广东亟须转型的落后企业——广州恒生染整厂，进行实地暗访调研，并到环保局了解情况，总结发展教训。

11 月，亚运会召开，记者经过多方询问，找到转型后成功获得奥运会、亚运会扩音系统供应资格的锐丰音响，跟工作人员到工厂、海心沙进行体验式报道。

为获取大区域经济转型的经验，记者一个人坐车到潮州，在街头采访市民，下企业采访负责人，赴行业协会采访技术人员，约访当地主要领导，获得潮州成功的宝贵经验。

为了让转型经验更好地为不同企业借鉴，记者还到绿色企业（朗圣制药）采访总结，让新兴企业从一开始就选择正确的发展道路。

社会效果：

正如文中所说的，广东经济高速发展了三十年，GDP 上去了，但是绿色家园却少了，平地耸立着连绵的高楼大厦、企业厂房，天空充斥着迷蒙的灰霾颗粒、化工味道。我们不禁担忧：这样的发展还能维持多久？

1. 稿件播出具有前瞻性。记者采访了落后企业，负责人表示，他们也为企业发展担忧，但一直守着既得利益，固步不前，这次的报道给了他们痛下转型的决心，与其等着被淘汰后一无所获，不如趁早行动。

2. 为城市发展敲响警钟。对各个区域发展来说，一味追求GDP的时代迟早要退让给绿色发展，潮州多年来为保护古城，淘汰落后陶瓷产能，牺牲GDP快速增长的做法值得其他城市借鉴。该报道受到当地政府的配合及好评。

3. 转变领导思路。领导发展思路对整个社会发展非常重要，这次的报道让各级领导听到绿色发展的希望和前景。

4. 荫福下代。社会的发展如果以环境的牺牲为代价，那么成本太大，毕竟环境好坏转换的可逆性非常差，与发展经济相比，要恢复环境的难度更大。

作品评析：

2005年8月15日，时任浙江省委书记的习近平在浙江安吉县余村调研时，首次提出"绿水青山就是金山银山"的重要论述。作者在2010年采访该报道，现在看来意义重大。绿水青山就是金山银山，引领中国走向绿色发展之路。随着社会的发展，人民保护自然生态环境、与自然生态和谐共处的意识观念越来越强，广东在生态环境保护的意识上、观念上、成效上取得了质的飞跃，处处呈现山清水秀、春色满园的景色，从而带来广东发展质的飞跃。

1. 新闻嗅觉敏感，时间跨度大。从时任广东省委书记汪洋的指示开始，到亚运会和广交会结束，记者长期留心，在不同的场合找寻转型典型进行采访，总结探索经济转型之路。

2. 精心策划，有经验有教训。稿件从2010年省委省政府的各大动作中开始酝酿策划，特地采访转型失败的企业和各方面的专家，从正、反面经验做出分析，采访企业多，人员广，难度大。

3. 深入挖掘，借鉴性强。2010年是"十二五"规划的开局之年，广东甚至全国的企业应该如何发展，该报道给出并总结了成功转型企业之路：不同企业不同手段，最终都归根于绿色发展。

4.广播性强，内容生动鲜活。文章文笔出色、顺畅，特别是第三篇，多处压混，充分运用广播音效丰富的优势，打造出一篇精彩的报道。纵观整篇报道，有细节，有人物刻画，有故事，对沉闷题材的报道能够做到生动、吸引人。特别是实地采访的第四篇，特别引人入胜。

揭秘：广州美妆市场乱象

"资生堂""欧莱雅""SK－Ⅱ"……这些世界名牌化妆品，在广州美博城十来块钱就可以买到？

这样不可思议的事情，竟然就出现在被业内人士称为"亚洲美妆之都"、市场份额占全国百分之五十以上的美妆产品批发市场——广州美博城，这个国内最大的美容美发化妆品专业市场。

为了揭开美妆市场的"丑陋"黑幕，在报料人的指引下，记者历经三个月，深入广州美博城、市食品药品监督管理局、市工商局等明察暗访，掌握广州美博城内档口制假售假的大量证据。

广州美妆市场的丑陋乱象黑幕，本台接下来几天将一一为大家独家披露。今天（6月28日）请听系列报道《揭秘：广州美妆市场乱象》的第一篇《群众举报，广州美博城制假售假》。

第一篇　群众举报，广州美博城制假售假

2013年3月8日，湖南籍客商张先生向广州电台报料，称广州美博城内八成以上的档口存在制假售假行为，出售的无证原料经过精美包装后，变成"证件齐全""国家认证"的高档美妆产品，源源不断流入市场。

记者接到报料后，多次约见张先生，出于自我保护的缘故，张先生拒绝记者当面采访的请求。电话中，张先生说自己今年三十六岁，来自湖南，今年初朋友介绍说广州美博城的美妆产品非常便宜，进货到老家销售可能很有市场。

张先生："是去那边拿货嘛！我做零售的，想批发嘛，就问他们怎么批发嘛，一盒或者打包怎么样。他们有很多东西，包括那些吃的（减肥）茶，还有什么爽肤水那些，都是很便宜的，他们做的都是几块钱的东西。"

原价几百元的名牌美妆产品，进货价才几块钱？张先生感到有些难以置信。

张先生："一开始我们是不知道它那些是什么样的情况的。那个货怎么那么便宜，我就觉得有点奇怪嘛。"

可没想到在美博城，他见到不可思议的一幕。

张先生："在无意中，我看到他们在那里自己包装嘛，很粗劣的包装，有些遗漏的。因为像一些知名的品牌，比如那些什么欧莱雅，还有那些减肥的，什么红酒木瓜那些，他们官网上都是卖很贵的，两三百块一盒。它那里批发给人家也就是十块钱，一小袋十块钱这样打包出去的。"

据张先生介绍，这些假冒伪劣产品涵盖了丰胸、减肥、化妆等领域，消费者能想到的、想不到的美妆产品，在美博城都可以买到仿冒品。

张先生："反正都是丰胸、减肥这些的，做得最多的就是这些，他们现在其实也是更新得很快的，他们看哪个电视台、哪个广告，他们马上就会仿的。"

"紧跟潮流，经营有道"，美博城内的档口生意一直非常"红火"。

张先生："其实这个情况，不止一个档口，其实相关部门如果认认真真地查的话，其实每个档口……基本上百分之八十的档口吧，应该都是那种产品来的。"

张先生还透露，随着网络贸易的兴起，美博城内美妆档口的销售渠道已经拓展到网上，远销全国乃至世界各地。

张先生："他们有人也在网上做，阿里巴巴都有批发，我都看过，对，我去查过他们。有时候我有空到广州这边来拿货，有时候我没空来，我就从阿里巴巴那里跟他们进货。"

这么大张旗鼓地违法制假售假竟然没人管？张先生尝试向广州市食品药品监管局举报，但收效甚微。

张先生："因为相关部门根本查不到，我有了解过，他们那边有保安，都知道我们的那些工作人员，面很熟的，一看到他们来了，他们就会通知相关的商铺，换上那些正品。"

张先生也尝试过向市工商局求助，结果还是一样。

张先生："工商局其实也知道有这种情况，但是他们有时候也很难做，他说他们一过去，（档主）看到他们来了，马上把那些藏起来，他说他们也查不到，但是也知道这个情况。"

到底广州美博城是不是像报料人张先生描述的那样呢？记者决定扮成采购商，一探究竟。

明天请继续收听系列报道《揭秘：广州美妆市场乱象》的第二篇《记者暗访，美妆市场一片乱象》。

第二篇　记者暗访，美妆市场一片乱象

在报料人张先生的指导下，记者以采购商的身份，只身探访广州美博城。美妆市场的乱象到底有多丑陋呢？今日（29日）请听系列报道

《揭秘：广州美妆市场乱象》的第二篇《记者暗访，美妆市场一片乱象》。

广州美博城，地处广州火车站黄金商业圈，与广州火车站、省市客运站相邻，优越的地理条件保证了美博城巨大的客流量和商机，令其商贸辐射力倍增。

[现场声]

走进美博城，各式各样的化妆品、保健品琳琅满目。这里聚集了一千三百多家从事美妆生意的档口。在一楼一家名为"蓝卡"的批发档口，货架上摆满各种玻璃罐子，罐子里装有不同颜色的粉末。

蓝卡店家："绿藻，胶囊丸，苹果片，丰胸的。"

走进档口，店家拿出一罐罐粉末，热情地向记者介绍。

蓝卡店家："我们这边有冲的减肥冲剂，有不同口味的，有柠檬啊、橙汁啊都有，还有……里面加了一些减肥的成分，然后再加一些不同味道的东西，就是在果汁里面加了一些减肥的成分。"

为了方便客户销售，店家还为客户提供各种包装。

店家："因为我们这里只做半成品，不做成品，你要是要这个品种的话，我们可以一次性拿三十公斤，然后你自己做包材，我们可以给你灌装。成分的话，我们到时都可以提供给你的，盒子你自己设计你自己做。"

自己设计包装？那包装上的成分说明是不是也可以自己"设计"呢？店家的回答让人瞠目结舌。

店家："我们把主要配料给你写清楚，然后适用人群、怎么口服、应该注意哪些事项，我们都可以按照这样，很标准给你设置一套出来。"

成分能随意"设计"改动，那能不能"改头换脸"，换上"自主研发"或者"祖传秘方"的马甲，或者贴个"国际名牌"标签之类呢？

店家："自己做标签，做一些漂亮的贴上去就 OK 啦，像我们那个就是客户换标签嘛！你可以把标揭开，人家都不知道你东西从哪里来，你说这是我们自己做的，自己传统留下来的，就是说你们的配方都是自己做的，谁知道你这个东西从哪里拿的，你可以把标揭掉，贴你自己的标。全部客户都是换标签的。"

没有任何包装的散装粉末，经过店家分装，最后就成为"外观精美""标签齐全"的减肥果汁。如果客户还想要各种检验报告，店家也能搞定。

店家："你可以随便做的，我们是帮你去那边做检验，出报告的。但是你要自己出钱，一个检验报告一两千块。"

在轻描淡写中，店家已经为客户解决了所有问题。
一家店如此，其他店呢？记者继续暗访。
另一家名为"雅姿"的档口，不仅卖化妆品，还卖各式各样的保健品，比如减肥药、排毒养颜胶囊等。对于包装上的标签，店主同样表示可以根据顾客的要求"任意更换"。

店主："像我前两天有一批客户，就是订苹果片还有这个，她是做小（瓶）的，自己做标，做她自己的品牌，做'爱秀'的，有一个是做'莎娜织'的。她们每一个都订了三万多块钱货，减肥的、口服的、外用的，然后全部换标，瓶子就用我们的瓶子，反正她也懒得去找瓶子。"

见记者兴趣不大，店主强调产品还可以做得更逼真、高档。

店主："像这些东西啊，你就这样，生产许可证你都用我们的就可以嘛，名字你要改就改，不改也不用改啦，成分也不用改啦。"

当记者问到能不能在包装上加盖保健食品的"蓝帽子"标志时，店主拍着胸脯再三保证可以仿冒。

店主："可以啊，你可以拿那个标过来，一仿就一模一样的，一仿就可以啦。可以给你拿去做，一模一样的，可以做到一模一样的，人家认不出来的。"

不明来源的散装粉末，经过分装、贴标、造伪证、假认证等层层"化妆"，竟然就成为各种高端大气上档次、"疗效显著"的美妆产品，确实令人匪夷所思。这些美妆产品市场如何？利润多高？为什么会让这么多档口罔顾法律铤而走险呢？

明天请继续收听系列报道《揭秘：广州美妆市场乱象》的第三篇《巨额利润，驱使美妆商贩铤而走险》。

第三篇　巨额利润，驱使美妆商贩铤而走险

这些经过层层"化妆"的伪劣美妆产品市场如何？利润到底多高呢？为什么不法商人不惜以身试法也要铤而走险呢？今天（6月30日）请听系列报道《揭秘：广州美妆市场乱象》的第三篇《巨额利润，驱使美妆商贩铤而走险》。

在广州美博城一家名为"美婷"的档口，店主向记者这个潜在的"新客户"灌输从事这行生意的"广阔前景"。

店主："我有一个客户是做保健品的，他就是做那个螺旋藻的，一瓶就装四十粒，卖四百多块钱，我批给他也才批四十

多块钱，他还有好几瓶在我这边。"

四五十块钱进货，包装后能卖到四五百块钱吗？记者在其他档口调查发现，这些假冒伪劣产品，十倍利润只能算是正常。一家店主拿出一瓶去妊娠纹霜说，这些十几块钱的产品，翻几十倍也能卖出去。

店主："收紧的同时去妊娠纹的，你去天河城看一下，五百块钱一瓶。他们原料都是在这些工厂代加工出去的，你以为他们真的是去哪里拿进来，还不是在这里装来装去！"

经多方探寻，记者终于找到一位在天河城一楼经营某美妆品牌近十年的梁小姐，她证实，如果某个公司从美博城进货，再以次充好销售，利润将十分惊人。

梁小姐："比如正式的玫瑰精油的话，（进货）十毫升就要三千元，但是你在外面批发市场，不是正道的话，可能一两百块就可以买到。"
记者："那些不是真货？"
梁小姐："我相信不是，如果真货不会这么便宜，因为我们公司一直做真货，我们知道这个价钱跟市场起码相差十倍以上。"

这几年，由于市场受到假冒伪劣产品的冲击，梁小姐公司的经营已经举步维艰，濒临倒闭。

梁小姐："因为每个店请的人，薪水都差不多，不会差太远，其实利润空间我觉得在货物、在产品里面提取。但假如他真的像我们说的，用三千多块钱买十毫升的玫瑰精油，那他可能要收很贵，但是如果他不是拿那种精油给你，而是拿外面一百来块就可以买到的精油的话，那他的利润空间就很大，百分之一百、两百都有！"

动辄就有十倍甚至数十倍的利润，怪不得这么多不法商家宁愿铤而走险制假售假。其实，美博城的假冒伪劣产品不仅流毒在广州，近年来，随着网上购物的盛行，美博城的产品已经通过网络流向全国各地，市场越来越大。一位店主说，如果实体店租金太贵，开个网店，收入更可观。

店主："一上淘宝网上就可以卖一百多块钱，我批给他三十多块钱，他卖一百多块钱，但是我们只要能跑量就好了，你们卖得出去跑得到量。我一天销几百瓶我有几百块钱挣，如果我们零售一瓶卖一百多块钱，我一天能卖多少瓶啊？"

违法利润高得惊人，商家不惜铤而走险，难道这个市场就没人管了吗？

明天请继续收听系列报道《揭秘：广州美妆市场乱象》的第四篇《监管失范，市场不断上演"猫鼠博弈"的戏码》。

第四篇　监管失范，市场不断上演"猫鼠博弈"的戏码

美博城内的档口经营了这么多年，难道就不怕因为产品质量问题惹上官司或者被相关部门查处吗？难道这么多年来，监管部门都不知道美博城制假造假吗？今天（7月1日）请继续收听系列报道《揭秘：广州美妆市场乱象》的第四篇《监管失范，市场不断上演"猫鼠博弈"的戏码》。

一家店主说，美妆产品一般不会对人体造成严重危害，消费者如果使用后出现过敏，一般都认为是他们自己皮肤的问题，就算怀疑买到假冒伪劣产品，他们也不会为几百块钱的东西到处奔波投诉。

店主："这些没关系，没有人去搜你这些东西的啦，我们卖十多年，去搜的话也没用的，即使你这个编号是假的，也没

人去搞。除非就是说工商来查，他才会去看你这个，这个正常的话都没有人去查的，你要是方方面面都做得合格的话，那就要花好多钱的。"

这些根深蒂固的非法档口现在还摸索出一套逃避检查的办法，比如将货物藏在负一楼的仓库里，有客户问询才拿出来等等。不仅消费者投诉找不到证据，连监管部门巡查，也很难发现端倪。

店家："我们现在吃的都不用摆出来，我们照样天天发很多货的，不摆的，都是走老客户的。"

记者将搜集到的证据提交到广州市食品药品监管局，局长姚建明无奈地说，美博城售假隐秘性很强，每次执法，查获甚少。

姚建明："我们执法的时候，有些个人或企业，就是这些不法分子一看到，他马上就把这些东西收起来，藏起来了，所以我们执法人员到现场没有发现这个情况。"

而市食品药品监管局稽查分局副局长陈令喜也承诺，会对美博城进行一次突击检查。

陈令喜："要保持这个突击性，比如执法的时候，开始不亮执法证，到查的时候，他们问到了，我们就亮出执法证来。"

姚建明强调，无论如何，一定会查明情况并给消费者一个答复。

姚建明："如果它无证生产或者在经营的话，那都是违反有关规定，都要受处罚的。如果在现场里面自己贴标签、勾兑或者加工的话，那就属于违法生产。我们会对这个现场进行跟进调查，如果发现这个问题，我们一定会立案查处。"

违法制假售假肆无忌惮，执法部门突击检查情况如何呢？能不能遏制这种违法行为呢？

明天请继续收听系列报道《揭秘：广州美妆市场乱象》的第五篇《联合执法，重塑美妆市场的"美妆"》。

第五篇　联合执法，重塑美妆市场的"美妆"

记者暗访广州美博城后，将搜集到的证据提交到广州市食品药品监管局。随后，市食品药品监管局联合市工商局、市公安局等相关部门，对广州美博城进行联合突击检查，现场查处二十九家违法档口，查封假冒世界知名品牌化妆品一批，价值近百万元。

今天（7月2日）请听系列报道《揭秘：广州美妆市场乱象》的第五篇《联合执法，重塑美妆市场的"美妆"》。

6月4日晚上，记者接到广州市食品药品监管局稽查分局副局长陈令喜的通知，第二天早上到广州美博城突击检查。

陈令喜："第二天，等它市场一开门的时候，马上分组去搞个突击检查，回头再去突击检查。"

［现场脚步声］

【录音】"有什么事啊？""检查！""哦。"5日早上，美博城刚开门，执法人员就对其进行突击检查，可执法人员一出现，很多档口马上将产品下架甚至直接关门。

【录音】"关门了！""关门了！"（叩门声）"喂！里面什么情况？""刚才里面有人啊！""现在不开门了？""对啊！"

就在查处过程中，一位热心市民还当场向执法人员报料。【录音】"这里还挂着一个招牌，刚才全部都是打开的，就是你们来了才刚锁的。这个虽然是个办公室，但里面还有很多药的！"

一位档主甚至想通过电话通风报信。【录音】"涉嫌违法违规你还打什么电话啊！""有没有人你先开，好不好？""可以可以！"

可是五六分钟过去了，档主总是拖着不肯开门。没有办法，执法人员打算强行破门。【录音】"我再给你五分钟的时间，你要再找不来人，我就找人，好不好?""干脆我叫人来打开……"

僵持了十几分钟，档主终于被迫开门，可里面的证据已经全部被人为破坏。【录音】"进货的来源都撕掉了?""把这个全拿走!""她说没有来源，提供不了现在，那我们就作为涉嫌非法，非法购进，先登记保存!""等一下我去问一下!""你去问一下，能不能提供，不能提供我们就先把这些带走，做进一步调查。"（打包封存声）

在美博城负一楼的仓库，工作人员的执法遭到更为凶狠的阻挠，最后才查处封存了部分违法产品。

随后几天，市食品药品监管局稽查分局联合越秀分局等，又对广州美博城进行多次突击检查。

> 稽查分局副局长陈令喜:"6月5号、6月9号，还有6月14号、6月15号都去查，整个市场全部检查了一遍，包括回头突击检查，结果发现有经营食品的，还有保健食品的，发现其中六档有违法行为，也发现其中有一家在现场摆卖保健食品。我们也到国家局域网站去核对那个数据，品种是不是一致的。"

在一系列的检查行动中，市食品药品监管局共抓获主要嫌疑人两人，查获正品价值人民币近一百万元的伪劣保健品和假冒"资生堂""欧莱雅"等品牌化妆品，捣毁档口和仓库共二十九处以及大量的销售单据。

（该作品获 2013 年度广东省广播影视奖二等奖）

评　析

采编过程:

2013 年 3 月，一名湖南籍客商向广州电台独家报料说广州美博城八成以上档口存在制假售假的行为，案件涉及人数之多，性质之恶劣，令人瞠目结舌。记者在接到报料后的三个多月里，一直在追踪美博城制假售假事件。在这段时间里，记者冒着危险，多次前往广州美博城不同档口、广州市食品药品监管局、天河城等地明察暗访，并向报料人搜集相关资料。为了揭开制假售假黑幕，记者甚至装扮成进货商，只身前往美博城，亲历了几次"买货"，美博城黑幕最终被揭开。最后，记者将搜集到的大量第一手资料上报给广州市食品药品监管局，违规档口终于得到应有的惩处。

社会效果：

1. 整肃市场。新闻播出后，得到广州市多个职能部门的重视并多次派出执法队伍进一步整肃市场，使美博城制假售假现象得到很好的遏制。另外，在美博城制假售假事件的暗访调查过程中，记者还发现下游产业（美妆公司和美容院）也存在制假售假的情况。美博城的取缔，对市场的规范起到警示作用。

2. 民生为本，商家群众称赞。由于市场充斥着大量假货，导致出现"劣币驱逐良币"的经济学现象：很多优秀商家在假造档口的冲击下，不得不退出市场，市场现状日趋恶劣。违法档口被惩处后，商家和群众拍手称赞，很多听众和商家来电表示肯定。

3. 凸显广播新闻的地位。作者耐心追踪，潜心报道，得到有关部门的认可，凸显出广播新闻舆论监督的地位。

作品评介：

本篇作为独家广播舆论监督报道，意义深远。报道采访扎实深入，记者接到举报后，寻找到举报人，并到被举报场所进行暗访，通过搜集材料，联络监管部门进行查处，获得权威证据后成稿播出，深入揭露了美博城长期存在假冒伪劣的严重问题。播出后极具社会传播效应。

1. 独家策划，影响深远。美博城的产品占全国市场份额超过百分之五十，其制假售假行为性质恶劣，影响极坏。广播新闻能够独家策划，长期跟踪报道，并取得显著的成果，非常难得。由于案件涉及范围广，需要耐心追踪，记者冒着生命危险，通过现场的暗访调查，获得大量的第一手材料，职业精神在报道中得到充分体现。

2. 民生新闻，用心报道。该稿件是广播新闻进行舆论监督并取得显著成效的成功典型。报道立足民生，充分体现媒体"监督不添乱"的使命，是广播新闻报道发展的正确方向。

3. 全面立体，层次鲜明。报道从多个角度、不同侧面反映主题，使用文字、音效等多种表现形式进行全方位深入的报道，展示新闻主题的前因后果和来龙去脉，并对成因做了分析。

4. 音效丰富，可听性强。记者深入暗访的第二、第三篇报道和现场执法的第五篇，录音非常精彩，记录了暗访过程中的惊心动魄，既有各方当事人的录音，也有现场各种声音元素，让听众仿佛亲临现场。

2008 年 10 月赴德国法兰克福交易所采访

番禺垃圾焚烧项目已停止，
公共决策困境仍未解

　　昨天（2009年12月20日）上午，番禺区区委书记谭应华在与华南板块业主座谈会上宣布，由于在环评过程中，垃圾焚烧厂遭到大多数业主的反对，项目目前已经全部停止，以后番禺垃圾用什么方法处理，处理厂选址在哪里，需要市民讨论后再决定。

　　这意味着，历经三个多月的番禺垃圾项目之争暂告一段落。不过，虽然项目停止了，但是垃圾围城之困未解，政府始终要做出一个处理垃圾问题的决策。在座谈会上，业主"载水之舟"（网名）的话发人深省。【录音】"所有的大讨论都有前提，前提是规则，（没有规则的）讨论是没有任何法律意义的。你用什么办法取（分辨）民意，真民意假民意，你要怎么区别？党和政府与人民之间如何重新建立诚信？请你们重新思考这个问题！"

　　番禺垃圾焚烧项目之争表面上是环保问题，本质上是公共决策问题——政府在进行公共事务管理的目标设计、方案抉择活动中，如何倾听民意、辨别民意，如何平衡各方利益，如何建立互信。而这次有关垃圾焚烧项目的争拗正是突显了城市公共决策之困。

　　困境一：谁可以代表民意？

　　【录音】"反对焚烧！反对走后门！支持分类！"

　　在昨天的座谈会门外，一百多名业主高喊"被代表"。针对门口业主抗议，谭应华解释：【录音】"都是居民，大家意见集中起来就行了，怎么会'被代表'呢？你说！而且都是自愿报名参加的，昨天是报名参加的，昨天不是发通知让大家报名参加吗？""开这个会啊，希望能够谈论问题。能够谈论问题，那肯定要有个人员数额才好啊！"

42

座谈会在丽江花园售楼部举行，会场只能容纳一百人，因此从华南板块数十万业主中选出居民代表就成了座谈会举行的前提。

丽江居委会表示，只有小区居民代表才能获得参会的红色邀请函。而这些居民代表是一年前居委会换届选举时产生的。

座谈会举办前的一天中午，丽江花园小区各楼道里出现了一张紧急通知。通知称：因有三十一名居民代表因工作或外出等原因无法出席座谈会，现决定增加邀请丽江花园业主三十一名共同参会。业主须持有房产证或购房合同。如报名人数超过三十一人，将在居民代表见证下，以抽签形式决定三十一名参会业主。

这一次座谈会是因丽江花园居民"巴索风云"（网名）在网上发帖邀请而起。作为活动的发起人，巴索风云却无法参加座谈会，因为他不符合"业主"的标准。他虽然与父母在丽江花园住了十年，但房产证写的是姐姐的名字。

没有获得邀请函的居民在会场外越聚越多，最终，谭应华决定，打开会场大门，把包括巴索风云在内的居民请进会场。【录音】谭应华："坐得下，或者愿意站着的都可以进来，这是第一。第二我希望大家不要戴口罩吧，好不好？"居民们："反对被封口！你知道我们戴口罩什么意思吗？我们反对被封口！"谭应华："没有没有没有！一起吧，一起吧，大家进来吧进来吧！"

政府官员倾听民意，与市民直接对话，在利益相关市民相当多的情况下，选出代表就是必然的选择。全国政协委员、广州市政协常委、广州市台盟主委张嘉极表示，实际上"被代表"不可避免。【录音】"在民主形式最成熟的一些国家，他们可能更多的时候是间接民主，换句话说，就是'被代表'。所以，'被代表'也是一种民主形式。我认为，不能把所有的'被代表'都看成是不好的。"

在现行体制下，人大代表是市民的代理人，但是，随着市民公民意识的提高，网络的不断发展，在市民中存在着"意见领袖"——他们没有经过正式的选举，但是，他们活跃在社区中、网络论坛中，民众对他们有着天然的信任感。中山大学行政管理研究中心教授郭巍青表示，在公共决策过程中，政府不妨多点吸纳这些"自然代表"的意见。【录音】"这些'自然产生代表'按我的看法，他有代表性这是没有问题的。为什么呢？第一他在网络论坛上面最积极，他能够比较完整地综述或者表达一些意见，在那些公开的表达行动中，他也最积极，那我觉得这些从一个一般的群体来说，他就自然地、天然地有领导才能的，是一个代表，我觉得这是没有问题的。关键是在体制内如何给予他承认，我觉得这可能是一个新的问题，就是需要我们在政府的公共管理方面，在相应的法规的角度上，要做一定的探索，否则一定会觉得你开会的那些代表跟我们自然产生的代表根本就是两回事！"

困境二：如何平衡不同群体间的利益？

【录音】"垃圾焚烧场这件事出来之后，每个媒体都是采访垃圾焚烧场周围的居民，他们都是涉及利益当中的一方，我认为，应该由全市的人民群众去投票、去解决，而不应该只采访周边的人，因为周边的人当然是反对的。但是考虑到整体，全部规划建设都应该由政府来安排。"

当各大媒体都把焦点对准番禺居民时，有听众拨打本台节目热线，提出了这样一个问题。

确实，这次的垃圾焚烧项目之争虽冠以"番禺"之名，但实际上，它的兴建关乎全广州市民的利益。番禺区市政园林局局长周剑辉的一番话，道出垃圾围城之困。【录音】"到2012年，垃圾年产量将达到七十多万吨，就是每天两千吨！我区现有垃圾卫生填埋场一个，日处理量一千二百吨，小型简易垃圾堆填场和简易垃圾焚烧厂五座，日处理量是五百吨，在两三年内，将无法应付每天两千吨垃圾的处理，出现垃圾围城的局面！"

如果番禺不兴建垃圾焚烧发电厂，番禺不能自己处理垃圾，有其他区的市民认为，这意味着，番禺的垃圾有可能被运到其他区处理。他们认为，番禺区的居民有点自私。

对这样的指责，番禺区的居民直斥为"站着说话不腰疼"。【录音】"谁住在这里就谁反对的啦，远离你家的，你肯定就没意见。如果是靠近你家的话，看你反不反对！人都是这样的啦。"

处理垃圾事关公共利益，但是，当政府具体地去保护这个公共利益时，又会对局部的居民产生负面影响。在权利意识觉醒的今天，市民已难以接受"牺牲小我，成全大我"的劝告。全国政协委员张嘉极表示，这就要求我们政府把工作做在前面：【录音】"从规划上来讲，我们应该把（垃圾焚烧发电厂）摆在公共区域的边角位置，换句话说，要离民宅有多远就多远。在规划时，就应该把这些因素考虑进去——你这么设计以后这些人可能会有意见。"

规划前就有周详的考虑这当然是上策，但就番禺垃圾焚烧项目来说，规划是在十年前就制订好的。番禺区区委书记谭应华表示：【录音】"我们原来的规划，就是处理垃圾解决垃圾问题的规划，是十年前制订的，十年你说变化多大，十天前的会议我就讲了，已经变化很大了。"

十年前，番禺会江村是荒芜之地；十年后，会江村附近的华南板块异军崛起，据不完全统计，有超过十万广州白领在那里居住。

有人说，既然垃圾焚烧发电厂规划在先，楼盘建设在后，那么，华南板块的业主就应接受现实。但对于华南板块的业主来说，自己买房子时，开发商、有关部门都没有告知有这样的规划，他们同时质疑：规划部门为什么批准在垃圾焚烧发电厂旁建设大型的房地产项目呢？

中山大学教授郭巍青表示，在公共决策过程中，某些群体的利益不可避免会受到损害，政府不妨提供物质补偿。【录音】"所谓补偿是什么呢？我在台湾地区看到的是这个样子的，它以前也有垃圾焚烧炉，垃圾焚烧炉为整个周边的那些居民免费提供热水、供热，因为它既然烧就有一个热能存在，它把这个转化成一个供热系统，就你家烧热水，冬天需要暖气，这些所有的东西都给你了，你说这个东西有害，但是它至少还有另外一方面的好处在。还有一种方法是假定真的有一个焚烧炉，那么有一个周边的区域，好，这个区域内的居民全部给你买保险，政府来买，那这也是福利啊！"

困境三：利益各方如何重建信任？

【录音】"专家有两种，一种是专门帮人家，一种是专门害人家。我们希望我们的专家完全是没有利益关系的，因为网上搜索出来了，专家有发明垃圾焚烧炉的，有利益的，还有的跟垃圾集团有关！"

10月30日，番禺区政府召开垃圾焚烧发电厂项目通报会。当天晚上，番禺居民上网发帖指出，通报会上两名专家，一名是垃圾焚烧炉的专利申请人，一名是垃圾焚烧处理企业的副总裁。

在长达三个月的番禺垃圾焚烧项目争议中，这种不信任一直弥漫其中：当市疾控中心公布对白云区李坑村的调查数据，证明垃圾焚烧不影响市民健康时，番禺居民的第一反应是——不相信；当番禺区宣布把垃圾焚烧项目推迟到 2012 年时，有居民称这是缓兵之计……

这种不信任源于，番禺居民认为，政府从一开始就没有打算倾听民意。【录音】"都不告诉我们就在这里建垃圾焚烧厂，环评公示时才知道，说建就建！"

当番禺居民指责政府不听民意，"突然袭击"建垃圾焚烧发电厂时，番禺区区委书记谭应华显得非常委屈：【录音】"我们做这个事情，不是不征求群众意见，可能有些居民会误解，说：'哎呀，你们政府定了就做了！'其实也不是这样的。为什么这样说呢？因为哪一个项目到了环评阶段，都要征求群众意见的。"

事实上，按照现行法规，决策程序就是政府内部讨论—专家咨询—论证—做出决策方案—征求民意—定案。负责番禺垃圾项目筹建的广州市城管委副主任孙金龙说，按照现有的法定程序，筹建生活垃圾焚烧发电项目在得到广州市发改委、规划局、国土房管局认可之后，在进行环境影响评价这个环节内，才有听取公众意见的安排。

由此可见，问题正是出在了公共决策程序上。现有的决策程序是在做出决策方案之后才征求民意，而对市民来讲，他们要求在政府内部讨论之后、专家咨询之前，就要参与其中。

无规矩不成方圆，不过，规矩也要与时俱进。事实上，上面提到的民意代表与利益平衡之困都源于现有议事规则的缺陷。全国政协委员张嘉极表示，要解决公共决策之困，就要建立起令各方都心服口服的议事规则。【录音】"要找到一种公平合理的办法。但另一方面，也不可能达到绝对公平，只能是找一个相对公平的办法。而这个相对公平的办法一定要让大家信服。你要有一个科学的、完善的游戏规则。有了这样的游戏规则，大家就没有话说了，就只好认了。"

番禺垃圾焚烧发电项目停止了，但从它身上所引发的问题尚未找到答案。这个项目的争议并不是特例，因为公共决策无处不在。就在番禺垃圾焚烧项目讨论得如火如荼之时，海珠区金碧花园小区的业主也在极力反对在楼盘内建社区医院，因为他们觉得这个有利于大局的决策损害了自己的利益。

全国政协委员张嘉极表示，番禺垃圾焚烧项目之争是一个开端，它让市民与政府共同探讨如何解决公共决策之困。【录音】"今后再碰到这样的问题，应该怎样面对，怎样处理，民意要怎样判断，这是一个发展的过程。比如说，以前我们的职称评定，就是随便请几位专家过来，就评出来了。但后来大家发现有弊端，不能代表公平公正，大家就再想一些办法——设立专家库、提前一天摇珠、无记名投票、姓名要盖住……回到（垃圾焚烧）这个问题上来，就是要研究一些模式出来，要最大限度地保证客观公正和公信力。所以现在，我们有了这个情况，还不是发展到最后的、有序的、最高的形式，它仅仅是一个开头。问题提出来了，大家就要考虑：到底是谁说的话更加正确，谁来做裁判？"

评　　析

采编过程：

2006年广州市番禺区垃圾焚烧厂取得项目选址意见书，2009年广州市政府决定在番禺区大石街会江村与钟村镇谢村交界处建立生活垃圾焚烧发电厂，计划于2010年建成并投入运营。记者一直在跟踪报道该事件。9月，一则媒体通报的消息，"由广日集团投资两亿元的广州市番禺区生活垃圾焚烧发电厂即将进行环评，环评通过后立即破土动工，尽快建成"，"惊醒"了周边三十万居民。9月开始，番禺大石数百名业主发起签名，反对建设垃圾焚烧发电厂并组织抗议行动，记者亲赴现场进行报道。12月20日，番禺区区委书记应丽江花园业主代表邀请，与反对垃圾焚烧的业主座谈，表示已证实，会江项目已经停止。座谈现场，记者全程录音报道。最后，将所有采访资料集纳，形成该报道。

社会效果：

1. 反映民情。新闻播出后，得到广州市多个职能部门的重视并多次派出工作人员沟通民意，使协商民主的制度得到非常充分的体现。

2. 民生为本。由于民众对垃圾焚烧厂的环评、专家的意见充满质疑，报道促使政府改进工作作风。

3. 凸显广播监督新闻的地位。作者耐心追踪，潜心报道，得到有关部门的认可，凸显出广播新闻舆论监督的重要性。

4. 促进建设项目更规范。稿件通过一个案例，促进政府倾听市民提出意见和建议，参与项目可行性的讨论。与此同时，促使政府在后续的建设项目中严格按照有关建设程序，稳步推进综合处理项目环评、立项、征地和建设，以人民群众健康为出发点、落脚点，严格建设、严格管理、严格监管。

作品评介：

2009 年番禺垃圾焚烧厂的建设是一起有全国影响力的公共政策事件。

1. 题材重大。番禺垃圾焚烧发电项目之争，事实上是一个公共决策问题。公共决策无处不在，作品所探讨的问题具有普遍性。作品从番禺这个点出发，提出公共决策之困这个问题，很有现实意义。

2. 深入挖掘，引人思考。作品就番禺垃圾焚烧项目这一新闻事件进行多角度的深入分析，并提出了解决方案。这显示了媒体对新闻事件的深度参与。

3. 广播特点强。以专题的形式去探讨政府公共决策之困，很容易流于形式。但作品谋篇巧妙，每一部分都以精彩的录音为引子，番禺居民与官员的录音相互呼应，使作品活泼流畅。

"万里长征图" 引发的改革

　　广东广弘控股股份有限公司昨日（6日）拿到一栋商业大楼的"建设工程规划许可证"。原本企业办"规划报建"手续需要的134个工作日，如今11个工作日全部办完，审批流程缩短约90%。

　　这得益于广州市政府5月1日颁行的《广州市建设工程项目优化审批流程试行方案》，从制度上根本解决了行政审批时间冗长、手续烦琐的难题。

　　这项改革制度颁行的背后，有一个引起全国关注的"万里长征图"的故事。下面请听新闻专题："万里长征图"引发的改革。

　　[音乐]

　　"时间就是金钱，效率就是生命!"这句曾经振聋发聩的口号今天已经成为人们的一种共识。然而，您也许不会想到，时至今日，在广州申办一个投资项目的流程要经历100个环节，耗时799个工作日。这是一种怎样的"万里长征"？

　　　　曹志伟："我们要投资一个项目，由这里走到这里，要799个工作日，经过20个局、50个处室中心办，100个流程环节，108个章，这还没完，还要经过36道手续交费。"

　　在东山广场20楼，曹志伟找了一张长桌，向记者介绍他绘制的"万里长征图"。

　　在今年初召开的广州市政协十二届二次会议上，广州市政协常委曹志伟将一张画有投资项目建设审批流程的图表作为提案，向广州市委市政府提出"关于大幅缩短广州投资项目建设审批时间的建议案"。这张被他称为"万里长征图"的图表一亮相，就引起非常大的震动，而这场震动则引发了随后广州市关于行政审批制度的一场大改革。

曹志伟："这是一张广州的企业，由拿地到建成、办理房产证，这整个过程中，需要经历的审批过程的一张流程纸。"

在曹志伟这张长达1.8米的图纸上，一般的投资项目审批至少要耗时799天。

曹志伟："我们的公务员都是'5+2''白加黑'，但是我们的流程限制了他。对我们投资企业来讲，认为它是一张万里长征图。"

其实每个部门、每个环节都是依法依规办事，但曹志伟说，当这些环节系统地呈现在一张图上之后就会发现，流程中有很多审批重复、审批碎片化的问题。

曹志伟："其实这些审批过程，在卖地之前已经走了一遍了，只不过是用地单位改为买地企业的名字，仅此而已，这样就用了89个工作日。"

不仅如此，在整个流程中，各种收费就有36次。

曹志伟："他批了你，开了单，拿这个单子到银行去交，交完再拿银行的单子回来给他的财务，再把原来已经做好的证发给你，然后你才能再跑下一道程序。每道收费也要用了他四五天，那么加起来也要一百多天了。"

指着"万里长征图"，曹志伟告诉记者，繁复的审批手续不仅使企业耗费大量的时间成本和经济成本，更让政府耗费大量本来可以节省的费用。

曹志伟："去年我们广州卖地卖了 17820 亩，收了 412 亿元，如果按照这个图程去办手续的话，按照市场平均融资成本 10% 去计算，它要 41.5 个亿的利息，如果压缩之后只需要 11.5 个亿的利息，节约了 30 亿。"

更严重的是，冗长的审批时间成本会让本地企业丧失市场机遇，让有意入穗的外地企业望而却步。

曹志伟："我们的投资周期长了，项目运行的利息成本就成倍地增加，尤其对高新企业，我们的高科技企业，一个专利项目或者一个新的技术，可能半年就过期了，等你项目批下来，高新技术已经变成低旧技术了。"

而且，只要一个审批环节受阻，后面所有的事情都将被耽搁。

曹志伟："我们都注重在审批这个环节上做管理，因为这是最轻松的，我们的管理上问题出在什么地方？用审批代替了管理，而忽略了在过程中的监督、指导以及事后的检查。"

拿着"万里长征图"，曹志伟找到了"娘家"广州市政协。经过七个月的走访和调研，市政协形成提案"关于大幅缩短广州投资项目建设审批时间的建议案"，在年初的两会上，市政协主席苏志佳请曹志伟向大会提交这份提案。

苏志佳："在我们的小组会议上，在界别会议上，还有我们的大会发言上，都推出来！"

在界别座谈会上，曹志伟拿出"万里长征图"直抒胸臆，得到了参会的广州市委书记的重视。

曹志伟："感谢感谢！谢谢书记！"

市委书记："你做了件大好事，用心地做了件大好事啊！你送两份，一份给陈市长，一份给我，放在我们俩的办公室。"

按现行的规章制度，行政审批流程中每个部门都照章办事、依法依规；但对企业来说，他们面对的却是望而生畏的"万里长征"。目前，中国改革进入攻坚克难的深水区，在这种背景下推进改革，不仅要突破思想观念的禁区，更要突破各种利益的壁垒。广州，能否做到呢？

[音乐]

申报一个项目要经过20个政府部门，每个部门都有法理依据证明各自存在的合法性和相应的权力。僵化的责任和权力不仅使各个部门忙得天昏地暗，还使各个部门成了森严的"衙门"。

两会一结束，广州第一个市委常委会的议题就是探索投资建设项目审批制度的改革。接着，由市政府法制办牵头，十多个局委办开始集中研讨，希望形成缩短审批时限的改革方案。

可一碰头，大家就提出各自的困难：比如在涉及审批的20个局委办中，规划局审批最烦琐、流程最长，要大幅度地压缩审批时间，市规划局局长李明开始认为："不太可能。"

李明："市里开会，开到半夜，一天一天核，你多少天我多少天，你的环节省掉，他的环节并掉，你十天我九天，啊？倒过来啦，你九天我十天。就这样吵争！"

市政府法制办副巡视员魏富忠说，作为改革的牵头部门，市政府法制办每天都得顶着各个部门的压力协调工作。

魏富忠："一讲审批，各个部门都说我现在都有法律依据，都按照法律的规定去做，你再压，叫我怎么去压，没办法压呀！"

虽然各个部门都愿意压缩审批时间，可广州市规划局监督检查处处长方锋还是无奈地说，再怎么调整，每个部门也压缩不了几天。

　　方锋："比如说，我们（规划国土）合在一起了，建委那个就没办法加插进去了。"

各部门各自压缩审批时间的做法，显然无法大幅度缩短时间，这又该怎么办呢？方锋认为：

　　方锋："过去改革就是各个部门各自为政，简单地做减法，你再怎么减，实际上部门之间还是有很多消耗。这次大家打破部门之间的壁垒，大胆地做一个改革，干脆就把建委这个很重要的板块工作，跟我们规划部门合在一起。"

按照"串联"改"并联"的思路，规划局将修建性详细规划审批并入国土局，建委、环保、消防等审批并入规划局……广州20多个审批部门全部重新组合，原来申请人跑多个部门的"串联"模式，改为申请人只对一个部门提交审批材料，由牵头部门受理后抄告各相关审批部门的内部循环、同步审批、限时办结、统一送达的"并联"模式。市规划局局长李明强调，所有的这些审批信息还在统一的电子平台实现共享。

　　李明："打破部门之间的界限，或者严重些说就是堡垒，使得部门之间，一个平台，同时作业。"

广州市副市长陈志英说，经过磨合三个月后，审批时间由最初的799天大幅压缩到37天，93个审批事项最终被并联成5个"环节"：发改委牵头立项环节、国土房管局牵头用地审批环节、规划局牵头规划报建环节、建委牵头施工许可和竣工验收环节。

　　陈志英："每个环节由一个部门负责牵头，更多的是要考虑就是怎么样在这个时限内来完成任务，同时还要去协调、督促、推动其他部门在规定时间内完成审批任务。"

[音乐]

人们都说，"存在就是合理的"，因此，在我们的面前就有着许许多多的部门和流程。然而，当人们审视存在的意义和价值时，却发现许多僵化、重叠、交叉的"存在"是可以而且能够扬弃的。最根本的区别就在于：维护的是政府部门的权力，还是服务于群众的诉求！

改革后的流程，广州市规划局监督检查处处长方锋介绍说，审批事项从原来的 93 项精减到 33 项，办事涉及的局委办由 20 个减少到 14 个，各种处室中心站则由 53 个减少到 26 个，并且改革后的这些流程涉及单位对外只有 5 个窗口。

　　方锋："过去啊，我们是串联，我们规划部门就只批我们规划部门的，然后消防部门就批消防部门的，建委就批建委的。那我们这次把我们这个阶段，包括建委、消防、民防、环保这四家加上我们规划，由我们规划部门一门受理，并联审批。"

以竣工验收环节为例，广州市政务管理办公室主任郑汉林说，改革后市建委并联了原来规划局、公安消防局、环保、气象等 8 个部门的审批程序，涵盖原来国家安全、水利、海洋等 13 个事项，审批时限由原来的 37 个工作日压缩为 7 个工作日。

　　郑汉林："牵头部门收件之后，由它进行处发，在信息系统里面进行处发，所有的相关部门在第一时间都能够收到这个企业的申报材料。"

现在企业只要按规定，向 5 个窗口提交所需的材料，37 个工作日内，就可以拿齐证件。

《广州市建设工程项目优化审批流程试行方案》的颁行，迅速改变了广州行政审批的面貌，赢得了各方的赞许：

[压混：办事现场盖章声]

黄湘晴："谢谢，谢谢，想不到那么快啊！"

6月6日，一声清脆悦耳的盖章声，宣告了广州行政审批流程改革的成功。广弘控股副董事长黄湘晴说，公司只用11天，就如愿地拿到改革后的第一张规划许可证。

黄湘晴："这个预想不到！按照以前的话，半年都拿不下来，我们还要专门组织一批人来办审批、办证的事情，我们要单独跑很多部门，有时候还找不到北，是比较头痛。这个确实是很方便了，为我们节省了很多人力物力，也加速了我们这个工程的进度，整个企业搞建设搞项目啊，会加快很多！"

审批时间大幅压缩，令不少企业看到更大的商机。番禺巨大集团董事长庄炳祥说，这是广州企业发展最大的利好。

庄炳祥："以前有时候可能部门之间，切割的方面有时候不是很明朗很清晰，可能审批的流程就会烦琐一点。所以（现在）政府把平台建设好，企业也更加有信心。"

广州的行政审批流程再造已经创造和释放出"行政红利"，它为全省乃至全国的行政审批改革探明了一条道路。对此，广州市副市长陈志英评价：

陈志英："实现了两个非常大的变化，一个是从侧重于人力向侧重于责任的转变，另外一个从侧重于管理向侧重于服务的转变。"

随着这"两个非常大的变化"，"万里长征图"完成了自己的使命，被人们送进了档案部门收藏。但是，由它所引发的这场改革又一次使我们重温了这样一个教诲：

"改革才是硬道理！"

（该作品获 2013 年广东省广播影视奖二等奖）

评　析

采编过程：

在 2013 年 1 月广州市两会上，市政协委员曹志伟手拿"万里长征图"，向广州市委市政府提出"关于大幅缩短广州投资项目建设审批时间的提案"，得到市委书记和市长的肯定，记者开始追踪报道该事件。两会结束后，记者邀请曹志伟委员对提案内容进行专访，并跟随市政协城建委、提案委参与调研。5 月 1 日，广州市政府颁行《建设工程项目优化审批流程试行方案》。记者意识到广州市的行政审批制度改革符合国务院"减政放权"改革方案的精神，是一个成功的例子，于是，紧抓该新闻事件，再深入采访市规划局、市法制办等多个职能部门和相关企业，并在缩短流程后第一张许可证发出时推出专题报道。

社会效果：

1. 题材影响度广。该报道反映了提案的内容和政府部门在行政审批流程改革中取得的成果，引起省内各大媒体的关注，随后中央电视台、《人民日报》等中央媒体和全国各省市的媒体纷纷跟进报道。许多省市还通过不同的渠道组团到广州来学习建设工程项目优化审批流程，曹志伟委员更是被邀请到海南等地做报告。

2. 企业反应热烈。稿件播出后，企业反应非常热烈并来电表示：广州行政审批流程改革，为中国审批制度改革找到一个突破口。另外，广州宣传部门多次在会上表扬该报道，认为它促使政府提升服务水平，让部门利益坚冰融化，使改革的理念深入人心。由"万里长征图"引发的全国性改革，在 2013 年下半年进入了提速期。2013 年下半年行政审批制度改革已经成为全国各地政府"最重要的关键词"。截至目前，国务院 2013 年内取消、下放的行政审批等事项，已高达 334 项。

作品评介：

改革是发展的动力，也是经济社会发展的红利。近年来，以转变职能、简政放权为突破口，中国继续释放改革红利，其决心和力度有目共睹，深得民心。2015 年 1 月 5 日，李克强总理在广东自贸区南沙片区考察时，指着一张长 4 米、耗时近 800 天的投资项目审批流程图说，这些多余的审批项目都该"打叉"，把它送进历史。曹志伟委员的提案经过媒体报道，促使政府简化审批流程、激发市场活力并加强事中事后监管。

1. 全面立体，层次鲜明。报道从多个角度、不同侧面反映重大主题，既采访了提案作者和全力推动此事的广州市政协，又采访多个相关政府职能部门和企业，全方位深入地报道行政审批流程改革的全过程，展示改革的前因后果和来龙去脉，最终突出主题："改革才是硬道理。"

2. 题材重大，服务大局。报道在全国新型城市化发展的大讨论背景下播发，符合国务院"简政放权"改革方案的精神。

3. 细节突出，故事性强。报道以细节描写开始，用优美的文字叙事的形式，记录事件发展，层层剖析，可读性和可听性都非常强。

4. 用心策划，制作精良。稿件从策划到播出，历时近半年，从大量生动、鲜活的事例着手，结构紧凑，观点鲜明，音响运用合理精练，彰显广播特色。

2009 年 7 月为贫困市民申请低保资格后收到锦旗

法不容情：
最高法院一个指导性案例告诉我们什么

　　成功入选最高人民法院弘扬社会主义核心价值观十大典型民事案例的广州村民私摘杨梅坠亡案，10月再入选最高人民法院指导性案例。

　　该案再审判决明确对广州私摘杨梅坠亡者吴某不文明行为做出否定性评价，改判其对坠亡后果自行担责。案件表明，司法可以同情弱者，但对违背社会公德和公序良俗的行为不予鼓励、不予保护。案件判决结果，引导公民树立规则意识，倡导契约精神，弘扬公序良俗。如果"谁闹谁有理""谁伤谁有理"，那么我们共建共享的社会文明将遭受沉重打击，长此以往，法将不法！

　　广州中院执行局局长黄志明："要考虑到这个案件对社会风尚的引领，作为社会的行为规则来进行，来把案件办好！"

　　下面请听广州台记者徐宏采制的述评《法不容情：最高法院一个指导性案例告诉我们什么》

一场因坠亡引发的诉讼

　　广州市花都区红山村是国家 AAA 级旅游景区，村委会在河道两旁种植杨梅树。2017 年 5 月，村民吴某私自上树采摘杨梅，不慎跌落受伤。随后，有村民将吴某送至红山村医务室，村委会主任拨打 120 急救电话，但救护车迟迟未到。后来红山村村民李某开车将吴某送至花都区梯面镇医院治疗，吴某当天转至广州市中西医结合医院医治，后经抢救无效死亡。

吴某家属以村委会未采取安全风险防范措施、未及时救助为由，将村委会诉至花都区法院。一审、二审认为吴某与村委会均有过错，酌定村委会承担5%的赔偿责任，判令向吴某家属赔偿4.5万余元。

2020年1月，广州中院再审认为，红山村2014年通过的《红山村村规民约》第二条明确规定："每位村民要自觉维护村集体的各项财产利益，如有故意破坏或损坏公共设施，要负责赔偿一切费用。"吴某因私自爬树采摘杨梅跌落坠亡，后果令人痛惜，但行为有违村规民约和公序良俗，且村委会并未违反安全保障责任，不应承担赔偿责任，驳回吴某家属要求村委会承担赔偿责任的请求。

5%赔偿责任的争议

村委会作为景区管理责任方、杨梅树种植和管理方，对进入景区旅游的人应尽到安全保障责任，但村委会应尽的这个责任应该是有限度的，比如设置安全提示、放置救援设施等。

爬树有危险，这是一个具备完全民事行为能力且具有非常丰富生活经验的六旬老人完全可以凭借生活常识识别和判断的，对爬树带来的后果也完全是能够预知的。对这种人尽皆知的风险，不需要再进行风险提示，否则所有的树都应该围蔽起来，树干还要刻上类似"攀爬危险"等字样。所以，私摘杨梅坠亡事件虽令人惋惜，但要求村委会承担因未尽到安全保障责任的侵权责任，没有法律依据。

另外，从安全保障责任看，景区配备了一定的安全设施设备，村委会主任在事故发生后及时拨打急救电话，附近村民在救护车抵达现场前已经将老人送到医院进行救治，认定村委会已经履行安全保障责任有理有据。

在再审判决中，法院认为老人私自爬树摘杨梅的行为，有违乡规民约和公序良俗，老人对自己死亡的后果存在重大过错。家属要求村委会对老人的死亡后果承担侵权责任，没有事实与法律依据。

红山村村委委员表示，再审判决体现了司法公正，在规范社会治理、尊重村规民约和公序良俗上，起到很好的启示作用。【录音】"如果判决因为同情而做出一些有利于他或者倾向于他的一个决定的话，对于我们整个社会来说，是一种道德上的误导，更是对现在的法律体系、法治社会的一种羞辱。这次（再审）的判决，它给我们，特别是我们村一个公正的结果和我们认为是更全面合理的答案。"

"同情不等于支持"的判决

从政治效果上来看，再审判决向社会传递出司法公正的信念。人民法院经过司法改革和政治重塑，已经以一个全新的姿态展现在世人面前：面对违反乡规民约和公序良俗的行为绝不姑息纵容，努力让人民群众在每一个司法案件中感受到公平正义。

近年来，个别事件激活了"劣币驱逐良币"的社会焦虑：遵纪守法者忍辱负重，无理取闹者跋扈嚣张；仗义执言者苟且偷生，为虎作伥者肆无忌惮。如果真的形成这种局面，那是司法的耻辱，更是法治的危机。所幸，再审判决让司法公正成为新时代的精神内核、温润人心的甘露。

从社会效果上来看，再审判决对人民向往法治公正给予最有力的回应。吴某私摘杨梅本不应招致身亡，但不能以后果超出预期就随意纵容，甚至违反法律公正原则，让不相关的主体蒙受冤屈来平衡受害人的损失。红山村并未向村民或游客提供免费采摘杨梅的活动，杨梅树本身并无安全隐患，不能要求村委会对景区内的所有树木加以围蔽、设置警示标语。

从法律效果上来看，案件充分体现了法律和司法维护社会道德、守护社会底线的立场。原审判决村委会承担5%的责任，这也算是法律对死者家属的一点"安慰"，但无意中却让司法"好心办了坏事"，忘了"勿以恶小而为之"的教训，最终可能导致产生恶劣的社会影响。现代化的国家治理，需要坚如磐石的核心价值体系，今天司法让步给"同情"，明天可能整个社会的道德就会滑坡。司法不会强令行善，但也不允许有人逾越最底线的社会秩序。在再审判决中，我们看到了司法对公平正义的坚守："我同情你，但我无法支持你。"

黄志明认为，坚守我们的核心价值，矢志追求美好崇高的道德境界，我们的民族就永远充满希望，我们的国家必将不断触及发展新高度。【录音】"只有把这三个效果结合起来——一个是政治效果，一个是法律效果，还有社会效果——（然后）运用法律和我们的经验，对案件进行处理，才能够得到社会的认同和群众的认同！"

核心价值观承载着一个民族、一个国家的精神追求，体现着一个社会评判是非曲直的价值标准。构建具有强大感召力的核心价值观，关系社会和谐稳定，关系国家长治久安。党的十八大以来，习近平总书记多次就培育和践行社会主义核心价值观做出重要论述，提出明确要求。

最高人民法院民一庭庭长郑学林强调，人民法院作为国家审判机关，担负着执法办案、定分止争、惩恶扬善、维护正义的神圣使命，必须用司法公正引领社会公正。【录音】"要在全社会大力弘扬和践行社会主义核心价值观，使之像空气一样无处不在、无时不有，成为全体人民的共同价值追求，成为我们生而为中国人的独特精神支柱，成为百姓日用而不觉的行为准则。"

（该作品获 2020 年度广东广播影视奖一等奖）

评　析

采编过程：

广州花都村民私摘杨梅坠亡案 2020 年 1 月再审判决后，团队对案件进行报道。5 月份该案入选最高人民法院弘扬社会主义核心价值观十大典型民事案例，10 月再入选最高人民法院指导性案例后，团队决定对案件进行深度报道，扩大影响力。

历时一个月，记者克服困难，多次被拒仍多次邀约事件参与者接受采访，并深入广州中院、花都区等地蹲点，终于采访到事件当事人。

恰逢 11 月 16 日中央全面依法治国工作会议召开并首次提出习近平法治思想，团队在采制过程中发现，该案贯彻落实了中央精神，弘扬了社会主义核心价值观，对社会公德和公序良俗的社会价值极具标志性意义，体现了"让人民群众在每一个司法案件中都感受到公平正义"的法治思想。

报道以实际案例穿插剖析和解读，深刻揭示案件带来的社会正能量及其背后的指导思想，并在宣传习近平法治思想热潮时播出，引发社会广泛关注。

这次采编报道是新闻工作者对习近平法治思想在基层落实落细的具体观察，更是记者践行"四力"要求的体现。

社会效果：

这是一篇观点明晰的广播述评作品，不仅具有强烈的舆论引导效果，而且兼具广泛的"社会公德和公序良俗"指导意义。利用该案进行"说法"，旗帜鲜明地表明，司法可以同情弱者，但对于违背社会公德和公序良俗的行为不予鼓励、不予保护。

记者就该案采访一审、二审和再审判决法院，促使广州中院召开相关会议，邀请人大代表、律师、法学和社会学专家，对案件进行探讨，让公平正义的法治思想在全社会更广泛传播，对近年来部分热点事件导致的焦虑情绪进行有力反击。

节目播出后，客户端总点击量超过二十万，朋友圈得到大量转发，全国超过三十家媒体转载跟进报道。很多市民留言："这样的案例应该大力宣传，它让百姓无比期待。""司法成为以公正的时代精神，稳定世道人心的定海神针。"它向社会宣告：司法的核心功能是为社会守护一个值得向往，更值得为之奋斗的秩序。

作品评介：

该报道以个案阐释习近平法治思想，视角独特、观点鲜明、论证严谨，回答了新时代为什么要实行全面依法治国，怎么贯彻落实全面依法治国等重大问题，体现了评论的"亮剑"精神。

1. 政治站位高，舆论引导性强。评论聚焦党中央持续关注的法治建设问题。该案的报道对社会公德和公序良俗的社会价值起到极具标志性的意义，展现了党媒姓党的责任担当。

2. 报道内容典型，极具舆论引导意义。报道内容聚焦当下社会的焦虑——遵纪守法者吃亏，无理取闹者获利，具有新闻的新鲜度和热度。

3. 观点旗帜鲜明，逻辑层次清晰。记者多方走访，求真务实，既有当事方的观点，又有专家意见；既接地气，又接天线，体现了媒体的人民性和思想性。

4. 结构完整，制作精良。评论共分三个篇章，清晰地阐明了每个篇章的主题，作为评论具有时效性，结构完整，现场声运用得当，可听性强。

2019 年 12 月在香港警察总部采访

阳光照在药价上

　　民间有个说法："一次感冒一亩田,一人得病全家穷。"调查显示,全国有 45% 以上的患者应该就诊而未就诊,有近 30% 的患者经医院检查应该住院而未住院,其中一个重要原因就是医疗费用过高,导致群众望而却步。由于药价虚高和诊疗服务费虚高都是医疗费用过高的始作俑者,所以从 1997 年到 2006 年,政府对药品降价 19 次,降价金额近 400 亿元。为了抑制药价虚高,广东省卫生厅一场技术变革正在酝酿着……

　　3 月 30 日,历时半年多的广东省药品挂网竞价限价阳光采购正式落幕。此次挂网采购的药品从 4 月开始已经陆续抵达广东省各家医院。广东省卫生厅党组书记、副厅长黄小玲透露,这次网上阳光采购,一些虚高定价的药品价格下降了 40%,药品总体价格平均下降 20%。

　　昨日 (8 日) 早上,国务院纠风办一行到省医药采购服务中心调研,纠风办处长刘芳对广东药品网上阳光采购给了了充分的肯定。在这场史无前例的药品价格比拼战中,药厂令药品"变脸"的行径,药价虚高的种种"水分",在"阳光"之下暴露无遗。

药价虚高,药厂、代理各打五十大板

　　一种药品一个通用名,却有几十种商品名,在市场上的销售价格相差几倍甚至几十倍。药价虚高责任究竟在哪里?在药厂,还是在流通领域呢?专家认为,药价虚高,药厂、代理应各打五十大板。从今天 (9 日) 起一连四天,我们将为您播送由本台记者徐宏采写的系列报道:《阳光照在药价上》。现在,请听第一篇:《药价虚高,药厂、代理各打五十大板》。

从今年 1 月 1 日起，广东终止实行了六年的药品招标制度，代之以全省统一的网上限价竞价阳光采购，即所有制药企业的产品，分门别类地在网上竞价、议价、谈判等环节"拼杀"，"价"符其实者入围网上药品采购目录，供全省医疗机构选购。

列入本次阳光采购的药品品种，以通用名计算共有 6440 个，品规（即同一品种、各种规格）数量达 49349 个，"一药多名"的现象严重泛滥。这些大量冒出来的所谓新药，剂型名目繁多，规格、包装不计其数，令人惊讶，有的甚至连在医院干了几十年的钟南山院士也闻所未闻。【录音】钟南山："这个是头孢克洛，这是它的学名，商品名 23 个，而且现在不断增加，价钱从 8.99 到 29 块。这个是安倍西宁跟氯唑西宁，也是这样，23 个，投标价从 1 块到 33 块，差 33 倍。某一个药有几十个产品，多少不合格的药变成合格的药，加价，最后负担落在老百姓身上。"

在本次阳光采购中，有 1339 个参与议价的所谓"新药"，从未在广东市场销售过。据采购中心专家组分析，其中真正有技术含量的新药只有 35 个，其他绝大多数是改剂型、改组方、改规格、改包装，成了"新药"。广东药学院原院长梁仁教授把这些疗效相同、商品名和价格截然不同的药品称为"变脸药"，对这些药品，药厂可以肆无忌惮地提价。【录音】梁仁："修改一下工艺，有的片剂改成颗粒剂，或者改成其他口服（制剂），最多见的就是剂型的改变，还有一些是改了名字。不改名、不改剂型的话，这个药想涨价是做不到的，因为在市场定了价，要涨价的话，就改个新剂型，新药就出来了。"

显然，梁教授这大板是打在药厂身上。广东省人大代表谭燕红也认为：药厂对药价虚高应负最直接的责任。她举了一个熟悉的变脸药："阿司匹林"。原价为每 10 片 0.3 元，更名为"巴米尔"后，售价变成每 10 片 6.3 元，"身价"涨了近 20 倍。【录音】谭燕红："他们本身一方面希望他的药品能进入市场，另一方面他们又很希望他们的价格可以更高一点。"

专家认为，药厂是药价虚高的始作俑者。但是，梁仁教授又提醒说，代理商在流通领域起到的推波助澜作用同样使药价虚高。【录音】梁仁："现在药品价格通过一批一批转来转去，价格就上去了，在流通中增值是比较大了，出厂价很便宜，一卖到某个地方就贵很多了。"

难怪在行业内外都流传着一种说法：一个出厂价为 10 元的药品，经过流通公司变成 20 元，到省级经销商变成 30 元，再到开票公司变成 40 元，再到配送公司，最后到医院，层层加价，到患者手里可能就要近百元了。【录音】谭燕红："只要有空间，就应该让位给我们的老百姓，让位给我们的患者，这才是我们药厂应该走的路！这种药，要不就有新的疗效，要不就要有研发性的专利，这样，你才可以高出一个比例来。"梁仁："纯属为了涨价而变脸的话，显然没有什么大意义，有的改变剂型以后，方便使用，疗效提高，那这个变脸还是值得。"

药价虚高，专家们将药厂、代理各打五十大板。至此，药价虚高，责任已经明确，至于解决的办法，专家们似乎显得束手无策，看来这个难题只能留给政府相关职能部门来解决了。

阳光下，药价见成本

为了挤出药厂的成本水分，网上阳光采购对所有想进入广东市场的药品实行网上竞价。在竞价上网过程中，绝大多数药厂将药价降到可以上网的标准，也有少数药厂不愿降价而上不了网。为了不扼杀好药，对这些药厂，网上阳光采购给了他们与专家组面对面谈判的机会。中山大学附属第一医院药学部副主任邝翠仪，一位从 5000 多名有关专家组成的专家库中随机抽取出来的专家，与药品打交道整整 30 年了，3 月 28 日和 29 日，她以"主谈判官"的身份，参与了与企业代表面对面的第三轮谈判。下面请听系列报道《阳光照在药价上》第二篇《阳光下，药价见成本》。

深圳某药厂生产的威骨颗粒变脸后，5 克装的一袋价格要 7.8 元，而且在网上竞价时一直坚守"立场"，不肯降价。专家组一致认为这个药存在高额的利润，药品要进入市场，必须降价。

谈判会一开始，这个药厂就想用生产成本大的借口来蒙骗过关。【录音】药厂代表："这个品种是我们向辽阳市天然药物研究所购买的一个研究成果，转让金额 290 万人民币，需要经过煎煮、过滤、提纯等十几道工序，设备投资达到 640 万人民币，加上 GMP 的认证的话，差不多要过 1000 万。"

打从入行起，邝翠仪就跟药品打交道，现在管医院制剂和中西药库药品的价格，对药品原辅料、生产这些环节都了如指掌，其他专家也非等闲之辈，药厂这些雕虫小技怎么瞒骗得了他们呢？

　　邝翠仪："今天最终的报价就是刚才报出来的七块八吗？"
　　药厂代表："对对。"
　　邝翠仪："你刚才所说的企业所增加的设备等，那是生产药厂必备的条件，不是药品价格（高）的理由，知道吗？你要生产药品连刚才的设备都不配备，那是假药来的！"
　　药厂代表："对对。"
　　邝翠仪："我觉得你不要磨，将这个价格实实在在地再报一次给我们，七块八，五克装的一个颗粒，还是绝对不能接受啊！大家为老百姓想一想，加上百分之十五，八块九毛七！吞一口八块九毛七！那我买个 701（软性瞬间胶）吞下去算了，知道吧？"
　　药厂代表："那我再给个最终的报价，大概就是六块五。"

厂家把价格降到六块五，专家还是觉得贵。

　　邝翠仪："我可以再次告诉你，你这六块五，肯定不能接受，还是要想想，抓紧时间，好不好？"
　　药厂代表："这六块五，实在没有办法再降了。"
　　邝翠仪："没有办法吗？"
　　药厂代表："对，对。"
　　邝翠仪："那如果我是老百姓我也没有办法买你的药啊。五克装的小颗粒，一吞下去就七八块，真的不能接受啊，知道不？"
　　药厂代表："但这个最重要的是看疗效啊！"
　　邝翠仪："再想一想。"
　　药厂代表："最终是六块五，没有办法再降。"

邝翠仪："六块五没有办法啊？那好。"

与药品打交道整整30年的经验终于派上用场了。邝翠仪用准确的统计数据让威骨颗粒成本立现。

邝翠仪："没有一包颗粒超过六块的，除了冬虫草。"
（会场笑声……）
邝翠仪："你要进入市场，有份额的话，还是实在一点，报个实在价格过来，好吧？"

药厂一听，知道这个专家对药品价格显然烂熟于心，不得不妥协了。

药厂代表："最终给个六块钱吧。"
邝翠仪："六块还是偏高，我觉得还有空间，代表，知道不？"
药厂代表："不可能了，我昨天跟我们这边开会讨论过这个东西。"
邝翠仪："这是老板给你的底线？"
药厂代表："对，这是底线。"
邝翠仪："哦，第三次才把底线抖出来。"

最终，专家还是不同意威骨颗粒以六元的价钱进入市场。

从七块八到六块，谈判官凭着诙谐、硬朗的谈判风格，用三分钟的时间，将价格减少了四分之一，直接体现在老百姓身上的就是以后每买一袋就可以少付一块八。

邝翠仪说，很多药品属于市场调节价，定价随意性非常大。她说，谈判中还出现某公司生产的5毫升、0.1克的阿魏酸钠注射液，价格为253.1元一支，而另一家公司生产的同类同规格注射液，价格是1元一支，相差了253倍。

本次阳光采购中，1339个所谓新药，七成以上为虚高报价，属于离奇报价就有几十个，报价比实际价格高几倍甚至几十倍。经过谈判，有 13 种药被挤出了 90% 以上的"水分"。

两票制，药价再降

阳光已经把药厂的水分晒干，药价虚高的另一个始作俑者——经销商，当然也逃不过阳光的照射。为了保证药品在流通领域不会被层层周转、层层加价，网上阳光采购还规定了"两票制"。广东省医药采购服务中心副主任杨哲介绍，"两票制"就是药品从药厂到医院，只能开两次票：药厂开票给配送商，配送商再开票给医院。其实质就是中间只允许存在一个配送商。请听系列报道《阳光照在药价上》第三篇《两票制，药价再降》。

3 月 19 日，40 多名医药代表拉着横幅，到广东省卫生厅"抗议"。一位医药代表告诉记者："经过两轮谈判，好多药的价格都定在药厂出厂价左右，流通领域的成本根本没考虑进去，我们以后的生活怎么办？"

目前，我国有 6700 多家药品生产企业，却有 1 万多家药品批发企业，超过 12 万家的药品零售企业。看来，阳光照到了大量医药代表和中间商的痛处。

医药代表："商业公司它有一个代理的价格，一般现在都要 6 到 8 个点啊。这个是目前国内的一个通则来的。"

就算是全国的通则，只要损害老百姓的利益，广东就要改。参会的经销商叹道：在"两票制"下，目前报名的 2000 多家药品配送商，七成将面临重新洗牌或者关闭。

医药代表："因为他们也有商业运作，也有成本，它不可能说一块钱的东西就一块钱卖出去，那么他们代理公司怎么生存啊？他们的商业怎么运作啊？"

在谈判中，有部分进口商甚至认为自己代理的进口药物，全国独此一家，决不降价。对国内有替代品的进口药，阳光采购有规定，如果代理商不降价，则一律不予上网。

医药代表 1："我想这对广东省患者来讲是一个遗憾了。我们全国的入围价都是三十几块，那么现在已经把最极限降到 35 块，已经是我们公司能够承担的最低成本。这是进口药嘛，它还是一级代理，那么它要到各省，还有二级代理。不可能说广东某个医院的药品直接到上海进出口公司开票，这是不可能嘛，要到广东省的医药公司，那广东省还覆盖了湛江、江门很多地区，它不可能一个公司就可以覆盖到下面其他地区的医院和商业（公司），所以这个流通环节有些还是不能少的。"

医药代表 2："在别的省份招标的中标价格，都没有低于 398 元，再降，我宁愿放弃广东市场。"

然而上海罗氏公司进口的"赫赛汀"，每支报价高达 22538.21 元，由于该药物可使乳腺癌复发率和死亡率降低 30%，虽然经过多次的讨价还价，代理公司才砍掉尾数，让利 0.21 元，阳光采购还是将 43 种类似"赫赛汀"的疗效好、国内缺乏替代品的独家药品纳入重点监控采购目录，规定医院对这些药品的采购量不得超过医院采购总量的 3%。

广药集团副总经理李楚源说，药品在流通领域要经过从七票到八票才能到达患者手中，广东现在猛砍剩两票，受冲击的是经销商和大量医药代表，受益的是老百姓。

李楚源："两个配送的单位，明确规定了他们获利的空间，那就是说，把原来在流通环节的一些利润，让利到老百姓那里去了，我觉得这个对我们企业的健康发展没有什么影响，反而更有利了，因为有了一个更好的公平竞争的环境。"

以后，经销商和医药代表想靠"过票"吃加价的空间会日益萎缩，也减少了商业贿赂的机会。

多层代理让药价翻倍，最后受害的是患者，受益的是代理公司。药价要降，代理环节必须缩减。广东省卫生厅副厅长张寿生说，"两票制"的新模式将减少中间盘剥，改变环节太多的弊病，现在从药厂到医院终端，只有"药厂—配送公司—医院"这样一个简单的供应链条。

挤出两成水分，专家期待阳光更灿烂

4月份开始，"阳光药品"进入广东省各大医院后，陆续传来药价下降的消息，在市民一片叫好声中，有关专家看到了网上阳光采购的前景，也在思索着阳光采购继续前进所必须克服的难题。下面请听《阳光照在药价上》第四篇《挤出两成水分，专家期待阳光更灿烂》。

经过前一轮的竞价限价之后，阳光药品已经陆续进入我省各大医院。"丽珠奇乐"是一种抗菌素，原价是23元多的，现在已经降到7元多。经常买天麻丸的市民陈映有话说。

陈映："以前每瓶好像是25块多，刚才买的是9块。还有这个小柴胡冲剂，原来要13块，现在也只有7块多了。"

现在，市面常见的小柴胡冲剂、清开宁口服液等中成药，都比原来的价格降低了5到7元。广东省卫生厅党组书记、副厅长黄小玲说，网上阳光采购已经初见"阳光"。

黄小玲："3万多个品种品规在这次网上竞价过程中，（价格）都有明显下降，特别一些虚高定价的（药品），下降了40%左右，（总体）平均降价20%。"

目前的统计数字显示，今年的药品网上阳光采购活动，入围品种总平均降价为40.39%，专利及原研药品品种的平均降价为5.1%。

4月8日，国务院纠风办一行到省医药采购服务中心调研，纠风办处长刘芳对广东药品网上阳光采购给予了充分的肯定。

刘芳："如果在网上坚持两票制的话，那么对全国来讲，我觉得是一个非常大的贡献，这两票制必须公开，必须上网。"

就在阳光采购为市民把好药价关的同时，记者在广州的一些药店却发现，"头孢曲松钠""红霉素肠溶片""乙酰氨基酚"等几种基本的药品都缺货。当问起其中原因时，记者被告知，"药价太低，没有利润，厂家早就不做了"。

全国第二届新药评审委员、中山大学教授赵香兰告诉记者，药品降价后，药品生产企业利润大幅下降，连锁反应之一就是制药企业偷工减料，市场假药、劣质药不断。

赵香兰："很多药厂申报时就像绣花一样，要多漂亮就绣多漂亮，辅料又是从外国进口的，做得要多好就有多好，但是到生产，它想划不来啊！特别是现在的投标，价低者得，它（企业）当然想便宜点，那么就一个一个（辅料）都换掉，换到最后就出事啦！"

继续降价，降价药就断货，接着用不了多长时间，不同剂型、不同包装的同类高价药品便会以新药的名义再次"面世"，本想惠及患者的降价努力也就化为乌有。赵教授说，虽然阳光采购取得不菲的成绩，但是要真正完善，长久惠及患者，还有很长的路要走。

评　　析

采编过程：

为了抑制药价虚高，广东省卫生厅在全国首创了"药品挂网竞价限价阳光采购"。为了全面、客观地报道这个技术变革，记者用了半年多的时间，深入采访市民、专家、企业、政府，听取他们对这一技术的看法。

4月8日，在阳光采购接受国务院纠风办检查的时候，记者按照"药价虚高的原因分析—制药企业降成本—缩短流动环节降药价—阳光采购出成绩和不足"这一逻辑，写成这篇专题报道，全面地解读了这个技术变革。该作品是首次全面介绍"药品阳光采购"的报道，报道后，受到省卫生厅的赞扬，在市民中产生强烈反响。省卫生厅副厅长张寿生看到报道后表示，将继续完善"药品阳光采购"，使低价的药品不会因为没有利润而退出市场。

社会效果：

药价虚高一直是医疗事业被人诟病的主要原因之一，稿件紧扣社会关注焦点，展开讨论和报道，得到广东卫生部门、市民、药企和经销商的高度关注。稿件报道后，很多市民来电表示报道为民发声，急人所急。

4月8日，国务院纠风办的有关负责人在视察时，高度肯定了广东的这一做法，并希望能将广东省的网上阳光采购向全国推广。

作品评介：

看病难、看病贵是前些年百姓反映最强烈的问题之一。其中，药品价格高昂就是看病贵的主要原因。药品是一种特殊商品，它既有普通商品在市场的流通属性，又与社会医保和公众健康紧密相关，药品的价格一定程度上反映国民福利的程度。

药品在遵循市场规律的过程中，存在市场监管失灵的现象，导致价格居高不下，严重损害公共利益。这个时候，政府就应该利用行政手段进行干预，但又不能让廉价好药失去存在的利润空间。

所以广东在调控药价时，率先进行尝试，降药价主要从压缩中间环节、取缔药品回扣、解除行政垄断等方面下手。

该专题报道从前些年社会热点话题入手，分析了药价居高不下的原因，接着从原因入手，采访专家、药企、职能部门负责人，报道了广东首创的网上阳光采购制度，为全国药品采购提供了借鉴。

1. 意义重大。该话题是前些年的社会热点，卫生部门为了控制虚高的药价，寻找很多办法。

2. 内容丰富。稿件采访了多方利益相关者，从不同的方面，报道了问题的所在。

献血大户患病没钱医，社会各界齐援助

在我们的身边，有一位六十一岁的老人，五年来无偿献血1.4万毫升，去年的一次摔倒致使半身瘫痪，他无奈回到河南老家举债医病。【录音】"看了快一年了，存钱也花完了，借了债也没办法。看不下去了，都不看了现在。"

故事经本台播出后，有广州的医院辗转找到记者联系老人，免费为老人治疗，社会各界也纷纷伸出援手。【录音】"我们广东有这个土壤。好多老百姓知道，这个是做好事的，受了伤，在医院里面。那些人一到，捐钱捐物，一到医院就把钱放下就走了。"

温暖生命，大爱同行。连续报道《献血大户患病没钱医，社会各界齐援助》，我们本周为您独家播送。

第一篇　老人五年献血1.4万毫升，患病后无钱医治

从今天（5日）起，本台将为您播送连续报道《老人患病没钱医，社会各界齐援助》。今天请听第一篇《老人五年献血1.4万毫升，患病后无钱医治》。

在越秀区光塔路上，一间不到十平方米的旅馆客房就是张伯全父子在广州的暂居地。左半身偏瘫的张伯全双眼微闭，平躺在床上。2003年张伯全从河南到广州打工，无意中得知广州血液中心血小板存量经常不足，他便开始到广州血站捐献血小板。

张伯全："那是有一次，报纸上登广州市急需血小板救人，号召好心人义务献血，功德无量嘛！救人啊，回报、帮助别

人嘛！"

从 2003 年到 2008 年张伯全年满五十五岁不能再献血为止，他已经累计无偿献血多达 1.4 万毫升，先后五次获得省卫生厅和省红十字会颁发的市民无偿献血荣誉证书。

张伯全："既然能够帮助别人，那也是个好事嘛！身体也可以，这也是很好的事情。从那以后，每隔二十天左右我就献一次，一直坚持了好几年，献了三十五次机采血小板。"

2013 年 7 月，在下班回家的路上，张伯全不慎摔倒，导致急性脑梗，左半身瘫痪。

张伯全："就在马路上正走着，一晕就不由自主地摔倒在地上，也不算晕，就是不知道，没有任何意识。然后自己就爬起来，爬起来站起来又摔倒，站不起来。因为我摔倒的地方离我住的地方只有一百米，路人把我扶起来，我就自己走回去了。"

回到住所后，房东看到张伯全手脚颤抖、站立不稳、言语不清，好心地将他送到医院救治。

张伯全："房东看我害怕，他就打了 120。也就是两个小时吧，就到长安医院了。一个多月以后，左手左脚就不能动了，右腿右手都没有问题，就是这个左腿左胳膊不由自主，在医院也是那样，出院的时候也是不能走。"

张伯全瘫痪后，三十二岁的儿子张地维从深圳辞职，赶到广州照顾父亲。面对每个月七八千块钱的医药费，没有任何医保的张伯全父子靠借债治病，欠下六万多元医疗费和房租。

张地维："家里就我们两个人，我专门过来照顾他，工作也辞了。看了快一年了，存的钱都花完了，借债也没有办法。看不下去就不看了现在。想治疗啊，关键是没钱啊！有钱的话还能再治治，还有希望。医生说了，三四个月的话就能走路。"

　　无奈之下，张地维只能背着父亲回到河南老家，自己帮父亲做康复治疗。

　　张地维："租了一个套间带卫生间三百块钱，家里便宜嘛！反正买个饭也几块钱，给他吃。他这样每天没事就给他按两下，有空就泡泡脚，有时候想出来就出去晒晒太阳，就这样。"

　　本来张伯全父子以为，以后的生活就只能在河南老家煎熬下去，可没想到，张伯全的事迹被本台报道后，引起社会的极大关注，广州社会各界和广州人民并没有忘记这位老人，纷纷伸出援手。
　　明天请继续收听连续报道《献血大户患病没钱医，社会各界齐援助》的第二篇《番禺医院首伸援手救老人》。

第二篇　番禺医院首伸援手救老人

　　张伯全的故事在本台播出后，引起广州社会极大的关注。番禺区市桥医院听到报道后，辗转找到记者，表示愿意免费医治张伯全老人。今天（6日）请继续收听连续报道《献血大户患病没钱医，社会各界齐援助》的第二篇《番禺医院首伸援手救好人》。
　　[压混：当天新闻报道]
　　番禺区市桥医院院长徐早清跟往常一样驾车上班。突然，电台传来张伯全的新闻报道。

　　徐早清："正好听到有说一个义务献血一万多毫升的（人），因为脑梗死后遗症需要康复又没有钱。听到这个东西我就回来给我们谢主任说，又不熟你们电台，就让小谢打

114 查。"

经过多方辗转，徐早清院长终于找到本台记者，并承诺免费为张伯全医治。

徐早清："感谢你们电台对这些有需求的人一个帮助吧。我们作为医院，我觉得他也是公益性质，献血，献这么多血，作为一个公立医院，我们应该也要做出一点贡献吧。"

随后，记者多次跟市桥医院实践办主任谢卓熙商议医治和帮扶方案。

记者："我们这边给他们准备了什么？"
谢卓熙："因为我们医院本身有饭堂在这里，我们会定时送过去给他们吃的。房间方面，我们是希望给一个双人房他们两位。首先来说，我们目的以先解决他爸爸的情况为主，我们康复科、我们这里的医生院长护士都已经全部做好准备了。"

准备妥当后，记者将医院愿意免费医治的消息告诉在老家河南的张伯全。

记者："我想了解一下你们的需求，然后再跟医院那边反映一下。你们准备得怎么样？我听谢医生说你们已经联系上了是吧？"
张地维："嗯，联系上了，我们打电话联系上了。他说给我们治疗嘛，好像说是免费的。"
记者："你还有什么需要我跟他们沟通的没有，比如说住的吃的？"
张地维："你都帮我们这么多了，我还好意思说什么？只要把我父亲治好了，治疗我父亲就行了。吃的再麻烦医院就不好意思了。"

记者："住呢？"

张地维："住在病房也行了。"

记者："哦，住病房。"

张地维："在外面租房子麻烦，这边的房子也挺贵的。"

[压混：火车站]

7月28日中午11点23分，由河南开往广州的T89次列车准时抵达广州。

记者："这是联系你的谢医生。"

谢卓熙："我姓谢，这位是我们的护长，到时候就他们全程照顾你。"

记者和谢卓熙终于见到面容消瘦，心情却不错的张伯全父子。

记者："坐了十六个小时哦！"

张地维："是啊，昨天晚上……"

司机："开车了哦！……好，坐稳了。"

通过救护车，医护人员小心翼翼地将张伯全送到医院。

谢卓熙："稍等一下，如果有其他床位的话，我们把这位患者移出去，你就可以在这里，我们有沙滩床给你，先暂时委屈一下。"

张地维："以前在医院我也是这样。谢谢您，能把他看好我都很感谢了。"

经过详细的体格检查和病情评估，医院为其制订了包括手术、针灸、推拿和按摩等康复计划，并配合中药方剂进行恢复。目前，张伯全正在番禺市桥医院进行康复治疗。

明天请继续关注连续报道《献血大户患病没钱医，社会各界齐援助》的第三篇《张伯全老人恢复良好，半年后可自主行走》。

第三篇　张伯全老人恢复良好，半年后可自主行走

经过手术和治疗，张伯全蜷曲的左手已经可以张开，左脚也能活动了。医生预计，半年后，张伯全就可以拄着拐杖自主活动。今天（8日）请继续收听连续报道《献血大户患病没钱医，社会各界齐援助》的第三篇《张伯全老人恢复良好，半年后可自主行走》。

张伯全父子从河南新乡到番禺区市桥医院住院治疗，为了减轻父子的负担，医院承担了他们的一切起居费用。

　　医生："踢起来用尽力！用力！嗯！有感觉的，这样子有感觉的?"
　　张伯全："嗯，有感觉的。"
　　医生："嗯，好的……"

张伯全终于放心地按照医院制订的康复计划，有条不紊地进行恢复性治疗。

　　张伯全："本来这个手啊，摸了很紧的，现在都能松开了，好多了，原来是这样，掰不开的，很痛。现在好多了，原来这个左腿一点也不能动。"
　　护长："松一点了，手也软多了。"
　　张伯全："现在左腿可以抬了，松一点了，手也软很多了。慢慢来就能走了，能生活自理就 OK 了。"

市桥医院院长徐早清说，从治疗和恢复的效果来看，张伯全半年后应该能够自主活动。

　　徐早清："我们做了很多检查，主要是个急性脑梗死，半身不遂。估计经过我们半年左右的康复，应该能拄着拐杖走

80

路，我们的目的是让他丢掉拐杖，自己步行。"

为了解决张伯全出院后的生活问题，徐早清呼吁社会各界和热心人士为张伯全的儿子提供一份工作。

徐早清："在我们医院半年以后或者一年以后回去了，还有几十年的生活要过。社会的热心人士、各界的人士能帮帮他，能捐一点款给他，或者能帮他以后的生活。在医院当然没问题，能解决他实际困难，医好他。这确实是一个好人啊，这是我们身边的好人！好人有好报，为社会做了这么多贡献，献了这么多血，现在义务献血也是很难啊！"

因为年纪原因不能再献血救人一直是张伯全的遗憾，但他表示，将来一定要通过红十字会，在广州捐出器官和遗体，继续造福社会。

张伯全："我已经六十多了，人总是要死的，广东是个好地方，广州人很好！我想身后把眼角膜啊、器官啊、身体啊，把身体有用的器官也捐献给有用的人，我就是唯一这个心愿。"

张伯全的故事引起广州社会极大的关注，市民和社会各界纷纷伸出援手。明天请继续关注连续报道《献血大户患病没钱医，社会各界齐援助》的第四篇《社会各界援手救老人》。

第四篇　社会各界援手救老人

张伯全的故事在本台播出后，不仅引起医院的关注，而且引起广州社会极大的反响，不少素昧平生的市民和社会各界也纷纷伸出援手。
今天（9日）请继续收听连续报道《献血大户患病没钱医，社会各界齐援助》的第四篇《社会各界援手救老人》。
在番禺区市桥医院7楼住院病房，张伯全每天按照制订的计划进行康复训练，看起来恢复得不错。

医生："这只脚踢起来，踢起来用尽力，用力踢起来，这只脚呢？能抬一点，这只手呢？这只手能不能自己抬起来……"

住院期间，张伯全的故事引起社会极大的关注。得知老人在广州医治，市血液中心马上赶往医院慰问。一说起张伯全，广州市血液中心副主任汪传喜至今印象深刻。

汪传喜："当时住在郊区那边，自己坐公交车到广州血液中心来献血。只要有时间或者有条件，他工作之余就会来献血的。按照我们政府规定，累计多少次，就有不同级别的奖励，他是达到金奖级别的！"

回到单位后，市血液中心发动员工自愿为张伯全捐款一万三千元，募捐款项全部交给张伯全。

汪传喜："第二天一天就捐了一万多，然后我们工会专程送到他那里。因为他是一位无偿献血者而且多次献血，他献的血可能会挽救很多生命或者疾病的治疗。他既然碰到了意外，碰到不幸，我们就反正尽我们所能吧，因为我们确实知道这个血对生命的重要，所以我们一天就捐了一万多块钱。"

为了资助张伯全，社会各界纷纷出手：中国好人网募捐一万元；不少好心人也自发地打钱到张伯全的银行账户，目前已筹集了三千多元。

市民："我作为一个一般的市民，我感觉树立这样的榜样的话，让好人越来越多。因为现在的风气，就是给人的感觉好像很淡薄一样，对人情。"

对社会各界的援助行为，广东省文明办副主任林海华说，它诠释并弘扬了扶危济困、守望相助的优良品德。

> 林海华："我们广东有这个土壤，好多老百姓知道这个是做好事的，受了伤，在医院里。那些人一到就捐钱、捐物，一到医院，只是问你是不是谁谁谁，就把钱扔下就走了！"

医院透露，张伯全左腿的康复至少需要三四个月，蜷曲的左手至少需要一年的时间才能慢慢恢复正常。林海华说，相信我们社会的风尚也会跟张伯全的身体状况一样，不断改善，不断进步。

> 林海华："我们的国家、我们的社会在不断地改善，我们也在不断地努力。要发动社会更多的人去帮助这些做好事的人，慢慢地培养一个文明、有礼的社会氛围。"

张伯全说，他始终相信好人有好报，现在有点遗憾的是不能再献血救人，但他打算联系红十字会，身后捐献眼角膜，继续做些自己力所能及的事。

感谢您收听连续报道《献血大户患病没钱医，社会各界齐援助》，让我们与大爱同行，温暖生命。

评　　析

采编过程：

2014年5月，有市民向电台报料说，广州有位五年无偿献血1.4万毫升的六十一岁老人张伯全，摔倒后半身瘫痪，无奈回到河南老家举债医病。记者在接到报料后的两个多月里，一直追踪"献血老人患病没钱医治"事件。在这段时间里，记者主动与老人保持联系，并先后到广东省文明办、省市红十字会、广州献血办等多个部门反映情况，得到有关部门的重视，多个单位自发为老人捐款捐物；记者采写的故事播出后，有广州的医院辗转找到记者，希望联系到老人，免费为他治疗；记者又牵头沟通老人和医院双方，消除双方疑虑，并播发新闻。在记者的努力和帮助下，老人终于从河南老家回到广州接受治疗。记者见证了老人的无奈彷徨、医院的热心热忱、社会各界的鼎力援助，并亲自负责、筹划救援方案，在老人成功被救治后，记者完成稿件的采写。

社会效果：

这篇报道在反映群众困难、体察国情民意上，起到传递人文关怀、凝聚百姓意愿的作用，引起强烈的社会反响。

消息播发后，医院主动联系记者，承诺承担老人的一切治疗费用并为老人的儿子提供一份安保的工作，从根本上解决了一家人的生活问题。

省市多家媒体、网站也跟进报道，受到众多听众关注，引起共鸣。市民纷纷来电对报道给予肯定，产生良好的社会效果。特别是随着新闻事件的不断发酵，社会各界也纷纷伸出援手，不仅多家单位自发捐款，还有多位市民和多家医疗机构为老人送去钱款和医疗器械，终于解决了老人的后顾之忧。

作品评价：

新闻是有温度的。新闻的温度是新闻传播的人文关怀层面。传播有温度的新闻，传递社会正能量，是媒体透过社会现象，反映社会本质的真善美，找到与百姓需求相契合的传播点。

1. 选题独到，传播正能量。稿件紧贴百姓"大事"，在关怀弱势群体的同时，也宣传了无偿献血公益事业，最后，解决了老人的问题，为社会注入了一剂强力的正能量。

2. 媒体有担当，社会共参与。作者本身既是事件的见证者和记录者，又是事件的策划者和主导者。稿件既体现广播的传播功能，又体现了媒体的社会责任感。

3. 语言精练，布局紧凑，要素齐全。稿件对已经掌握的大量的文字、声音等素材进行认真整理和甄别，挑选出信息量最大最能反映新闻主题的录音和细节，再配合各种现场音响，并融会贯通，用最精练的语言、最生动的音效展开报道，达到透视事物、揭示事物本质的目的。

4. 音响丰富，运用自如，制作精良。作品音效丰富，与文字内容相互照应，使音响元素在不同细节间互为补充，相辅相成，形成广播合力。记者在对音效和文字进行编辑时注意运用整合思维，让其发挥最佳的传播效益。

登革热：可防可控可治

［台标］
您现在收听的 FM96.2 广州新闻电台，My News FM。

［《广州这一刻》节目版头］

感受城市呼吸，捕捉都市脉搏。《广州这一刻》，为您传递新闻资讯，发现城市魅力。风雨无阻，阴晴与共，《广州这一刻》。

今年 6 月，史上最严重的登革热疫情静静地降临广州。7 月全省报告 130 例确诊病例，8 月报告 1145 例，9 月 11867 例……随后，病例数爆发式增长，每日新增病例数超过 1000 例，累计死亡病例 5 例。一时间，患者挤满医院，全城草木皆兵。

林海婷：各位听众，大家好！欢迎收听《广州这一刻》，我是主持人林海婷。

梁皓明：我是主持人梁皓明。

林海婷：登革热现在正肆虐全城。为什么今年疫情特别严重？我们有什么办法对付它呢？今日，我们在节目中就和大家一起来了解登革热。

［"登革热"宣传版头］

登革热，是由登革病毒引起的急性病毒性疾病，主要是通过白纹伊蚊叮咬在人群当中传播。

广州市第八人民医院院长尹炽标：它是很常见的一种传染病。每年实际上都有发病的。

今年，它凶神恶煞，似乎势不可挡。

广州市疾控中心主任王鸣：病例数也是近十几二十年来最高的，而且有些特别，就是比较严重。

蚊子：那些人类啊！真是愚蠢啊！自己生活的环境都不爱护，垃圾到处扔，污水横流，这不就为我们这些蚊子提供了很好的生存环境？哼！看我怎么来收拾你们吧！哈哈！

专家说，其实，它可防可控可治，并不可怕。

尹炽标：它有一个自限性，大概一周到十几天，就会好了。不需要特别处理，它都会自己好的。

登革热到底怎么预防、控制和治疗呢？敬请留意《广州这一刻》特别节目《登革热：可防可控可治》。

梁皓明：《广州这一刻》特别节目《登革热：可防可控可治》。今日我们请到我国著名传染病防控专家、广州市第八人民医院院长尹炽标，市疾病预防控制中心主任王鸣。欢迎两位！

专　家：你好！大家好！

林海婷：欢迎两位专家！要了解登革热，我们首先就要了解这种病毒是怎么被发现的。

[旁述：登革热的来源]

有关于登革热疾病的最早医学文献记录是 1779 年首次出现在埃及开罗，1943 年日本科学家首次发现了登革热病毒。它的自然宿主是黑猩猩、长臂猿、猕猴等，蚊虫叮咬过这些患病的动物，再叮咬健康人，就完成一次登革热的传播。一般来说，登革热主要分布在热带及亚热带地区。近年来，广州登革热疫情全部是从输入性病例开始的。

尹炽标：这种病不是我们广州本地有，是在其他国家，但是我们这个地区可能有一些蚊虫，如果有病例的话，可以通过这些蚊虫去扩散。

梁皓明：登革热疫情每年都会发生，但今年来得特别凶猛。自从 6 月 23 日广州发现首例本地登革热病例以来，广州市第八人民医院已经收治重症病例 536 例，门诊每日近 500 例。截至目前，全市累计确诊病例 33591 例，而且，还以每日超过 1000 例的速度在递增。

王　鸣：老百姓吊针，吊到树底下和篮球场上，医院已经放不下了，已经到这个程度。但病情都不算太重，所以基本上没有死亡病例。

林海婷：广州防控形势严峻，周边国家疫情更为严重，马来西亚确诊病例超过 5.3 万例，菲律宾超过 3.5 万例。

【模拟情景】

母蚊：哎呀，女儿啊，妈妈年纪大了，飞得很累了，不如找个地方住下啦！这条巷子好像不错哦，够肮脏啊！

女蚊：妈，你好眼光啊！这里又多水，又肮脏邋遢，还有这么多人扔垃圾过来，不在这里住在哪里住啊？又没人查户口，又没人抄水表，还没人抄牌啊！

母蚊：是啊！你看那边那些阿婆阿姨她们都不注意卫生的，怎么会注意到我们啊？说不定今晚我们还会有大餐吃呢，呵呵！

女蚊：那就在这里开枝散叶啦！

林海婷：登革热严重的大多数都是卫生环境极其恶劣、污水横流、垃圾成堆、蚊子成群的地方。这样恶劣的环境，如果大家不齐心协力动手清理卫生死角，改善环境卫生，蚊子就会迅速繁衍，传播疾病。而且，国庆期间频繁的人员流动，加大了登革热的传播风险。

【模拟剧场】

游客男：在流花湖边看日落，真是开心啊！你看，那个日落多么圆！多么大！多么黄！

游客女：我觉得这片日落就像蛋黄一样，好浪漫啊！

游客男：此情此景，我们不要浪费时间啦！来啦！

游客女：喂！你想干吗？

游客男：脱你的衣服咯！

游客女：为什么啊？

游客男：政府宣传片说，在水边穿深色衣服特别容易惹花蚁，有登革热啊！来啊，让我脱了它！

（巴掌声：啪！）

游客男：你干吗啊？

游客女：有只很大的花蚊停在你脸上啊。政府宣传片都说了，花蚊最容易传播登革热啦！而且现在是日落时分，它们最活跃了，所以我就帮你拍死它咯！

梁皓明：疾病传播是迅猛的，但我们的防控工作却遇到了很多挑战：第一，没有特效药；第二，疫苗还未研发成功；第三，重症登革热致病与免疫机制不明。所以，我们对付它的唯一途径只有防蚊灭蚊。这几日，连市长都亲自带队去到街道、社区消杀蚊虫。

市长陈建华：9月24日、9月28日、10月3日、10月8日，我们杀了四次蚊子！我这里强调一下，垃圾分类一定要做到定时定点！不要堆在楼道里，一堆在楼道，蚊子就滋生！这次我们要以街镇为主要作战单位，确保不留一处死角！

【模拟剧场】

蚊子头领：兄弟们，快跑啊！人类拿了重型武器来对付我们了！你们先走，我垫后！水里的蚊仔和没有孵化的就顾不上它们了！

蚊子乙：不用怕，我们还有很多兄弟姐妹分散在不同的角落。广州这么湿热又有这么多肮脏的地方，哼哼，我们的蚊仔一定会在各类沙煲、坛、轮胎、盆、罐等等有积水的地方继续繁殖的！

蚊子头领：18日之后，我们又是一只好蚊！

蚊子乙：没错！

林海婷：登革热的形势这么严峻，蚊子一时又无法消杀到位，那万一感染登革热，市民应该怎么办？一位轻症患者张先生就根据医嘱，在家里自我隔离了十多天。

市　民：被蚊叮了之后，我自己觉得很累，而且身体有些发热，第二天就发现头疼，还有整个脊骨都痛。第一天去验血，看起来好像不是，但不能排除，因为它有个潜伏期。后来又回到省医院看，抽血常规，血常规验到白细胞和血小板减少了。第五天、第六天开始，手上和身上就出红疹。开始的时候就好像蚊叮一样的，一点一点的，然后整只手上都是。出疹后就再去验，验到抗体阳性，但医生看完就说，你已经过了发热，现在已经到了恢复期。那些红疹都持续了四五天。

梁皓明：其实，90%的患者都是张先生这样的轻症，另外有 5%的人会出现出血、休克等等重症，还有 0.01%的人可能会出现死亡，所以我们无须太多担心。

林海婷：而对于重症患者的治疗，目前医学界还没有确切有效的方法，主要采取对症治疗的措施。

尹炽标：所谓的对症治疗就看这个病人发病之后他出现什么症状和出现什么器官的损害，那我们针对这种损害来保护他，比如他出现发烧，我们可以先用一些物理降温，冰敷之类的。物理降温解决不了的，可以适当用一些退烧药。如果他有中毒性肝炎的，那就用一些护肝药；如果有心肌炎的，我们就用补心脏的药物，防止他出现心衰、心律失常等。所以这种治疗措施是根据他哪种器官受损而采取相应的处理方法。

梁皓明：登革热患者发病之前都有 2—15 日的潜伏期。这段时间，如果出现头疼、发热就要到医院就诊。

尹炽标：它是发烧，然后头疼很明显，全身骨痛痛得很厉害。这种痛和一般感冒痛不一样，你会明显感觉不一样的。还有是出皮疹，一般感冒是不会出皮疹的。所以有这些症状就积极去检查，发现白细胞下降、血小板下降，那就很容易确诊了，再加上抗原和核酸的检测，马上就可以有结果了。

梁皓明：这就很简单了，早发现就早治疗。还有，大家如果一发现、怀疑自己有登革热的话，去到附近的医院都应该没有问题的。

林海婷：好啦，下面我们听听节目平台上网友的留言。

【网友留言】
我有话说：政府吹响了防控疫情的集结号！我们要上下齐心，才能战胜登革热！

小羊咩咩叫：几日前，消杀队员到隔壁检查积水，就被一个老伯用砖头赶了出来。隔离邻舍，他不倒水，我倒一百次都没用啦！

抽风的风：我还见到有人从楼下扔砖头去砸扑杀蚊车啊！那些车的确是吵了点，但喷出来的东西对人体没害的，忍忍就过去了，为什么要扔砖呢？想不明白。

忘不了初心：我听说有的地方为了灭蚊，放生了几万尾"食蚊鱼"。我担心，蚊没了，但外来物种却泛滥成灾。

寻找鱼丸粗面的 Molly：我们广州人什么都吃，不知道蚊子能不能吃呢？呵呵。

林海婷：长期以来，广州由于地处亚热带，毗邻东南亚，天气潮湿多雨，蚊虫最容易滋生，是一个传染性疾病容易流行的地区。广州市社会科学院哲文所所长曾德雄认为，通过登革热这一次重大战役，如果可以促进公众提高卫生意识，政府建立完善的突发公共事件应急机制，将可以大大降低传染性疾病的危害程度。

曾德雄：每个人必须要慢慢形成、树立越来越强的公共意识、公共观念，这个可能是给我们敲的一个警钟。

王　鸣：当一种传染病疫情来到，不能说单靠政府，也不能单靠其他单位、部门，也都不能说靠个别市民自觉去行动，而是要我们全体市民一起动手，一起清理每一个滋生蚊虫的死角，不留后患不留死角，这样才能起到作用。因为别的地方清理了，你那里还有一潭死水的话，那实际上这里也是一个很大的蚊虫生产工厂。

林海婷：防疫和疾控部门估计，广州登革热疫情可望在 10 月下旬出现拐点并开始缓解，最终得到控制。不过资深媒体人刘小钢希望，此类的防控举措不要停留在运动式的层面，要形成长效机制。

刘小钢：不能仅仅去搞那种很好听、很好看的群众运动，不能说是一次性的，这个根本达不到真正消灭的目的。这个事，"防"的工作比"控"、比"治"更重要！不能等到它流行了，流行了再去控，那总是被动嘛！

【模拟剧场】

苍蝇小姐：唉，最近真的生活艰难啊！那些人又很注意卫生喔，连一摊水都见不到，搞得我饿得连腰都出来了！天哪！

蟑螂小强：啊，这不是苍蝇小姐吗？你好啊，我是小强先生啊！你知不知道哪里能找到隔夜饭菜来吃？啊呀，我肚子很饿啊！我的蟑螂腰都不见了！可怜啊！

老鼠妹妹：你们不是强哥和苍蝇小姐吗？我老鼠妹妹现在都瘦得跟你们一样小了。唉，现在不要说吃的了，连住的地方都没了。现在的人又不到处扔垃圾，每个人都要垃圾分类。唉，以后的生活真是艰难了！

苍蝇小姐：如果人类真的那么注重卫生，连个卫生死角都没有，那我们以后怎么办啊？

梁皓明：所以，环境卫生设施建设和卫生防控工作一刻也不能放松，爱国卫生运动应该焕发活力并且深入持久地开展下去。

[台标]

您现在收听的 FM96.2 广州新闻电台，My News FM。

(该作品获 2014 年广东省广播影视奖一等奖)

评　析

采编过程：

2014 年，广州遭遇前所未有的登革热疫情，确诊病例爆发式增长，突如其来的疫情令市民和政府始料不及。记者从 9 月份开始便策划制作特别节目，在查阅大量相关资料、听取多方意见后，邀请传染病治疗专家、防控专家和社科专家，做客直播室录制节目，从不同角度共同分析此次登革热暴发的原因，传播疫情的公共知识。

在制作过程中，节目注意捕捉新闻事态发展过程中最富有表现力的场面和细节，利用记者采写录音、录制模拟现场，在千变万化的新闻现场"抢点到位"，并且充分加入各种音效，及时地制作典型而精彩的特别节目。节目制作中还特意选读部分网民的观点，使节目以更生动活泼的语言，传播科学，传播知识。

社会效果：

稿件在反映群众呼声和营造良好社会氛围上，起到通达传递人文关怀、解决百姓疑惑的作用，引起强烈的社会反响。

节目播发后，多家媒体、网站进行跟进报道，受到众多听众关注，引起共鸣。市民纷纷来电对节目给予肯定，产生良好的社会效果。有关部门也纷纷出台多种措施，研究并提出解决、预防登革热问题的方案并取得成效。

有政协委员听到节目后，致电栏目，请记者收集市民意见和建议，准备写成"关于广州防控传染病"的提案。

作品评介：

作为媒体，有责任、有义务向公众传播防控传染病的正确知识，包括新冠肺炎的科普。在新冠肺炎疫情暴发前，由于与东南亚国家交流密切，广州每年一进入夏季，总会出现输入性病例。2014年的登革热疫情尤为严重。

1. 选题准确，贴近民生。稿件围绕当时的社会形势，紧贴百姓关心的登革热问题。"题目抓得准，针对性强"，又结合最权威专家的意见和建议，用心思索，找准解决的途径和方法，缓解市民疑虑。

2. 语言精练，要素齐全。稿件对已经掌握的文字、声音等素材进行认真整理和甄别，挑选出信息量最大最能反映节目主题的录音和细节，并融会贯通，用最精练的语言、最贴切的音效说明问题。节目层层剖析当时登革热疫情暴发的原因，延伸分析背后公共卫生的顽疾，共同探讨应对之策。

3. 音响丰富，运用自如，制作精良。作品音效丰富，与文字内容相互照应，使音响元素在不同细节间互为补充，相辅相成，形成广播合力。节目在对音效和文字进行编辑时注意运用整合思维，让其发挥最佳的传播效益。

死亡的笑声

[台标]

您现在收听的 FM96.2 广州新闻电台，My News FM。

[《新闻大视野》节目版头]

全媒体，多维度，视野所及，声音所至，无所不谈，《新闻大视野》。

[压混：诡异的笑声]

今年 6 月，一名笑气成瘾患者被带到广州戒瘾；6 月底，一名留美学生吸食笑气成瘾，导致双腿无法站立、大小便失禁，不得不回国治疗；8 月，三个男孩躲在苏州某宾馆吸笑气，整整笑足十五个小时，差点笑死；10 月，一名吸笑气致瘫的海外学子回南京救治……

今年以来，笑气突然频繁出现在中国公众面前。

这种陌生的新型成瘾性物品，突然"杀向"青少年，一切似乎猝不及防。

直至 11 月 27 日，浙江云和县九人因非法销售笑气，以非法经营罪被移送检察机关。全国首例"笑气入刑"案件被移送起诉，终于开了先河。

梁俊飞：各位听众，大家好！欢迎收听《新闻大视野》，我是主持人梁俊飞。

吴央央：我是主持人吴央央。

梁俊飞：笑气，突然之间肆虐全国。为什么笑气这种新型成瘾性物品案件会一下子爆发呢？它到底有哪些危害？我们又有什么办法控制它呢？今天，我们就和大家一起来揭开笑气的神秘面纱。听众朋友可以登录"广州新闻电台"微信公众号留言，和我们即时互动。

吴央央：这个时间，我们一起先来了解一下什么是笑气。

笑气，学名一氧化二氮，主要用于医学麻醉和奶油发泡，人吸食之后会产生幻觉，获得短暂的快感，脸部肌肉失控，形成诡异、痴呆的笑容。长期吸食可导致智力、视听功能障碍，行走困难甚至死亡。

> 武警广东省总队医院青少年成瘾治疗中心主任何日辉：最重要的是它会侵蚀大脑系统、神经系统，甚至出现一些精神状况，比如说幻觉、妄想等等，最后也会导致我们的运动系统出现肌肉瘫痪。

2015 年前后，笑气开始陆续出现在美国的中国留学生聚会上。今年，它已泛滥成灾，一发不可收拾，似乎势不可挡。

> 成瘾者小娜：听说最近很流行那个，然后就去附近烟店买了几盒回家跟朋友一起尝。开始是走着走着会跪下来，或摔在别人身上，后来是要扶着走，再后来连站都站不起来。

笑气到底是什么？它怎么会突然泛滥起来，它又是如何侵蚀青少年的？我们应该如何有效地监管、控制和利用呢？敬请留意《新闻大视野》特别节目《死亡的笑声》。

吴央央：要了解笑气，我们首先就要了解这种新型成瘾性物品是怎么被发现的。

1772 年，英国化学家约瑟夫发现一种新的气体：一氧化二氮。1799 年，英国化学家戴维发现少量吸入后，它令患者意识清醒但痛觉丧失。此后，笑气被当作麻醉剂，应用于医学手术中。

> 志愿者：就感觉你的脑袋跟喝多酒一样，脑袋里的血管在膨胀，感觉自己脉搏特别明显。就是我已经出现幻觉，但是我面部表情有没有笑不知道，但是我没有想笑的感觉。

梁俊飞：笑气被发现至今，已经有两百多年的历史。一直以来，它都以"正面人物"的形象出现在医疗领域，但时至今日，它却被人利用，以"反派角色"侵蚀青少年群体。

吴央央：今年6月底，一封题为《最终我坐着轮椅被推出了首都国际机场》的公开信，引起轩然大波。

梁俊飞：当时我是第一次听到笑气这种东西，因为触目惊心，所以记忆犹新。发布人是一位留美女学生小娜，在这封公开信里，她展现在公众眼前的，是自己在美国吸食笑气几乎导致瘫痪的经历。

　　小娜：去年9月份，听说最近很流行那个，然后就去附近烟店买了几盒回家跟朋友一起在家尝，五六盒吧。

吴央央：因为后来频繁吸食笑气，小娜不仅腿动不了，大小便还经常失禁，甚至连自己名字都忘记了。

梁俊飞：这是笑气第一次大规模地进入国内公众视野，很多人第一次知道笑气的存在及其危害。

吴央央：小娜的经历并没有引起大家的警惕。很快，又有一对情侣丹丹和小宇，因吸食笑气导致瘫痪，被家人用轮椅送回国内治疗。十八岁的小宇被医生诊断为终生瘫痪，彻底丧失自理能力。过去的一年，这两人花费几十万元，吸了至少一万罐笑气。

　　【模拟情景】

　　笑气恶魔：这些小愣青真可恶！拿父母的辛苦钱到外国留学，又不好好地读书，整天聚会游手好闲！有一天我会好好地教训你们！

　　笑气天使：嘿！别这样，我们是人类的好朋友。你看，牙医拔牙请我们去帮忙；厨师做蛋糕也请我们帮助将奶油发泡。

　　笑气恶魔：是啊！车神舒马赫那么厉害，不也要靠我们做助燃剂；神舟飞船那么神气，没有我们做氧化剂，它们能行吗？哼！这帮可恶的小愣青，竟然利用我们，将我们变成跟"止咳药水"一样的新型成瘾性物品，实在太可恶了！

笑气天使：他们也是一时贪玩而已。

笑气恶魔：贪玩？长这么大还不懂事，活该受罪！还有很多人，居然把我们兄弟姐妹们关在铁筒里，甚至压缩在胶囊里面，非法出售，搞到我们声名狼藉！下次我学孙悟空，钻到他们肚子里面，拼命踢他们！

梁俊飞：其实，笑气从一开始被发现到前几年，都是非常实用的东西。

吴央央：没错，以前笑气多数被用于牙科手术的麻醉，现在外科手术、无痛分娩的麻醉和镇痛也都离不开笑气的。

梁俊飞：它还应用在食品加工行业。比如，奶油中加入笑气就会膨胀，奶油就可以保持直立的状态，入口细腻。

吴央央：许多国际连锁咖啡店，奶油枪中用的气弹原来就是笑气，但使用量不会危害大众健康。

梁俊飞：2015 年前后，笑气陆续出现在美国西雅图和洛杉矶的中国留学生聚会上。

吴央央：这些笑气被装在八克的金属罐子里面，二十五罐一盒，二十四盒一箱。留学生将小罐里的一氧化二氮抽入奶泡枪中，直接对着枪口吸气；或者将气体打入气球，用嘴吸气球，以寻求刺激和快感。

梁俊飞：这些五颜六色的气球，吸食一次能带来十秒的快感，但它最终会将这些懵懂少年一个个放倒，甚至令他们丧失一生的自由。

吴央央：我们前面谈到的小娜，她就是受害者之一。她自称出于好奇，从去年开始踏入笑气陷阱，从此一发不可收拾。

小娜：每天醒来就开始打，打到晕过去为止，晕过去了以后，就睡几个小时，然后又起来打。

梁俊飞：吸食笑气以来，小娜的手和脚逐渐变得麻木，甚至连水杯都拿不起来。更可怕的是，她还出现双腿站不起来和大小便失禁的情况。

小娜：心脏跳得特别快，睡觉的时候呼吸就呼吸不过来。开始的时候是走着走着会跪下来，或者摔在别人身上，后来是要扶着走，再后来连站都站不起来。

梁俊飞：半年多的时间，小娜花费十几万元，吸了几千罐笑气，亲手毁掉了自己原本幸福的生活。最终，她坐在轮椅上，带着满身的伤痛，从西雅图狼狈地回到北京。

吴央央：回国治疗后，如获新生的小娜向世人讲述了一幕幕恍如隔世的噩梦，希望给同胞敲响警钟。

【模拟情景】

笑气恶魔：那帮可恶的人类，竟然利用我们去害人，搞到我们名声扫地！

笑气坏人：我们钻进那些人的肚子里，去踢他们！

笑气坏蛋：好啊，我们也一起去！

笑气恶魔：现在对表！我们自带的"氧气"不足，只能在人体内待十到十五分钟。十分钟后，大家要回到原地集合。

笑气家族：好！好！

笑气恶魔：你去他的大脑看看，我去他的心脏，你去他的肺里，其他人都钻到他的血液里。十分钟后，在这里集合。

［嘀嗒声］十分钟后。

笑气恶魔：我去了他的心脏，拿木棍打它，把心脏打得乱跳；你去他大脑，干了什么？

笑气坏人：我在他大脑里乱拔各种"电线"，他脑子就短路了。哈哈哈！

笑气坏蛋：我潜伏到他的血液里，把正在谈恋爱的血红蛋白和氧气硬生生地拆散，血红蛋白没了氧气，现在伤心得死去活来。

笑气恶魔：如果不是在他体内只能存活十到十五分钟，我们就可以将可恶的人类打倒！大家就地解散，下次再来！

笑气家族：好！好！

[现场声]（吸气声）

梁俊飞：目前，国内一些娱乐场所中，这种气体正在追求刺激和新鲜的年轻人群中扩散。我们的记者黎小培暗访就发现，在多地夜场，都有流动商贩出售金属气瓶。

吴央央：知情者透露，在夜场"打气"，根本就不算什么秘密。

知情者：KTV 和酒吧里面玩的人都挺多，大学生、高中生都有，我们一般叫作 high 气球或者吹气球。一般在那种环境里，你听着歌或跳着舞，只是会让人家觉得心情好一点而已。

梁俊飞：目前，我们还无法确切统计有多少人受到笑气的危害，但是有几个细节足以显示成瘾者群体的庞大——近百留学生在网上评论称自己曾吸食过笑气，有的人至今仍瘫痪在床；在国内，许多医院和戒毒所都已经接诊过笑气成瘾者。

吴央央：笑气一旦被滥用，危害到底有多大呢？浙江省一家实验室从网上购买这类奶油发泡弹，让小白鼠吸入。三分钟内，小白鼠就大小便失禁，濒临死亡。

梁俊飞：有志愿者在安全环境下，吸入笑气做试验。仅仅一分钟，志愿者的脑电波数值出现下降。这名志愿者清醒之后，依然心有余悸。

志愿者：我刚刚吸这个笑气的时候，觉得嘴巴里有点甜甜的。过了一会儿，上头的感觉就来了，他这里在给我量血压，然后有砰砰砰砰的声音，那个声音就在我耳边无限放大。上头的症状就感觉你的脑袋像喝多酒一样，脑袋里的血管在膨胀，感觉自己脉搏特别明显。就是我已经出现幻觉，但是我面部表情有没有笑我不知道。

吴央央：既然笑气危害这么大，怎样去规管它呢？

梁俊飞：目前，在我国，笑气只是作为具有燃烧、助燃性质的化学品，被列入《危险化学品目录》中。但由于尚未被列入毒品范围，而且食品行业经常会用到它，所以要买到它并不困难。

吴央央：甚至可以说是轻而易举就能买到笑气。在烘焙用品的批发市场，装有一氧化二氮的金属气罐随处可见。在淘宝等网站上，搜索"奶油""发泡"等关键词，都可以找到它。

梁俊飞：我们的记者黎小培以买家身份，和一家专卖"奶油发泡弹"的网店店主沟通过，对方不肯说话，只留言说可以买，但提醒这种发泡弹只能用于烘焙等用途，不能用于直接吸食。

黎小培：是的，主持人，各位听众，我曾尝试在某个大型网购平台上，搜索关键词"奶油发泡"，但是却显示"非常抱歉，没有找到与'奶油发泡'相关的宝贝"。几个月前，搜索"奶油发泡"依然能找到很多相关的一氧化二氮产品，现在就屏蔽了这些关键词。在这种大前提下，商家有两种办法可以选择：一种是自觉把一氧化二氮撤架，不再卖这种产品；第二种商家会选择挂羊头卖狗肉，换个幌子继续销售这种奶油发泡弹。当然他们的商品就换了关键词，不叫奶油发泡，而叫"奶油发炮"——火字旁的"炮"、大炮的"炮"作为关键词，又或者直接改成叫"苏打水气弹"这样的关键词。在这个网购平台把商品搜索出来，我随机选择了一家销量还不错的网店。这家店卖的所谓苏打水气弹其实就是奶油发泡弹，一盒十支三十五元，甚至他还说可以做批发，几千盒几千盒地卖。咨询店家相关人员，他留言给我，提醒我可以直接购买，也专门提醒我"此产品只用于烘焙，不能直接吸食"。当我进一步追问，假如吸食后会怎样，他也只是再一次强调，"我提醒过你不可吸食啦"！在整个交流过程中，可以感受到商家非常谨慎，他们只会透露两个信息，一是可以直接购买，二是这样东西不能用于吸食。更多相关资讯，例如月销量多少、什么样人群会购买这类产品等等，商家全部无视，所以也很难有进一步的交流。

吴央央：网友 IC 周说，前公司的一个同事就吸食过笑气，还好他只是玩一下，没有造成什么大的影响。

梁俊飞：IC 周，你真的要告诫你的前同事，不是什么东西都可以试的，正所谓一失足成千古恨啊！

吴央央：还有网友陈一说，笑气就应该当成毒品，禁了它；起码变成药品，规范销售。

梁俊飞：我觉得这位网友说得挺有道理。

吴央央：我们请武警广东省总队医院青少年成瘾治疗中心主任何日辉，从临床的角度介绍一下笑气的危害。

何日辉：它曾经是一种麻醉气体，没有氧气导致缺氧以后就会出现一系列问题，比如说窒息，导致大脑细胞出现不可逆的损伤。如果长期吸食纯的一氧化二氮，它会侵蚀大脑系统、神经系统，导致记忆力下降、反应迟钝，甚至出现一些精神状况，比如说幻觉、妄想等等。损伤了我们的神经系统以后，最后也会导致运动系统出现肌肉瘫痪。

梁俊飞：要杜绝笑气的危害，除了加强宣传，让大家知道它的危害并远离它之外，更重要的是，要从法律上对笑气的性质进行界定，并加强监管。梁国雄律师怎么看这个问题？

梁国雄：在最新的麻醉药品、精神药品管理目录里，其实并没有笑气。现在国际国内都没有把笑气纳入精神药品或麻醉药品的管制范围，所以笑气不属于法律意义上的毒品。但我觉得应该即刻采取相应的措施：第一个除了食品加工业以外，禁止销售；第二个所有的夜店，也应该禁止销售笑气。

吴央央：虽然笑气成瘾危害性非常大，但令执法者头痛的是，处罚销售、不当使用笑气者，在法理上缺乏可操作的依据。浙江警方将全国首例"笑气入刑"案件移送起诉，虽然大快人心，但是，警方更多的是感到无奈和执法的乏力。

梁俊飞：在"笑气入刑"案件中，浙江警方"研究法律支撑，主动与安监、检察、法院等部门做好法律依据探讨工作"，最终非法贩卖者被成功抓捕。但是，警方却只能勉强地让贩卖者戴着"非法经营"的帽子被起诉，这无疑是一种悲哀。请教一下梁律师，这种难题法律上如何破解？

梁国雄：我认为，应该对笑气重新定义，不能任由笑气像现在这样横行无忌，应该将笑气管理纳入法律的层面，不能让打击"毒品"继续异化成为打击"非法经营"。现在笑气并不属于毒品，所以很多人便放松了警惕，认为国家没有禁止就说明危害性不强，一些青年人"玩一次"，其实就已经无法自拔了。所以，一要加强宣传，向人们普及笑气的危害性；第二真的需要从法律对它重新定性。

吴央央：是的，笑气在酒吧、KTV 等娱乐场所泛滥，对社会的危害是巨大的。笑气泛滥理应得到遏制，全国首例"笑气入刑"案件被移送起诉，值得高兴。但我们希望有更多类似的案件得到惩办，令非法经营笑气者受到法律的制裁，可以彻底遏制笑气的泛滥。

梁俊飞：其实，近期全国各地纷纷向滥用笑气的行为宣战。杭州就发布《关于加强娱乐场所和经营服务场所内滥用笑气管理工作的通知》，要求娱乐场所主动张贴防范滥用笑气的标识，每个工作人员都是义务监督员。

吴央央：还有一些他山之石也能给我们带来启发。英国 2016 年出台《精神刺激物质法案》规定，以消遣刺激为目的生产、销售、进口、持有笑气等行为均属违法，违者最高可面临七年的监禁。

梁俊飞：泰国《药物法》也规定，未经许可私自提供笑气，可被判五年以下有期徒刑，以及处以不超过一万泰铢（约合两千元人民币）的罚金。

吴央央：趁着笑气在我国还没有泛滥，监管部门也应该及时填补法律法规的漏洞，要铁腕出拳，不能让这种新型成瘾性物品有立足之地。

梁俊飞：在升级管理手段的同时，滥用笑气成瘾背后的人群，他们的心理成因和后续治疗，同样值得全社会共同关注。

［台标］

您现在收听的 FM96.2 广州新闻电台，My News FM。

（该作品获 2017 年度广州市广播电视节目奖三等奖）

评　析

采编过程：

今年，笑气（一氧化二氮）成瘾事件突然频繁出现在中国公众面前，确诊成瘾病例爆发式增长，这种突如其来的新型成瘾性物品令公众和政府始料不及。

主创人员从 6 月份就留意到广州发生的笑气成瘾者戒瘾事件，随后策划制作特别节目，在采访多方当事人、专家、法律界人士，查阅大量相关的资料，并听取各方意见后，邀请药品成瘾治疗专家、法律专家，做客直播室录制节目，从不同角度共同分析笑气的危害、爆发原因及防控措施，向公众正确传播笑气的相关知识。

在制作过程中，主创人员历时半年，不顾危险，深入一线，采制现场声音，采访成瘾患者、志愿者等，并注意捕捉事态发展过程中最富有表现力的场面和细节，利用记者采写的录音，录制模拟现场，在千变万化的新闻现场"抢点到位"，并且充分加入各种音效，及时地制作典型而精彩的特别节目。

节目制作中还注意结合新媒体传播手段，与网民充分互动，使节目以更生动活泼的语言，传播科学，传播知识。

社会效果：

稿件在反映公众热点问题和营造良好社会氛围上，起到通达传递人文关怀、解决公众疑惑的作用，引起强烈的社会反响，让更多人知道笑气的危害。

节目播出后，多家媒体、网站、新媒体进行跟进报道，受到众多听众关注，引起共鸣。很多网友还通过微信公众号进行留言，提出意见和建议，对节目给予肯定，产生良好的社会效果。

有政协委员和人大代表听到节目后，致电栏目组，请主创人员帮忙收集意见和建议，准备写成"关于防控成瘾性物品"的提案。

作品评介：

笑气作为一种较为隐蔽的新型毒品，虽然危害性没有海洛因、冰毒等那么大，但也不容忽视。作为媒体，有责任向公众普及笑气成瘾的正确知识，特别是在有泛滥趋势的形势下。关键时刻，起到稳定社会情绪、鼓舞战斗士气的作用。报道精准客观，直面存在的挑战和风险，坚决打赢毒品肃清战，还社会风清气正。

1. 采访扎实，贴近热点。作品虽然长，但字斟句酌，精益求精。更可贵的是，既有宏阔视角，又有典型细节，更有思想深度，是创新广播节目的有益探索。稿件围绕社会形势，紧贴百姓关心的新出现的成瘾性物品泛滥问题。"题目抓得准，针对性强"，结合医学、法学专家的意见和建议，找出问题症结，探寻解决的途径和方法，消除公众的疑虑。

2. 语言精练，要素齐全。记者深入一线，通过对现场录音的采制，并在后期对声音等素材进行认真整理和甄别，挑选出信息量最大、最能反映主题的音源，用最精练的语言、最贴切的音效说明问题。节目由浅及深，逐层剖析笑气的危害、泛滥的原因、解决的办法等，并延伸分析类似事件背后的社会顽疾问题。

3. 音响丰富，制作精良。音效对广播作品来说最为重要，该节目音源非常丰富，音响元素在不同细节间互为补充，相辅相成。节目在对音效和文字进行编辑时注意运用整合思维，让其发挥最佳的传播效益。

"群主担责"为网络厘清法律边界

近日，广州互联网法院审理"微信群群主网络侵权责任纠纷"案，判决在群聊中出现群成员辱骂他人情况时，群主"慢作为"或"不作为"需要承担网络侵权责任。

该案入选 2021 全国社会治理创新案例，相关话题登上微博热搜榜，引发超过 1 亿网民的热议。

下面请听本台记者采写的评论《"群主担责"为网络厘清法律边界》。

群主"不作为"被判担责

广州一家物业公司的员工李某，为方便物业管理，于 2018 年创建了一个小区微信群。由于对小区管理方式产生分歧，从 2018 年至 2019 年，多名小区业主在该微信群内，长期频繁地恶意辱骂意见不同的业主张某。张某多次通过群内消息和微信私聊，向群主李某求助，但李某除了在 2019 年 5 月 15 日和 19 日在群内提醒群成员注意文明用语，并于 19 日解散该群外，在此前一年多的时间里，未采取其他措施。张某认为，自己被长期辱骂，与群主"不作为""慢作为"有很大关系。

原告张某："对我进行辱骂等攻击的不是物业公司，但是这个平台是他们建立起来的，有责任要合规合法进行管理，对违规的现象有权进行警告、制止，但是他们置之不理。"

张某将群主和恶意辱骂自己的业主告上法庭。物业管理公司代理律师认为，公司已经采取了劝告、提醒等措施，尽到了管理责任。

被告律师："物业公司在组建群过程中，发布了群规公告，劝业主在微信群这个沟通的平台做到文明用语，但是原告与其他业主仍在相互辱骂，所产生的法律后果，应该是由原告与其他侵权方共同承担。"

法院最终判决认为，多名业主在群内发表辱骂言论的行为构成名誉权侵权，判令业主书面赔礼道歉，并赔偿精神损害抚慰金 2000 元；认为群主李某创建微信群是为方便开展物业管理工作，其"慢作为"和"不作为"产生的民事责任由物业公司承担，物业公司必须在小区公告栏张贴声明向张某赔礼道歉，声明张贴时间不得少于 30 日。

案件主审法官李朋认为，判决具有鲜明的法治意义。

主审法官李朋："群主有管理的能力，不去行使，这种'不作为'就存在相应的过错。案子很明确地规范了群主的责任和义务来源，是全国的首例。"

谁建群，谁负责

近年来，随着移动互联网的发展，微信群遍地开花，不少人的手机上有几十甚至上百个群，大多数人也都当过群主，但是有多少人能想到当群主要面临法律风险呢？广州互联网法院通报该案例后，引发社会热议，"微信群聊天被骂群主不作为或担责"的话题迅速冲上微博热搜，众多网友纷纷留言表示惊讶："群主也不好当了""吓得我赶紧解散了我的好友群"……这些留言当中，虽然有些调侃的成分，但也反映了一个现象：群主建群后疏于管理的情况并不少见，很多人甚至司空见惯，根本没有意识到问题所在。

这起案件争议的焦点就在于微信群主为什么要担责。辱骂攻击别人者明明不是群主，群主并没有做什么。事实上，正是群主这种"没有做什么"的"不作为"和"慢作为"，导致其被判担责。

中山大学法学院副院长谢进杰认为，案件首次划定了网络空间"最小自治单元"的行为边界，并在法律层面上，开创性地为确定群主责任提供了重要参考坐标，判决开风气之先，社会意义重大，影响深远。

谢进杰："这个案件是网络空间治理典型的司法个案。群主被追加法律责任还非常少见，这个判决具有一定的开创性，发挥司法对社会治理的导向作用。"

微信群主对微信群负有管理责任和义务，这是有章可循的。国家网信办发布的《互联网群组信息服务管理规定》第九条规定，互联网群组建立者、管理者应当履行群组管理责任，规范群组网络行为和信息发布。这就是在规章层面上对群主责任的明确规定，意味着群主要对微信群所有成员在群内的言行负责，做到"谁建群谁管理""谁管理谁负责"。

李某利用微信组建了小区业主群，作为微信群的管理者，他对微信群内可能出现的违法信息或侵害他人合法权益的言论等，应该负有必要的注意义务。

然而，在长达一年多的时间里，微信群频繁出现辱骂攻击等恶意行为，作为群主的李某本可以采取劝告、提醒甚至移出群聊或者解散群组等措施，但李某不但迟迟没有主动干预，反而在张某多次求助后仍然无动于衷。

案件主审法官李朋表示，综合考虑微信群的性质，微信群中侵权言论出现的频率、持续时间，群主发布公告时间等因素后，判断群主未及时履行管理责任，存在过错。

李朋："不是说建了群就坐视不管了，建了群，给别人的侵权行为提供了一个渠道，作为建立者、管理者就要承担对等的注意义务、管理义务。"

当然，李朋也表示，微信群主是否尽到了其应负的注意义务判断标准不宜过高。从现实角度讲，群主不可能时时刻刻盯着群，只要群主做到积极预防，对群内的不当发言、违法犯罪活动及时制止与处置，而不是放任自流，就可以认定其尽到了应负的注意义务。

李朋："如果说侵权行为出现的第二天或者一个礼拜，群主了解核实一下，采取措施，这就是'作为'。"

案件判决厘清了网络的法律边界

随着网络不断融入生活，影响规模不断扩大，网络管理面临的种种问题比以往更加复杂。

中山大学法学院副院长谢进杰认为，在网络治理的进程中，面对新技术、新应用，就需要司法机关为公民的网络行为、言论划定边界，立好规矩。

谢进杰："每个人都是网络空间里面的权利人，也都是义务主体，如何维护秩序，成为比较新型的问题。这个案件警示类似的一种现象可能会面临法律上面的追责。"

案例的判决具有生活指引性。法官李朋说，以案为鉴，不仅能够督促微信用户正确行使个人权利，还能提醒用户不要侵害他人的合法权益。

李朋："好多人都有做过群主，但是群主的责任可能会达到法律的判决层面，出乎他们的意料。需要通过判决去规诫这个行为，既规范网友的行为和言论，同时增强了网友的权利意识，提供了合理合法维护自己权益的法律途径。这也是社会主义核心价值观文明、和谐、友善的要求。"

文明、和谐、友善是每个公民应该自觉践行的社会主义核心价值观，在网络空间也不例外。要求群主履行好自身的管理职责，是为了防范网络社群成为谣言、网络暴力、不当言论等违法违规现象滋生蔓延之所。

有市民认为，这起案件给网民敲响了法治警钟。入群就要守"规矩"，这是所有社群活动赖以存在的前提。

> 市民："现在大家都有很多群，自己建个群也很容易，都有可能成为群主。这个案件给了我们一个警醒，知道自己在群里有什么责任，以后会更注意。"

谢进杰表示，网络虽然是虚拟空间，但责任并不虚拟。

> 谢进杰："网络不是法外之地！一方面，我们在物理空间的法律的规则、程序和制度，在网络空间几乎都是适用的；第二个，我们应对网络空间的法律治理，也有新的技术、新的手段，比如说互联网法院的审判。"

厘清法律边界，立规矩是手段，营造风清气朗的环境是目的。培育积极健康的网络文化，全体网民人人有责，要做到理性表达，共同呵护网络环境。

评　析

采编过程：

这是国内第一宗微信群主因"慢作为""不作为"被判担责的案件。面对纷繁复杂的互联网现状，广州司法部门探索互联网司法新模式，为全国乃至全球互联网空间治理提供经验，贡献"广州智慧"。本作品围绕此案例展开述评，紧扣时代脉搏，贯彻了习近平法治思想和网络强国战略思想。

记者一直关注广州互联网法院的案件审理，得知有微信群主因"慢作为""不作为"而被告上法庭后，敏锐捕捉到新闻点，多次克服被拒绝等困难，说服有关部门，最终多次深入走访法院、社区，采访主审法官、法律专家和市民，全方位、多层次评述该案件。

2021 年 11 月 19 日，首届中国网络文明大会在北京举行。习近平总书记在贺信中强调，以时代新风塑造和净化网络空间，共建网上美好精神家园。借助大会召开的契机，推出该评论，倡议培育网络新风正气，弘扬和践行社会主义核心价值观，引导广大网民自觉遵守互联网领域法律法规，文明互动，理性表达，凸显作品的新闻价值。

社会效果：

作品在广州新闻资讯广播重要新闻栏目《962 大视野》播出，节目时段为广播收听早高峰，且该节目属于广州新闻资讯广播的品牌新闻栏目，在广州乃至珠三角地区都有较大的影响力，受众较多，收听率一直排在前列。节目播出当天，各个平台收到上千条听众留言。

作品不仅在传统广播端播出，还被花城 FM 等新媒体客户端采用，取得良好的社会效果，起到很好的普法作用，引导广大网民依法文明互动、理性表达，共同营造风清气正的网络空间。

作品播出后引起很大反响，不少网民表示，通过收听该新闻评论，才理解为何群主"慢作为""不作为"需要担责。

有网友留言，稿件传递"网络不是法外之地，每个人都要为自己的网络言行负责"的观点，给听众上了一堂生动形象的普法课，加强普法教育，让网民了解群主为什么要担责，群主有什么义务，群主没有履行义务可能会承担什么样的法律后果。也有网友留言表示，作品提醒了很多人，既然当了群主，就应该负起责任，强化管理职责，而微信群成员也同样要遵守群里的规矩，文明交流。

作品还在"学习强国"学习平台等国家级平台播出。2021 年 9 月 9 日，广州新闻资讯广播正式登陆"学习强国"学习平台，是全国首个登陆"学习强国"学习平台的地市级广播。全国用户都可以通过"学习强国"学习平台收听，覆盖面广。作品在花城 FM、微信公众号等移动端的总阅读量超过 20 万次。相关话题登上微博热搜榜，话题阅读量超过 1.3 亿人次。

作品传播范围广，有较大关注度，很好地宣传了网络文明的重要性，引导广大网民在网上也要注意自己的言行，文明表达。

作品评介：

随着科学技术的发展应用，微信群成为人们沟通的重要手段，为群体的集体交流沟通提供了极大的便利，但随之而来的是微信群所引发的侵权案件纠纷也日益增多。从法律层面看，群主对微信群有管理责任和义务，然而在现实生活中，许多群主建群后疏于管理，严重的甚至导致其他成员的权益受到侵犯。被伤害的成员据此要求群主承担相应责任，合理合法。该作品针对这一社会热点问题展开评论，起到及时普法的效果。

1. 题材重大，主题鲜明。习近平总书记强调，网络空间是亿万民众共同的精神家园。网络空间天朗气清、生态良好，符合人民利益；网络空间乌烟瘴气、生态恶化，不符合人民利益。稿件结合当下网络空间治理行动进行评述，聚焦网络社群生态，意义重大。

2. 案例典型，贴近生活。微信群是当下人们重要的沟通手段之一，与人们的工作、生活息息相关。"微信群主'不作为'要担责"这一案例被法院通报后受到社会广泛关注，相关话题登上微博热搜榜，话题阅读量超过1.3亿人次。在群内发表不当言论会不会被追责？微信群主应该尽到哪些义务？这些都是广大网民普遍关心的问题。作品选取这一民众焦点展开述评，积极回应群众。

3. 结构严谨，层层递进。作品分为三部分，首先以典型案例开篇，介绍案件基本情况，接着围绕案件的争议焦点进行评论，最后表达观点，升华主题。整个作品素材丰富、脉络清晰、逻辑严密、观点鲜明，起到很好的舆论引导作用。

2021 年 11 月为暨南大学本科生线上授课

春回汶川

四川汶川特大地震已经过去一年。怆然回首这一年，灾区的每一寸土地都在记录着一个民族化解苦难、领悟坚强、走向新生的过程。废墟之上，重建的大旗迎风摇曳，民族的脊梁坚韧挺拔。

2009 年 5 月 12 日，本台记者再次走进四川，用他们的眼睛，见证四川的变迁。

请听他们今天（5 日）发自四川都江堰的报道：《板房新社区》。

一、板房新社区

幸福家园安置点是都江堰震后首批板房小区，作为小区的一名普通居民，莫翠华用歌声记录一年来的灾区变化，用乐观坚强的心态面对生活。在她身上，我们看到了成都灾区群众最质朴，也最让人感动的精神——勇敢、坚韧和难以想象的豁达。

[压混：莫翠华演唱自己改编的歌曲]

"为灾区人民带来了希望，那是党和政府的关怀哟，把人间的温暖送进板房，我们欢聚在幸福家园，举杯祝福感谢共产党……"

莫翠华：我作为一个灾区群众，想对关心和帮助过灾区人民的所有人道一声谢谢，我们会永远记住他们的这份情谊。

原来住在公安局宿舍的莫翠华，地震后一家五口挤在分配到的两间板房里，十来平方米的板房被她收拾得井井有条，床和沙发紧靠着两面墙，一幅花布做成屏风挂在屋子中间，巧妙地隔开休息与生活的空间。

莫翠华：能住几年就住几年，我们也要体谅党。说真的，因为这次这个地震是好多人都没有估计到的，受灾面有这么大，给国家和人民都造成了非常大的损失，能够把这么多人安置下来已经很不错了。像我们这间屋子吧，这么小，我们还是能够想办法把衣服挂起来。

从原本冬暖夏凉的居民大院到阴冷潮湿的板房，生活的艰辛可想而知。但莫翠华和淳朴的都江堰受灾群众一样，用自己最豁达乐观的心态默默承受了。

  莫翠华：我们当时只有两张床，过了没几天，这里就给我们发床，发坝单（四川方言：床单。——编者注）、棉絮、被盖，当时我们很激动啊，都奔走相告。我觉得党和政府很关心我们灾民，从生活上来说，遇到节日的时候都要慰问，从物质上的还有精神上的，精神上就是来演出，对不对？来过很多次。物质上的有时候还要送一点礼品。我在这里住，我觉得挺满足的。

地震之后莫翠华曾经几乎一无所有，可如今，他们收获了满满的爱心、亲情和友情。

  莫翠华：非常和睦、团结，互相关心。比如说我在水房里洗东西，我本来平时走的时候，就把窗帘放下来，那边的珍妹就问我，我还以为你走了，要注意安全！我们觉得，我们把这份友情应该延续下去，他们都在说以后我们走了还应该把互相的电话留下来。

一年时间过去了，都江古堰开始焕发出新的生机与活力，莫翠华也将这些变化用歌声记录了下来。

  莫翠华：黄昏我站在板房外眺望，看到安置房修到二环路旁，像雨后春笋拔地而起，为灾区人民送来了新希望……

二、板房新学校

汶川大地震来袭的时候，绵阳魏城镇魏城小学的同学们正在上课，顷刻间，校舍倒塌，课室成了残垣断壁，成百上千的小生命被埋在瓦砾之下等待救援……一年后的今日（6日），这所小学有了什么变化，失学的小学生又在做什么呢？

下面，我们一起跟着本台记者走进"板房新学校"看看。

[压混：读书声]

时间回到 2008 年 5 月 12 日下午 2 时 28 分，魏城小学三楼的一间教室里，罗老师正在为六年级的学生上课，忽然间教室开始左右摇晃起来。意识到地震后，罗老师马上疏散学生，可是，班上还是有二十名学生被埋在废墟里，其中七名被抢救出来，剩下的十三名学生却再也回不来了。

　　罗老师：这十三位学生应该都是我们学校非常优秀的学生，在各个方面都有突出的特点，我的电脑里经常保存这些学生的奖状，逮到哪张，我都翻出来看看。

重访魏城小学，学生们曾经屈身在帐篷里顶着寒风上课的情景已不复存在，取而代之的是整齐排列着的板房教室。读五年级的罗文静同学领着我们参观了这所学校。

> 罗文静：地震的时候，我家的房子成了危房，不能住人，现在就是在住板房。
>
> 记　者：现在学习生活正常吗？
>
> 罗文静：还是正常，只是板房学校离我家有点远，每天早上要很早就起来。

板房学校的教室宽敞、明亮，课桌和凳子是崭新的，电脑和学习用品也都不再短缺。安心读书的小文静看着我们坚定地说。

> 罗文静：我想当一名设计师，设计出来的房子是很坚韧震不垮的房子！嗯！
>
> 陈老师：大多数孩子都有这样的心愿，经过这种灾难，大家都希望好人一生平安。

魏城小学校长张澍介绍说，目前新魏城小学的可行性报告、规划方案已经通过，今年6月份就会开始动工建设。

三、烛光里的妈妈

重访灾区，记者每天都被灾区人民感动着，尤其是灾区的母亲们。她们有的在地震中失去挚爱的丈夫，有的失去珍爱的孩子……但是，她们并没有被地震带来的伤痛击垮，而是坚强地用双手一点一滴去创造新的生活。在母亲节前夕，我们的记者就去探访了一位孤独的母亲，她向我们讲述了一段平凡的母子情。

请听本台特派记者组从四川发回的报道：《烛光里的妈妈》。

三十出头的林霞是一位单亲的羌族妈妈，与丈夫离异后，她带着儿子曾海涛四处打工。2006年，海涛十岁，为了让孩子考上好的中学，林霞想方设法，托熟人把小孩转入绵阳一所小学，没想到，无情的地震把林霞唯一的希望夺走了。

林霞：我曾经给他说过，你最少给我考个北大，但是我做妈妈，我觉得非常非常遗憾！其实这十二年来——他不到十二岁死了——这十二年来，我觉得我作为妈妈非常非常不称职！

在林霞眼中，海涛是一个懂事的孩子，转学不久，成绩就名列前茅，可是，儿子却没来得及跟她分享。

林霞：这一年我都没法过，我每当从学校走过，每当看到其他小孩的时候，我就觉得我对不起他！就因为我给他灌输太多，我从小就给他灌输他要坚强，从一岁开始我就说你一定要坚强，你和别的小孩不一样！

这一年里，林霞陷入深深的自责。

林霞：确实我对不起我儿子，真的，从小到大，我从来没有像别的妈妈一样那么待他，妈妈根本没有保护他！没有！别的同学都有父母的爱，他没有，没有！他哭的时候，我说你不能哭，你是儿子，你是男人，不哭！他即使想哭，他都会昂起头，不让眼泪流下来！

采访时，林霞说得最多的一句话就是："如果我没有让他转学，如果海涛还在……"

林霞：我希望他快乐成长，我不会对他有什么要求，真的！妈妈真的很爱很爱你，很爱你！

母亲节前，林霞给儿子写了一封信，把还没有来得及给的爱，写给天国的海涛。

一年了，海涛已安息，可母爱还在延续。

四、新房新希望

在汶川县城威州镇，记者走访当地受灾较严重的村庄时就欣喜地发现，当地群众正逐步走出家破人亡的阴影，准备迎接新生活。

请听本台记者从四川汶川发回的报道：《新房新希望》。

[压混：建房砌砖瓦声音]

在威州镇受灾最重的七盘沟村，村民王修学与罗慧琳夫妻俩正在合力盖新房。王修学说，他家原来的房子在去年地震中倒坍，老母亲在家中不幸遇难。当时自己是含着泪亲手推平被毁的老房来建这所新房。

> 记　　者：这个房子什么时候开始修的？
>
> 王修学：去年10月份开始，到现在5月份。
>
> 记　　者：那原来的房子呢？
>
> 王修学：都推倒了。以前是木料的，都倒了，现在是砖木结构的，比以前结实多了。
>
> 记　　者：盖新房一共要花多少钱？
>
> 王修学：八万。政府补贴贷款三万多，自己可能要贴五万左右。现在主要是材料贵，五毛钱一坯砖，水泥是六百五一吨，原因是路不好，材料运不进来。
>
> 记　　者：大概什么时候能建好房子住进去？
>
> 王修学：快了，再过个把月吧。
>
> 记　　者：那现在心情怎么样？
>
> 王修学：很高兴！

罗慧琳说，现在她心里有两个愿望，首先是建好新房子，然后就是找一份工作。

> 罗慧琳：原来一直种田，现在种玉米。地震后山有塌方，地少了，收成不好，靠天吃饭。就想找一份合适的工作，供两个孩子读书以及还债。政府对我们还是很好的，吃的、用的。

像我们两个孩子现在安排到外面读书，生活费都免了，但6月份马上就回来了，不可能还继续免费，所以还是要靠自己。

不少当地群众都表示，地震已经过去，自己不可能一辈子依赖政府救济，应该自力更生创造属于自己的新生活。

五、映秀新生活

"5·12"四川汶川大地震过后，震中映秀镇成为一片废墟，满目疮痍。一年后，记者再次来到映秀镇，现在镇里依然有些萧条，但是，当地人由于住入广东援建的板房，总算能够安居乐业。

请听本台记者从四川汶川发回的报道：《映秀新生活》。

地震时，山上滚下来一块十多米高的大石头，刚好砸在进映秀镇的路上，这块石头现在被称为"天崩石"，并被刻上"5·12震中映秀"几个字，成为当地的标志。经过"天崩石"，就是一片整齐的板房，镇上居民在震后不到一月的时间里，就全部从帐篷搬进广东援建的这些板房。

村民：当然这里就好多了，我们在帐篷里的时候，这张床要陷下去这么高一截，太潮湿了，用手把石头搬开，全部都是水。

居民左阿姨在地震中失去了小孩，现在她用空余的板房修起旅馆，做点小生意。外地人经过问个路、喝点水什么的，总能得到热心的帮助；如果花上三十块钱，还能住上干净的"板房旅馆"并享受一顿美味的午餐。而住在板房里，白天离开，晚上回来，也不用担心东西会被人拿走。

左阿姨：一般都比较安全的，因为这个地方的人都比较善良，像偷盗、抢劫都比较少。

摩托车司机：现在治安比较好，也夜不闭户了。

虽然镇上还是一片废墟和瓦砾，但是看到受灾最严重的映秀百姓衣食基本无忧，又不刻意追求什么，我们的心似乎也得到了莫大的安慰。

摩托车司机：现在你想吧，我们过来人，好像过了这次地震过后就是第二次人生嘛！好像对金钱，就无所谓了，有一点就用一点。像她的小孩，两个都没了，所以现在看得很淡了。

六、迎接新开始

明天（12 日）就是去年汶川大地震的一周年纪念日。在"5·12"震中汶川的映秀镇，当日将有大型的纪念活动。当地居民也以积极的心态来迎接这一天的到来。

请听本台记者从四川威州发回的报道：《迎接新开始》。

在去年的地震当中，映秀镇几乎成为一片废墟。正当灾区人民家毁人亡、流离失所的时候，全国各地伸出了援手。尤其是对口援助的广东省更是投入了巨大的人力物力和财力。经过一年时间，当地居民住进了板房，供水供电以及交通等基础设施也逐步恢复。尤其是对即将在今年5 月 12 日通车的都汶高速，当地人更是充满期盼。

村民：第一个就是都汶高速公路建成通路，对我们映秀来说，到都江堰到成都都近了。还有一个就是重建电站后的恢复供电，也是在"5·12"那天，我们都盼望着能够用上当地的电。

如今在映秀镇内，每日进进出出的工程车不计其数，由广东提供的援建物资正在源源不断运抵当地。同时，这里也活跃着众多广东援建人员的身影。而到了一周年纪念日前夕，有更多人从四面八方来到映秀，他们都希望亲眼

在映秀（左：姜文涛；右：徐宏）

看到映秀这一年来发生的变化。

> 村民：那天我会穿上羌服，我们这里羌族人多，我要把本地最大特色展现出来。然后有可能提供免费的茶给大家。我知道广东人喜欢喝茶，我泡一些茶水在这，感谢他们从过去到现在乃至以后对我们的关心。我要以最好的精神面貌来让大家看到，虽然遇到了灾难，但在大爱中我们很快就能站起来，很快就能恢复自信心。（笑）

七、钟楼下的哀思

今日（12日）是"5·12"汶川地震一周年纪念日。在汶川县威州镇的钟楼地震遗址广场，一千多名当地群众与来自广州的援建人员、志愿者一道，以默哀的方式悼念地震中遇难的同胞。

请听本台记者从四川威州发回的报道：《钟楼下的哀思》。

位于四川省阿坝师专原址的这座地震中残存的钟楼，因为其大钟的指针永远定格在地震发生的 14 点 28 分，而成为汶川县城最具标志性的地震遗址之一。一年之后同一天下午的同一个时刻，当地老百姓自发来到这里悼念地震中逝去的亲友。一位抱着小孩的羌族妇人说：

> 羌族妇人：跟家里人一起过来的，为了纪念地震中死去的同胞。我是本地人，汶川的。我们家的房子垮塌了，我妹妹的男朋友就是在这次地震中遇难了，还有很多好朋友在地震中死去，心里面特别想念他们。所以今天带孩子过来，感受一下这种氛围，让他知道自己是在地震中幸存下来的，要珍惜现在的幸福生活。

除了当地群众外，悼念者中还有一些广州来的朋友。今年五十一岁的陈京穗来汶川参与志愿服务已经将近一年。

> 陈京穗：看到这边的情况这么惨，心里面很酸，所以能帮多少算多少。当地人对我们很好，我对他们感觉也很亲切，大

家好像一家人一样。所以，我会尽力做好目前的工作。我现在还在草坡乡那里值班，几乎一天当两三天用，尽力配合好当地。希望他们能够尽快重建，早日过上幸福的生活。

当日晚上，钟楼遗址广场这里还举行了烛光哀悼活动，人们用蜡烛组成"心"形，以表达对地震中逝者的追忆。

评　析

采编过程：

2008年5月14日，在地震后的第二天，广州电台两位记者徐宏和姜文涛来到四川灾区，用他们的亲身经历和所见所闻，采写了一篇篇感人的报道。一年后的5月初，带着探访灾区重建任务的两位记者再次来到四川，写下这篇系列报道。报道从各个侧面，包括学校、当地群众、社区建设等，描述了一年来灾区在全国各地政府和人民的援助下发生的新变化。

为了采写这篇系列报道，记者在映秀与当地人一起住板房，到山腰的村庄采访羌族群众，其中有人用歌声来表达自己内心的感激，有人在政府的资助下建新房。稿件中对当地人的细节描述细腻到位，让我们看到了灾区人民的坚强。

社会效果：

灾后重建一年，汶川变成大工地，地震带来的伤痕随着倒塌的房子一点一点在尘封。

作品播出后，在社会上引起强烈反响，让人们知道了汶川一年来的变化，活着的人们的面貌。

报道手法平实，不过分煽情。稿件没有片面追逐热点、报道焦点模糊等现象，作品较为真实、全面、接地气。

音效方面，记者在稿件中配合了歌声、压混，突出广播的优势，使报道更加生动、形象。

作品评介：

2008 年 5 月 12 日，四川省阿坝藏族羌族自治州汶川县发生里氏 8.0 级特大地震。如今一座新城拔地而起，城镇路面干净，餐馆、茶馆、土特产店铺林立，基础设施配套齐全，旅游功能齐备，养殖业、种植业、旅游业等产业正在恢复发展。记者 2008 年亲历现场报道，此后连续三年重返汶川。每年对汶川地震的后续报道，既承载灾难的痛苦回忆，记录中华民族的艰难时刻，也代表大众缅怀逝去的人们。

这是记者灾后第一年再赴汶川报道重建情况的作品，报道通过一个个鲜活的、普通的、平凡的民众故事，反映灾后重建的进度、当地民众的精神风貌。

作者作为当年参与汶川地震报道的第一批老媒体人，回望那段艰难岁月，总不禁伤感和惆怅，也只有到过灾区的人，才能真切感受到。

作品告诉人们：苦难终将过去，真的勇士敢于面对残酷的灾难并坚毅前行。

特别节目

2021 年 7 月大型节目《伟大的征程》直播现场

大潮起珠江

—— 纪念改革开放四十周年五台联播特别节目

[台标]

[节目总版头]

1978年，以中共十一届三中全会为标志，中国开启了改革开放的历史征程。

南粤大地，得风气之先，中国开放的大门从这里打开，改革的激情在这里燃烧。

四十年众志成城，砥砺奋进，改革开放书写着国家和民族发展的壮丽史诗。

珠江潮涌，浩荡向前。

香港、澳门、深圳、珠海、广州，五台联播特别节目《大潮起珠江》，共同见证中国奇迹。

广州台：亲爱的听众朋友，大家好！我是广州新闻电台的主持人梁俊飞；我是吴央央。

广州台梁俊飞：今年，我们迎来改革开放四十周年。四十年前的今天，1978年11月24日，安徽小岗村十八位农民按下红手印，将村集体土地"分田到户"，拉开了农村改革的伟大序幕。四十年来，由农村到城市，从试点到推广，从经济体制改革到全面深化改革，中国人民用双手书写了国家和民族发展的壮丽诗篇。

广州台吴央央：改革潮涌，南国春早。改革开放如春风吹过大地，改变了中国，影响了世界。广州新闻电台携手香港电台、澳门电台、深圳广电新闻频率和珠海综合广播先锋951，联合推出特别节目《大潮起珠江》，与大家一起见证中国创造奇迹。

深圳台嘉琳：各位听众朋友们好！我是深圳广电新闻频率的嘉琳，我在深圳带您一同感受改革开放的深圳速度。

珠海台晓辉：各位听众好！我是珠海综合广播先锋951的晓辉，我在珠海为您细数珠海在改革开放中取得的成就。

香港台叶宇波：听众朋友好！我是香港电台普通话台主持人叶宇波，接下来的时间我将与各位分享改革开放四十年来香港和香港人的故事。

澳门台林智文、李惠珊：各位朋友好！我是澳门电台的林智文、李惠珊，我们将为您讲述改革开放中澳门的变化。

地标：城市发展的记录者

广州台梁俊飞：改革开放走过四十年，总有一些故事、变迁、记忆在一些人、一些事上，烙下深刻而明显的印记。在改革开放的地图上，城市地标是最闪耀的亮点。从城市地标到整个城市，由点及面，改革开放正改变着每一个人、每一个角落。将改革开放进行到底，更多的梦想终将实现，更多的希望必定绽放，更多的奇迹即将诞生。

广州台吴央央：云山珠水，千年商都，过去的四十年，是广州这座城市发展最为迅速的四十年。与城市变迁相伴的，是地标的更迭。下面，我们跟随一位知名摄影记者的镜头，去感受广州城市的发展。请听广州台记者利顺有的报道：

[接录音 01 广州地标]

郑迅，土生土长的广州人。作为本地报纸的摄影记者，他说四十年来，几乎每一个广州地标性建筑在他的镜头下都留下过剪影。比如，1983年开业的白天鹅宾馆，这是中国第一家中外合作的五星级宾馆；比如，广州人熟悉的"63层"广东国际大厦，在上世纪90年代初期，刷新中国第一高楼纪录；1997年竣工的中信广场，建成时以391米的高度一举摘下亚洲第一高楼的桂冠。用镜头记录广州的变化，是郑迅的工作，更加是兴趣所在。（录音）"1982 年的时候，那时我住在珠江新城那一带，那里全是田。后来不到十年，就全面开花，拔地而起那么多高楼。"

目前，广州 CBD 珠江新城已汇集被誉为"广州城市客厅"的花城广场和以东西塔为代表的 118 座甲级写字楼，平均楼高 40 层以上，总建筑面积达 1250 万平方米，是广东省最庞大的商务建筑群。郑迅说："从建筑方面来讲，都是令人很自豪的。新的地标，可以说是代表广州新的环境。广州的发展，令人很自豪。"

在郑迅看来，广州一座座有风情、有文化、有名号的地标建筑，都以其独特的形态，向世人展示着广州包容开放、敢为人先的城市特质。

广州台梁俊飞：地标是一座城市发展的标记物，是城市成长的记录者。听完广州地标的故事，你知道深圳地标性建筑有哪些吗？下面将时间交给深圳台的嘉琳。

深圳台嘉琳：好的，谢谢！说起深圳地标，不得不提深圳国贸大厦，它不仅是深圳经济特区的窗口，而且是中国改革开放的象征。这个上个世纪 80 年代中国的第一高楼，曾经以三天一层楼的建设进度，创下了"深圳速度"的美誉。来听深圳台记者姜迎春的报道：

［接录音：01 深圳地标］

深圳国贸大厦位于深圳市的罗湖区，这里之所以有名，不仅因为它曾是上个世纪 80 年代中国第一高楼，更重要的是，1992 年 1 月改革开放总设计师邓小平南方视察时，在这里发表了整个南方视察中最有分量的讲话。当年接待小平的国贸接待员任文霞告诉记者，1984 年首次来深圳视察的邓小平，看到在建的国贸工地时，就萌生了要亲眼看看这座当时中国第一高楼的愿望。八年之后，他一登上国贸顶层的旋转餐厅，看到窗外的深圳全景和香港上水的高楼时，一路上只听、只看、不说的邓小平激动了。

"一进来的时候，他就说了，哎呀，外面的变化太大了。这就是干实事干出来的，不是说大话说出来的，更不是写出来的。他当时说的时候呢，是非常严肃的。他一直在讲，不搞改革开放死路一条，还有姓资姓社、黑猫白猫，都是在这里讲的话题。"

在小平同志南方讲话的巨大鼓舞之下，在"深圳速度"的标高之下，深圳乃至整个中国处处涌动改革的春潮。

如今国贸大厦早已不再是第一高楼，但这里仍然是人们的精神圣地。深圳市民叶惠忠曾是逃港大军中的一员，1992年后又从香港返回深圳。如今事业有成的他经常会到国贸旋转餐厅坐坐，他说，这里最能寄托他的感情。

"对老百姓来说，管他白猫黑猫，老百姓有饭吃、有房住就好了。最起码以前没房住、没饭吃，现在有饭吃、有车开，生活改善了嘛。"

1995年，国贸大厦这座矗立了十年的中国第一高楼，被隔壁新封顶的地王大厦超越。十六年后的2011年，京基100取代地王大厦，成为深圳新地标。2016年，深圳平安金融中心，以592.5米的高度，再度刷新深圳第一高楼的纪录。如今的深圳摩天高楼次第绽放，一个国际化的都市轮廓初显。

广州台吴央央：谢谢深圳台的报道，我们把目光转向毗邻深圳的香港。宇波，交给你。

[接录音：01 香港地标]

香港台叶宇波：大家好！我是香港电台主持人叶宇波。朋友们问我，从小到大，印象最深刻的香港地标是哪个，我会毫不犹豫地跟他们说——尖沙咀钟楼。

这座钟楼高44米，以红砖及花岗岩建成，屹立在尖沙咀维港海傍，平常多唤作"尖沙咀钟楼"。

四十年来，尖沙咀钟楼风雨不改，守望着九龙半岛最尖端的传奇变迁：前尖沙咀车站大楼旧址上兴建了香港太空馆和香港文化中心，海傍开设了星光大道，与钟楼对望，广东道南端区域，从港式招牌和小食店林立的纯朴旧区，变成了如今香港乃至整个亚太地区最受欢迎的名店购物区之一。

四周场景不断在更新，只有尖沙咀钟楼稳如定海神针，它气定神闲地告诉人们，它既能不变，又能万变。每年春节，新春花车巡游，都以钟楼为起点。2004 年雅典奥运、2008 年北京奥运，钟楼都是火炬手交接的分站之一。近年，它更摇身一变，与香港文化中心建筑群组合成巨型光雕银幕，呈现"闪跃维港"的立体精彩。而日常，在熙攘喧嚣的购物商场血拼之后，来钟楼脚下吹吹海风，也是"新港式 freestyle"的悠然体验。

听众朋友们下次再到尖沙咀，不妨抬头跟尖沙咀钟楼打个招呼。

广州台梁俊飞：谢谢香港台的分享。地标在珠海的发展中扮演怎样的角色呢？我们听听珠海台的报道。

珠海台晓辉：建成于 1982 年的珠海渔女雕像位于珠海风景秀丽的香炉湾畔，是珠海城市最早的地标。改革开放四十年间，以渔女为原点，以时间为半径，一个昂扬奋进的"魅力珠海"正在珠江口的西岸奋力崛起。

［接录音 01 珠海地标］

2018 年 10 月 23 日，中共中央总书记、国家主席、中央军委主席习近平出席在珠海举行的港珠澳大桥开通仪式并郑重宣布："我宣布，港珠澳大桥正式开通！"

这座雄踞在伶仃洋上的"超级工程"，世界最长的跨海大桥，俨然已经成为珠海最新的城市地标。改革开放的四十年，是中国城市发展的四十年，更是经济特区从无到有、从小到大、拼搏奋起的四十年。

说起当年珠海渔女的创作思路，著名雕塑家潘鹤回忆道：

"我们中国特区成立了，应该有个标志，本来搞全国征稿呢，全部都是男人，好像没多大意思。要保护渔港的特点，渔女就从来没有人表达过。"

四十年弹指一挥间，潘鹤没有想到，一个珠江口边上的小渔村，如今已经发展成为一座现代化的花园式海滨城市："当时那个地方是荒无人烟的，都是水、沙滩，现在全面变成城市一样了。"

四十年间，珠海城市发展发生了翻天覆地的变化：2014年底，国内首屈一指的大型会展综合体珠海国际会展中心正式启用；2017年底，新建成的珠澳第一高楼——高330米的珠海中心大厦被评为全国十座"2017—2018中国建筑新地标"之一；接下来，还将有珠海城市之心、横琴万象世界、港澳智慧城等一大批地标性建筑陆续建成！

广州台吴央央：地标性建筑是城市里耀眼的风景，更是被寄予了整个城市发展期望的图腾。我们下面继续来听听澳门的故事，李惠珊，交给你。

澳门台李惠珊：谢谢广州台的同行。如今，提起澳门，不少人想到的多数是金碧辉煌的五星级酒店，但内港那些铺着碎石的狭长街道和怀旧建筑物昔日也是主角。

[接录音：01 澳门地标]

昔日澳门是南中国海上重要的交通枢纽，在航运和商贸上都占有举足轻重的地位，而位于澳门半岛西侧，毗邻西江出海口的内港区，就是过往市内最繁华的区份。由筷子基至妈阁之间不足四公里的距离，就有三十多个码头，人流和货运川流不息，区内酒楼旅馆和赌场林立，成为当时商业和娱乐的主要场所。当时区内的清平戏院曾经是澳门最具规模的戏院，不少粤剧名伶到澳门就是到清平戏院演出。

1978年改革开放后，内地制造业发展急速扩张，有商人亦透过内港把原材料运到内地。但到了上世纪90年代，本地厂商亦逐渐转到内地发展，制造业明显萎缩，内港船运出口货量下滑，加上新口岸等相对新兴区份日益完善，内港的商业机构纷纷迁出，景况已经今非昔比。

随着澳门博彩业成为龙头产业，特区政府成立后用路冰城土地发展博彩业，六间博彩企业在近十几年来，在路冰城兴建了多间五光十色的娱乐度假设施。澳门旅游局的调查显示，路冰城是最热门的景点之一，有超大型的赌场，亦有超豪华的酒店和购物商场，几乎承办了近年澳门的大型表演和娱乐项目，路冰城到目前仍然有大型博彩娱乐项目兴建，亦是博彩业发展最核心的标志。澳门记者李惠珊报道。

广州台：听完这些地标故事，改革开放四十年来这五座城市的变化，相信听众朋友能感受得到。

广州台：地标是城市最鲜活的符号，不仅记录了城市的变迁与发展，还蕴含着城市的灵魂，越过时间和空间，依旧绽放光芒。

［间奏］

香港、澳门、深圳、珠海、广州，五台联播特别节目《大潮起珠江》，共同见证中国奇迹。

中国人的"小梦想"

广州台：欢迎继续收听五台联播节目《大潮起珠江》。改革开放承载着国家和民族的"大梦想"，也承载着每个中国人的"小梦想"。我们一起听听大城市的小故事。

广州台：在广州海印桥底，有间食肆总是客似云来，经常见到有市民、游客在这里等位。作为广州知名的粤菜馆之一，炳胜以正宗粤菜、稳定出品广受好评。很少人知道，这个有六家品牌的餐饮集团前身不过是一间不起眼的大排档。集团董事长曹嗣标说，没有改革开放，就没有他今日的成就。

"东南西北中，发达到广东。我是在清远，当然是往大城市里奔啦，都有一个城市梦。"

1990年，十六岁的曹嗣标刚从初中毕业，就离开家乡来到广州闯世界。起初，他在滨江路一带和姐夫卢润炳一起卖烧鹅。90年代初的广州，大排档盛极一时。

"那个时候就觉得大排档还挺多人吃饭的。想着每个人都必须吃饭，做大排档还是蛮有赚钱机会的。"

所有事业的开始，都源于一个梦想。两人开一家餐馆的梦想，就是从吃消夜这件事产生的。1996年8月，这对连襟在海印桥脚租下了一间八十六平方米的房屋，开起了自己的大排档。曹嗣标说，初期的生意并不好，大排档甚至出现过买了油就买不起菜的情况。

"没法活了，一家人所有的钱都已经投进去了，一直亏了十六万，亏了一年多。很绝望，很迷茫。"

残酷的现实逼着曹嗣标反省思考，同样地段的大排档，为什么人家可以做得风生水起？"为什么它旺我们不旺？那个时候就去人家店铺里面开一壶茶，坐在那里看别人怎么弄。顾客说你要有特色，说他们经常去番禺吃鱼生，一大早排队，那我们就去学习，他们吃了还建议说你们的鱼生不够冰，我们就去冰箱里冰一下。我们就想着从顾客的需求想想办法，去改变产品。"

用心经营之下，当年只能摆十张台的大排档如今已发展为多品牌经营的餐饮集团，今年6月，集团旗下两间食肆被评为米其林星级餐厅。对此，曹嗣标很感慨："改革开放很重要。改革开放了才有商机，人们都富裕了，他们的品位都提高了，促进经济发展，消费都好了。改革开放后很多政策也改变了，对民营企业很多支持，部门的管理能力也提高了很多。"

广州台吴央央：多谢记者张婧的报道。下面把时间交给深圳台的嘉琳。

深圳台：谢谢央央！我们想和大家分享的这个故事，主角是雅昌文化集团董事长万捷。在全球范围内，很多精美的图书、画册均出自雅昌。近年来，雅昌多次摘取印刷界"奥斯卡"班尼金奖。万捷这位昔日合资厂的调度员是怎么带领传统的印刷企业成为印刷界的"世界冠军"的，深圳台记者潘家玉和他聊过。

[接录音：02 深圳市民]

1984 年，大学毕业的万捷被分配到中科院的印刷所，但他不甘于这种安静平稳的生活。1985 年初，他南下深圳，进入了中日合资的美光彩色印刷有限公司。

"来到深圳觉得什么都新鲜，比如说第一次有空调，在空调空间里边工作。当时的合资公司，包括设备、仪器、材料工具什么都是进口的，什么都是新鲜的。"

三十岁那年，万捷辞职了。不久就赶上了好时候——邓小平南方视察，给深圳打了一支强心剂。1992 年下半年，万捷靠着借来的四十万元作为启动资金，开始筹建自己的公司，雅昌因此成为印刷界最早使用苹果电脑的企业。

"那实际上有了苹果电脑以后是颠覆了我这个行业，过去要做合成的一个图，这个可能要一个星期的时间，几万块钱；等到有了苹果电脑以后这些东西都很简单了，可能一两个小时，几百块钱就能解决问题了。"

在其后的二十多年间，雅昌也一直紧紧跟随技术的更新迭代而走在产业前沿。2000 年，雅昌在艺术品拍卖图录市场拥有了百分之九十以上的占有率，没有对手。

"2003 年是我们第一次得美国大奖，正好十年，也就是说，从区域的冠军到世界的冠军，我们也很激动。"

2000 年 12 月 17 号，万捷接到来自北京申奥委员会总部的电话，问雅昌是否有意承印申奥报告。他想了一分钟，就决定拿下这一任务。

"大家都拼了命了，所以有几天没睡觉的，当时也睡不着觉，这是我一生中可能觉得最紧张的。我们雅昌现在变成国家唯一一个非国有企业的安全印制单位。"

广州台：谢谢深圳台的分享。我们也想听听来自珠海的声音，晓辉，交给你。

珠海台：时光回到四十年前，珠海还是一个被称为只有"一条街道、一间粮站、一间工厂、一家饭店"的小渔镇，与一水之隔的澳门形成很大反差。改革开放一路走来，发生的变化是那样的翻天覆地。而对老百姓来说，感受最深切最真实的，莫过于衣、食、住、行和精神生活。

[接录音：02 珠海市民]

杨春兰今年七十二岁，是一名国企的退休工人，同时她也是一名有着五十年党龄的老党员，她见证了从建国到改革开放再到今天，我们生活的变化。

市民杨春兰："我们是和新中国一起成长起来的。改革开放前和改革开放后，我们有深深的感触。我参加工作的时候，工资才十八块钱，很多都是凭票供应的。我记得我小时候的过年衣服是今年过年穿一下，就放起来了，到明年过年还得再穿；现在呢，你喜欢什么穿什么，喜欢什么买什么。到改革开放以后吧，我现在都住高层了，电梯上电梯下，你说幸福不幸福？"

随着人民生活水平的不断提高，老百姓可以自由支配的时间也多了，文化活动也越来越丰富，还可以外出观光旅游。

市民李显仕："你看看，以前没有广场舞的，现在老百姓有了充裕的时间，考虑另外的活动，像大妈这种表现不错的。玩的方面，现在交通比较方便，高铁啊，港珠澳大桥啊，都方便多了，所以现在不用节日出去了，平常三五知己，一个星期都可以出去旅游，坐高铁基本上可以到全国各地了。"

广州台：谢谢珠海台的报道。四十年前，潮涌珠江，破题南粤，这与港澳同胞的努力密不可分。不少港澳同胞是国家改革开放的先行者，现在先将时间交给香港台。

[接录音：02 香港市民]

香港台：今天很高兴请来了港区全国人大代表蔡素玉蔡议员。过去四十年，香港和内地的改革开放是密不可分的，作为一名香港市民，感觉最深刻的变化是什么呢？

蔡素玉：实在太多了，估计说一天一夜都说不完。我是属于第一批去内地做生意的。1979 年去北京，我最记得。我们在 80 年代初的时候，去内地做生意，个个都会问"你为什么会去内地"。但是紧接着到 80 年代中后，就有人会问"你会不会去内地啊"。到 90 年代中的时候，这些人就已经问"为什么你还没去内地开厂，为什么你没去内地做生意"。这个变化实在是太快太快。

1989 年的时候，在我们福建泉州，我自己开了一个工厂，那个是外资独资第一间，那个时候是当地政府极力邀请我们去的，已经给足面子、给足支持了的，都等了一年才有一条电话线，要等两年后才有多一条传真线。所以那个变化大到你是不能够想象的。以前的变化就是硬件多点，现在就是软件方面。

香港台：未来对于这一个关系有什么期望？

蔡素玉：整个内地的改革开放，香港是得益良多的，今日我们香港对于内地继续深化改革，我们仍然一样可以起到很大的作用。同时，由于内地的发展很快，发展得这么好，对我们香港又起到一个无论是经济上还是其他方面，其实又是一个很好的促进作用。

广州台：从过去的"你为什么回内地"到现在的"你为什么还不回内地"，这一转变，究竟意味着什么，相信听众朋友心中已有答案。听完香港同胞的故事，我们再来听听澳门同胞的故事。林智文，交给你。

澳门台：改革开放四十年来，澳门作为背靠祖国、面向世界的窗口，深切感受到国家和澳门自身的巨大变化。可以说，澳门人既是见证者，更是受益者。我们一起听听澳门街坊会联合总会监事长姚鸿明的故事。

[接录音：02 澳门市民]

内地改革开放初期放宽限制，部分人有亲属在澳门，就可以通过申请来到澳门定居。曾经做过澳区全国人大代表，现任街坊会联合总会监事长的姚鸿明，就在 1979 年申请由内地移居到澳门，在他父亲介绍之下进入街坊会工作。

"我爸爸是在街坊会工作，刚来澳门，刚好街坊会需要帮忙，就进来了。"

姚鸿明表示，刚刚来到定居的时候，澳门的经济环境并不太好，而随着大批新移民加入，带来了专业人才和廉价劳动力，促进了制衣和电子等加工手工业的发展。制造业在 80 年代的澳门迎来了黄金发展期，居民收入水平提高的同时亦带动了房地产和零售业等一系列的消费。

"刚来的时候正是大批新移民来澳门，也为澳门带来了大批专业人才，促进当时澳门加工业发展和拉动澳门的消费。"

姚鸿明说，澳门在改革开放初期成为国家了解外界的窗口，同时澳门亦为国家招商引资。国家的经济实力越来越强，居民收入比改革开放前大幅提升。特区政府成立后，受惠于自由行政策，现时每年有近三千万内地人到澳门旅游，带来了数千亿元收入，姚鸿明认为都是得益于改革开放的成果。姚鸿明认为国家富裕起来之后，将更有力量支持澳门，令澳门"一国两制"更能成功实践。

[间奏]

香港、澳门、深圳、珠海、广州，五台联播特别节目《大潮起珠江》，共同见证中国奇迹。

独特优势，点燃城市活力

广州台： 您现在正收听的是五台联播特别节目《大潮起珠江》。四十年披荆斩棘，四十年砥砺前行，伴随着改革开放的大潮，城市也迎来了发展契机。接下来，我们一起去了解不同城市之间的发展定位，看看香港、澳门、深圳、珠海和广州怎样发挥各自的独特优势。

广州台： 从两百多年前的十三行到上世纪 50 年代的广交会，广州始终彰显着其作为中国世界窗口的身份。今年 5 月，广州市提出在三年内全面推进广州的国际交往中心建设，形成新一轮对外开放的新格局。请听报道：

> ［接录音　03 广州对外开放］
> "本届广交会的采购商到会 189812 人。"
> 　　创办于 1957 年的广交会，六十一年来从未中断过，至今累计出口成交额约 1.32 万亿美元。来自浙江宁波的邱志明是参展五十届广交会的老参展商，他回忆起当时参加广交会的情形：
> 　　"我们当时以观展商的名义参加的，当时最好抓住客户的机会就是在电梯上。后来去到第十天终于找到商机，是一位中东的客商，叫我们晚上 10 点到白云宾馆去找他们，我们就喜出望外。通过广交会来发现商机，与世界的客商合作，（广交会）起到了很好的作用。"
> 　　从 1979 年开创酒店业引进外资先河，到 1986 年拟定全国最早的开发区条例，再到 2012 年南沙自贸区的成立，在改革开放四十年中，广州的探索实践始终走在全国前列。
> 　　数据显示，目前有两万多家全球企业在广州投资兴业，包括 297 家世界五百强企业。今年 5 月，广州宣布，在三年内全面推进广州的国际交往中心建设。
> 　　市外办副主任雷玮琚："近年来广州通过世界经济论坛、博鳌亚洲论坛、中国发展高层论坛这些高端的国际合作平台，

吸引了大量的重点的项目落户广州。今年是改革开放四十周年，广州在四十年来打下基础，我们是集合了这个交流各方面的资源，在今年提出了三年行动计划。"

最近，广州还出台"优化营商环境四十三条"，出台了推动贸易和投资便利化的重点措施，用行动表明，广州的对外开放之路永不停步。

广州台：谢谢记者曹曼茹的报道。作为世界经济的中流砥柱，近年来中国已成为国际人才瞩目的创业地，而深圳正成为其中一个巨大的"吞吐港"。深圳到底怎么走出自己的创新之路？现在把时间交给深圳台。

深圳台：1999 年，深圳举办第一届高新技术成果交易会，在全国率先吹响了城市转型的号角。时至今日，高交会已成为中国科技第一展，深圳也成功转型，并向全国创新之都的目标继续前进。请听深圳台记者林诗岩报道：

[接录音　03 深圳创新]

这样一个高端大气、享誉海内外的中国科技第一展，它的前身竟然是一个充满乡土气息的深圳"荔枝节"。1999 年，时任深圳市科技局局长的李连和负责筹备第一届"高交会"，他清楚地记得，筹备高交会到底有多难。

"盖展览馆七个月碰了三次台风，最后一个台风来了，我们都傻了。如果现在吹坏的话，就没有时间了。别人起台风往屋里走，我们起台风往工地上走。我的头在工地上被撞破了几次，打了吊瓶又往工地上跑。"

历经千难万苦，1999 年 10 月 5 日，第一届中国国际高新技术成果交易会在深圳会展中心隆重开幕。时任国务院总理朱镕基郑重宣布：

"为了促进中国与世界各国的经济技术合作，中国政府决定每年在深圳举办中国国际高新技术成果交易会。"

李连和担心没人气的第一届高交会盛况空前。二十八岁的马化腾在第一届高交会上成功地融到了 220 万美元，从而使他摆脱了差点卖掉 QQ 软件来换取运营资金的窘迫命运。腾讯从此腾飞，成功跻身世界互联网中国三大巨头 BAT 行列。像腾讯这样成千上万的深圳中小科技企业，从高交会上汲取到了足够的养分，茁壮成长。

通过深耕细作，高交会的海外影响力日益盛隆，很多国家的风险投资和企业在这里获得了高额回报。美国国际数据集团总裁麦戈文表示：

"我所知道的，我们投资的公司都在深圳，在这能得到最高的回报。"

高交会在深圳的成功举办，有力地助推了深圳的高新技术产业迅猛发展。深圳市委书记王伟中表示：

"我们坚持创新只有第一、没有第二的理念，加强基础研究和原始创新。目前，5G 技术、超材料、基因测序、柔性显示、无人机等领域创新能力处于世界前沿。"

广州台：改革开放之初，中国内地第一家"三来一补"企业——香洲毛纺厂就落户在珠海。作为一座走出了特色发展道路的特区城市，珠海的发展故事从来都是牵动人心。晓辉，交给你。

珠海台：谢谢！珠海是一座热爱蓝天的城市。如今，珠海机场年旅客吞吐量已超过一千万人次，珠海航展已成为世界五大航展之一，全球在研最大水陆两栖飞机在珠海完成总装并成功首飞……发展空港经济，成为珠海人目光远大的战略落子。

[接录音：03 珠海空港]

2018 年 11 月 20 日上午 11 点，本年度第一千万位旅客走下舷梯，踏上珠海的土地，珠海机场正式跻身千万级机场行列。

回首 1992 年，随着珠海机场的破土动工，举办航展就成为珠海人的一个梦想。但举办航展并不容易，除了涉及国防科工委，还涉及当时的国家民航总局、外交部、航空航天部等八个部门，最后，航展的申请报告被送到了国家最高领导层。1996 年 11 月 5 日，时任国务院副总理吴邦国作为第一届中国国际航空航天博览会组委会主任，向世界宣布："中国政府已经决定，今后每逢双年举行中国国际航空航天博览会。"

从那时起，每隔两年，珠海机场的上空就会响起世界各国参展飞机的巨大轰鸣声。2018 年 11 月 11 日，第十二届中国航展在珠海闭幕，签约金额超过 212 亿美元，成交飞机 239 架，展会规模再创新高。

借助大机场、大航展的拉动，作为珠海发展空港经济、推进航空产业的重要主体，2008 年建园的珠海航空产业园在建园次年就迎来了中国通用航空产业的领军企业——航空工业通飞公司的落户。2017 年 12 月 24 日，由航空工业通飞研制并在珠海完成总装的全球在研最大水陆两栖飞机成功首飞。

如今，一座占地约 3.54 平方公里、依托航空产业园发展起来的航空新城已经拔地而起，投资总额逾 700 亿元的 70 余家航空要素项目正在这块南国热土上蓬勃发展。

广州台：谢谢珠海台的报道。海纳百川，有容乃大。由于特殊的地缘条件和历史渊源，港澳地区在国家改革开放过程中发挥着连通内地与世界的桥梁作用。香港和澳门怎样发挥自身优势呢？我们先请香港的同行与我们分享。

［接录音：03 香港施永青］

香港台：好，今天很高兴请来中原集团主席施永青先生，施老板您好。房地产金融服务业一直以来都是香港的重要行业，现在也在服务大中华地区。这么多年来，改革开放对于您这个行业产生了什么影响和作用呢？

施永青：我们原本就在香港成长的，那么现在主要业务是在内地的，我们可以来到内地发展，全靠改革开放，改革开放前是没房地产的。改革开放其实是容许少数人先发展起来啦，个人都可以拥有资产，另外是通过商品化去解决住房问题的。

我们公司主要做二手市场，先要有人拥有房屋才有二手交换，也是要有市场机制，地产中介才有活动空间。所以我们全靠改革开放才有机会到内地发展。改革开放之后，房地产就蓬勃发展。所以我们一方面有生意做，一方面也乐于看到国人生活得到改善。

广州台：澳门是中国唯一一座可以合法赌博的城市，提到澳门的发展，不能不提博彩业。李惠珊，交给你。

澳门台：讲起澳门，大家最先会联想到的是澳门大三巴牌坊、中葡美食，抑或想到一间又一间的赌场。一起去了解下澳门博彩业的发展。

[接录音：03 澳门博彩业]

1999年，澳门回归祖国，赌权开放。十九年来，博彩业一直都是澳门的支柱产业，单单是目前澳门特区政府的税收，有三分之二是来自博彩业，博彩业亦占整个澳门经济的43%。而在2002年4月，澳门特区政府宣布开放澳门赌业经营权，时至今日，十多间大型赌场相继在路氹落成。制造业、餐饮业受到的冲击最大，在不需要高学历就能拥有高薪金的博彩服务业的吸引下，当时很多年轻人都选择辍学，投身赌场服务业。

现任澳门特区立法会主席贺一诚，是工商界出身，在改革开放初期曾在广东经营"三来一补"企业。他称当时本地工业对澳门社会发展的贡献，绝对不落后于现时的博彩业。改革开放间接带动港、澳、台地区和韩国等地工业发展，贺一诚称，澳门由四十多年前开始一直参与国家的发展。贺一诚认为，澳门需要找到自身发展定位，尤其是如何提高本地青年竞争力，融入大湾区发展等。

"现在这个问题比较普遍化，每个人只要愿意去做荷官就一定可以去做，（做荷官）这个条件很优越。但是他们在大学读这么多书，都会有雄心壮志。这种客观的原因，令年轻人不得不面对一个困境。"

贺一诚又认为，现时澳门要抓住建设世界旅游休闲中心的发展机会，可考虑输出酒店旅游及管理专才，到大湾区参与发展。

[间奏]
香港、澳门、深圳、珠海、广州，五台联播特别节目《大潮起珠江》，共同见证中国奇迹。

粤港澳合力，同心逐梦

广州台：浩渺行无极，扬帆但信风。站在改革开放四十年的节点上，回望来时路，这是创造中国奇迹的道路，是沿着改革开放行进的道路。

广州台：在改革开放四十周年、粤港澳大湾区建设全面推进的关键时刻，习近平总书记于今年 10 月底再次亲临广东视察，发出了改革开放再出发的号召："中国改革开放永不停步。下一个四十年的中国，定当有让世界刮目相看的新成就！"

广州台：四十年的改革开放，广州以其独特的优势和成效，为中国经济社会发展贡献出很多的广州经验和广州智慧。新时期新作为，广州肩负重任，以科技创新迈向"改革再出发"新征程。

[接录音：04 广州未来]
　　广州明珞汽车装备有限公司是习近平总书记视察广州考察的民营企业之一，其服务于奔驰、宝马、特斯拉等高端客户，2018 年欧美等海外市场销售超过 6 亿元人民币，占总业务量一大半。一家仅仅成长了十年的民营企业，凭借什么实力可以拿到大批国际高端客户的订单？董事长姚维兵说："我们的核心技术都是世界首创，2015 年开始我们就搞数字化转型和高效的生产方式转型；2018 年我们把数字化、智能化、互联网化打通了之后真正转型为企业行业标准，这就又到了另一个高度，开始做生态和平台。"

姚维兵说，公司落户广州黄埔开发区十年来，得到了不少关怀。"广州开发区在全国来说是一个非常不错的创业环境，我感受很深。我们感受到贴心的服务，它不是针对企业照顾你，而是针对整个产业的发展、整个环境，是按照一个服务中心的理念在打造。开发区政府是一个高分的政府。"

扶持企业发展的政策不仅仅在广州开发区。2017年广州市出台一系列创新政策指引，无论是初创型中小企还是高新技术企业都可获扶持。目前，广州全市科技创新企业总数突破17万家，今年高新技术企业数量更将超万家，列全国第三。

广州市科创委副主任詹德村表示，作为粤港澳大湾区核心增长极，广州正在不断加强政策的支持力度。"我们从创新的源头开始抓，有若干个配套的政策，包括人才的扶持、金融的扶持、创新平台的打造，还有各种科技服务政策的出台，一系列组合拳。"

广州台：谢谢记者张婧的报道。得益于改革开放，深圳从当年一个边陲小镇发展成为闻名国际的创新大都市，GDP规模已与香港相当。改革再出发，深圳将有怎样的作为呢？交给深圳台的嘉琳。

深圳台：牢记习近平总书记的嘱托，深圳正朝着建设中国特色社会主义先行示范区的方向前行，来听听深圳台记者周明的报道：

[接录音：04 深圳未来]

黄卫兵是中铁四局集团第五工程有限公司副总工程师兼前海合作区双界河路项目经理。作为建设前海合作区的铁军代表，黄卫兵在前海石公园受到了总书记的亲切接见和总书记的表扬与肯定。"总书记说，五年前前海还是一片滩涂荒地，而如今高楼林立、鸟语花香，你们建设者很辛苦也很了不起。作为一名基层建设者，我们一定不辜负总书记，环保绿色、智能快捷、安全高效建设好剩余工程，确保2019年春节前地面道路建成通车。"

深圳市微孚智能信息科技公司创始人何伟将自己的创业项

目放在前海梦工场，目前已完成两轮投资。"我们现在主要是定位海洋科技，我们在海外四十多个国家都有销售。总书记说前海是用来圆梦的，所以说我们在深圳、在前海青年梦工场来圆我们的梦想，将我们海洋科技产品做得越来越好，服务'一带一路'的发展。"

前海的几位创业小伙伴都认为，总书记在前海的讲话，给了全国创新创业者极大的信心与勇气，使他们在粤港澳大湾区的平台上有一番大作为："我们这个团队虽然很年轻，但是很有潜力。我们要更好地去利用大湾区包括设计生产的一个强项，我们要把这几个元素整合在一块儿，打造出一个在世界上水平很强的品牌。"

前海管理局局长杜鹏承诺，将为前海的创业青年提供更好的服务。"总书记重要讲话中提出来，深港合作、粤港合作是一个互相支持、共同发展、相得益彰的关系，而青年人是国家未来，梦工厂是一个圆梦的地方，我们还要创造更好环境，让港澳年轻人能够在前海发展得更好。"

广州台：谢谢深圳台的报道。珠海是全国唯一一个与港澳陆地相连的湾区城市。作为粤港澳大湾区的核心城市，珠海将如何重燃改革激情，重整行装再出发？我们请珠海台的晓辉为大家介绍一下。

珠海台：谢谢俊飞。改革开放四十周年，珠海经济特区迎来又一个新的重要历史节点。珠海市委书记、市人大常委会主任郭永航表示，珠海因改革开放而生，面对新一轮发展，珠海要肩负起"将改革进行到底"的时代使命，抢抓粤港澳大湾区建设和港珠澳大桥通车等重大历史机遇，奋力推动新时代珠海"二次创业"。

[接录音：04 珠海未来]

郭永航："我们确实在新一轮的发展过程中任务很艰巨，但使命也很光荣。下一个四十年，或者说下一个三十年，我们珠海一定要重整行装再出发，一定要奋起直追，一定要开启第二次创业，以这种战斗姿态、奋斗姿态投入到新一轮的特区发展。"

广州台：随着广深港高铁的通车和港珠澳大桥的投入使用，今年粤港澳大湾区建设提速，为港澳地区融入国家改革开放大局提供了条件。香港将怎么把握发展的机遇呢？下面把时间交给香港台。

[接录音：04 香港未来]

香港台：大家好，我是香港电台普通话台的刘明正。

中国在改革开放四十周年的一个新起点再度出发，在香港，越来越多人希望去了解粤港澳大湾区，而且想通过这个大湾区可以和内地有更多方面的合作。在各界，也有很多的声音会发出来。比如，香港在内地自行投资的人士，在内地有设立一些厂家，有一些会发展他们的品牌。当然这个发展不仅是促进珠三角的发展，也是促进香港经济可以突破转捩点的一个重要方向。

在创业方面，年轻人创业的过程当中，其实香港可以提供的东西有限，大家知道香港的土地非常贵，而内地的资源，现通过粤港澳大湾区可以灵活地去运用，香港现有的资产结构还有资源配置也会因此而得到优化。

未来粤港澳大湾区会逐步实现货品、信息和人员更便捷地流通，共同发展。在商界方面，大湾区也可以发挥招商引资的作用，再配合"一带一路"，香港可以吸引更多的内地企业，用这一个平台来借船出海。

其实说到那么多方面，教育很多人都非常关注，教育界更加认为，深化和内地的合作的话，将会对未来香港教育事业产生非常深远的意义、影响。香港各界也意识到，其实我们自身的责任非常重，因为香港不仅要善用国家发展带来的机遇，也要去思考一下，自己可以为国家做一些什么事情。

广州台：在未来的大湾区，澳门如何定位？有什么优势？交由澳门电台的林智文讲讲。

澳门台：我们知道，在国家改革开放之后，越来越多的葡语系国家都看重澳门作为中葡商贸合作服务平台的作用。澳门立法会前主席曹其真认为，随着中国与葡语系国家的经贸往来越来越频繁，澳门的桥梁作用也越来越明显。

[接录音：04 澳门未来]

立法会前主席曹其真在改革开放初期到珠海经营首批"三来一补"企业——珠海毛纺厂，她忆述当时内地刚刚结束"文化大革命"，国库空虚，缺乏资金生产和投资；而随着国家改革开放，经济迅速发展，内地资本亦越来越雄厚。目前要配合国家发展，澳门已失去当时的资金优势，曹其真提出可以把握中央政府给予澳门的任务，搭建中葡平台。

曹其真并提到自己九年前退休后成立了同济慈善会和创办公司，亲力亲为培养了大约九十名学生，他们曾经实际处理湖南省和纳米比亚的投资案例，以及在安哥拉解决中资企业法律纠纷。

曹其真相信，培养中葡平台人才是澳门未来发展和为国家出力的可行方向。

[间奏]

香港、澳门、深圳、珠海、广州，五台联播特别节目《大潮起珠江》，共同见证中国奇迹。

结　　语

广州台：改革如同引擎，推动着中国巨轮破浪前行。今天的中国和四十年前相比已是沧海桑田，但不变的是，让老百姓过更加美好的日子的愿望生生不息，大刀阔斧继续改革的决心仍然不减。

广州台：初心不改，唯有砥砺前行。四十年是一个历史的节点，同时也是一个全新的开始。伫立新的时空坐标，粤港澳这片活跃度极高的经济热土，改革开放再出发，同心逐梦。

广州台：今天我们的节目接近尾声了，感谢大家的支持！

广州台：欢迎大家有空到广州来，广州的美食靓花等着大家。

深圳台：欢迎大家到深圳来，一起感受深圳速度。

珠海台：欢迎大家到珠海，享受一下珠海的特产"蓝天白云"。

香港台：欢迎大家用更高速、更便捷的方式到香港，感受一下大湾区居民一小时生活圈的 Hong Kong free style。

澳门台：欢迎大家到澳门，感受澳门的多元发展。

［版尾］

纪念中国改革开放四十周年特别节目《大潮起珠江》，由香港电台普通话台、澳门电台、深圳广电新闻频率、珠海广播电视台综合广播先锋951、广州新闻电台联合重磅打造！多谢收听。

（该作品获 2018 年度广东广播影视奖三等奖）

评　析

采编过程：

1978 年，以中共十一届三中全会为标志，中国开启了改革开放的历史征程。南粤大地，得风气之先，中国开放的大门从这里打开，改革的激情在这里燃烧。为了讲好中国改革故事，特别是讲好广东改革的故事，广州市广播电视台新闻资讯广播发出倡议，与深圳广电新闻频率、珠海综合广播先锋951携手推出联播节目。考虑到港澳在国家改革开放中扮演着重要的角色，新闻资讯广播向香港电台、澳门电台抛出橄榄枝，力邀其加入联播。经过多次沟通，五台确定了节目的合作方式和联播时间。

广州市广播电视台新闻资讯广播主动承担了节目策划方案的制定、节目流程的设置和节目文案的撰写等关键环节的任务，同时通过稿件交换、合办节目的形式，与香港电台、澳门电台、深圳广电新闻频率、珠海综合广播先锋951开展友好合作。

香港、澳门电台反馈，与内地多家电台合作联播节目尚属首次。策划克服了沟通、机制、制作方法等方面的差异，探索出港澳和内地多家城市电台合作的新模式。

社会效果：

节目在香港、澳门、深圳、珠海和广州五地播出后，收到积极反馈。有港澳地区的听众说，节目有助于他们进一步了解内地的经济社会发展，增加了他们回内地工作、投资的信心。而广东地区的听众说，听到港澳同胞于改革开放初期回内地开厂的故事，真实感受到中国改革开放事业的不容易，对粤港澳同心创造奇迹表示赞许，希望新时期的改革开放事业能进一步凝聚人心，鼓舞士气。

节目创造性地让中国改革开放的好声音传到港澳地区的大气电波中，拓展广州广播的影响力。节目在香港、澳门、深圳、珠海和广州等五座城市联合播出，也让南粤大地改革的好声音创新地走出去，有效宣传了广东敢闯敢试、敢为人先的改革精神。香港电台和澳门电台反馈说，随着粤港澳大湾区建设工作的推进，粤港澳联系必将越来越紧密，此次联播探索出港澳和内地多家城市电台合作的新模式，有望在今后的合作中进一步推广。

作品评介：

作品开创内地媒体与港澳合作的先河，意义重大。

1. 题材重大，立意深远。穗深珠三地是中国改革开放拉开序幕的典型代表地，港澳又是感受改革开放最深切的地方之一。节目讲述四十年风雨征程中三地人民敢为人先的故事，分享港澳同胞亲历改革开放的感受，传承改革开放精神。

2. 逻辑清晰，层层递进。节目上半部分是"回望过去"，回顾穗港澳深珠五地变化。首先从城市地标着手，听众有最直接的感受，最容易引起共鸣。节目还邀请普通市民分享人生经历，体现改革开放承载着国家和民族的"大梦想"，也承载着每个中国人的"小梦想"。节目下半部分着眼当下，展望未来。站在新起点上，香港、澳门、深圳、珠海和广州如何改革开放再出发，引人关注。围绕如何发挥独特优势，点燃城市活力，节目展开深入讨论。

3. 音响丰富，节奏感强。节目中有大量改革开放亲历者的录音，受访对象既包括普通的市民群众，又有如时任澳门特区立法会主席贺一诚、时任中共深圳市委书记王伟中这样有分量的嘉宾，兼顾了广泛性与代表性。节目在声音素材的剪辑上很讲究，既有邓小平南行讲话的见证者录音，又有习近平视察广东时的见证者录音；既有引领深圳转型的高交会二十年前开幕的珍贵录音，又有 2018 年港珠澳大桥开通的现场声响。注重历史与现实结合，增强了节目的节奏感、层次感。

4. 制作精良，收听效果佳。节目组通过精心制作版头、间奏和版尾，对各部分进行有效分隔，使整个节目的脉络清晰可见，张弛有度。

回望七十年，追梦新时代

——庆祝广州解放七十周年 AI+5G 全媒体现场直播

[总版头]

1949 年 10 月 14 日，南粤大地一声惊雷，吹响了解放广州的号角！中国人民解放军以摧枯拉朽之势一路南下，这座南方的大城市，终于迎来新生的曙光！

七十年沧海巨变，七十年波澜壮阔。

珠江潮起潮落，千年羊城焕新生。

回首峥嵘岁月，汲取前行力量。

今日 10 点到 11 点，新闻资讯广播隆重推出庆祝广州解放七十周年 AI+5G 全媒体现场直播——《回望七十年，追梦新时代》，见证历史，展望未来。

[历史背景]

1949 年 10 月 1 日，举国上下，万众欢腾！

毛泽东："中华人民共和国中央人民政府今天成立了！"

此时，南方广州，百姓仍处在水深火热中，翘首企盼黎明的到来。

1949 年 10 月 14 日，广州解放！广州人民终于翻身做主人！

梁俊飞：听众朋友，大家好！我是主持人梁俊飞。

吴央央：大家好！我是主持人吴央央。

梁俊飞：今天的直播室里，还有一位特别的嘉宾主持人，他就是

AI 主播"阿尔法蛋"。小蛋，和各位听众和观众打声招呼吧。

AI： 大家好，我是"阿尔法蛋"，不要看我是机器人，我也是一位伶牙俐齿的主持人。不过这是我第一次直播节目，所以，我还是有点小紧张的。

梁俊飞： 没事的，以后多锻炼就好了。今天，我们在珠江西堤岸边的黄沙码头搭建户外直播室。现在我看到的是开阔的码头，吹着的是凉爽的江风，看到的是川流不息的船只和来往穿梭的人群。

吴央央： 黄沙码头和广州解放有着非常深远的历史渊源。1949 年 10 月 14 日，中国人民解放军联合民众，在黄沙一带歼灭国民党军队一千多人。

梁俊飞： 历史的长河滔滔而过，七十年后的黄沙码头，早已看不出战争的痕迹，闻不到当年的硝烟。

吴央央： 今天，我们就沿着当年南下部队的足迹，重走解放军入城路线，并通过 5G 现场连线记者追忆往事，倾听亲历者和见证者口述历史，再现广州解放惊心动魄的时刻，重温那段光辉的历史。

第一篇章 破 晓

［片花］

1949 年 10 月 1 日，天安门城楼上，一把带有浓重湖南口音的声音，向全世界宣布，中国人民从此站起来了！然而，广州，作为中国近现代革命策源地，也是国民党在大陆地区最后一个行政机关所在地，却迟迟未解放。在那个至暗时刻，广州人民经受着怎样的煎熬？黎明快到来，破晓前的羊城，正在急切地盼望着曙光。

请听第一篇章：《破晓》。

梁俊飞： 开国大典万众欢腾的时候，广州城内八十多万人民仍然惶恐地生活在水深火热中。那个中秋节，恐怕是广州人在黎明到来前最黑暗的一个团圆夜。

AI： 俊飞，我不是很明白，为什么广州解放的时间比全国大部分城市都要晚？

吴央央：其实早在 1949 年 4 月，人民解放军百万雄师渡过长江解放南京的时候，国民党的统治实际上已经宣告灭亡。随后，残存的国民党政府逃往广州，负隅顽抗。

梁俊飞：解放前的广州城，货品奇缺，物价飞涨。市民甚至编了顺口溜来发泄心头不满："拍错手掌，烧错炮仗，迎错老蒋。"

吴央央：还有市民用绳将一个"沙煲"吊在四牌楼上，贴上一副对联："抗战八年容易过，和平三日吊沙煲。"

AI：什么叫吊沙煲？我翻阅了我的粤语词库，也不太明白这个词的意思啊。

吴央央：粤语的吊沙煲，是断粮、无饭开的意思。可见当时已经是民怨沸腾。

梁俊飞：1949 年 10 月 11 日，面对南下解放大军，盘踞在广州的国民党制订"总撤退、总罢工、总破坏"的计划，准备炸毁白云民用机场、天河军用机场和海珠桥等重要设施，誓要留下一个"烂摊子"。

AI：我的数据库显示，10 月 11 日，中央命令"人民解放军切断广州敌人西逃之路，占领广州"。接报后，中国人民解放军第四野战军迅速南下，开始解放广州的征程。

梁俊飞：解放军从江西一路推进到从化宣星村云台山。这里，见证了广州解放前的最后一场战役。现在记者庾颖君就在云台山战场遗址，我们马上接通她的电话，请她讲述这场打了一天一夜的战役。

庾颖君：好的，主持人，我是记者庾颖君。我现在身处的位置是从化区温泉镇宣星村的云台山。在山顶这里有一个云台山战场遗址，就是为了纪念七十年前解放广州最后一战的胜利而建的，旁边碑文就记录了当年解放军浴血奋战一日一夜，消灭敌人五百多人的激烈战况。当年，这场战斗究竟打得多激烈呢？前几天，我找到了这场战役的见证者，他就是宣星村的村民卢蓬根，云台山战役打响的时候，他只有十六岁，但是对七十年前的那场战役，他记忆犹新。

卢蓬根："13 日晚 11 点左右至第二天 9 点（枪声）才停止，（听到）一会儿是大炮'嘣——嘣——嘣'响，一会儿又是机关枪的声音。解放军是一边唱着歌一边去冲锋陷阵，（唱着）'向前、向前、向前，我们的队伍向太阳，脚踏着祖国的大地，背负着民族的希望……'当时真的唱得很雄壮！在战役结束之后，出来就看到解放军有的用担架抬着，有的包着手脚，到差不多两点，我们上山就看到一堆一堆的山坟。"

庾颖君：云台山战役之后，从化县城解放，接下来，解放军势如破竹直抵广州，第二日就完成解放广州的光荣任务。作为广州解放的最后一场战役，云台山战役旧址保存完整。

主持人，我在现场的报道到这里，下面把信号交回直播室。

［压混歌曲：《向前向前》］

吴央央：七十年过去了，昔日的战火英雄们，有的已经忠骨长埋，有的已近百岁高龄。

AI：我的大数据提示，我们的记者在十年前曾经采访过一位参战的老战士马世诚，这些资料非常珍贵，所以我都存在数据库里。我播给大家听听吧。

马世诚，是解放军43军128师382团的老战士。说起解放广州的经历，八十多岁高龄的他，思维清晰，眉飞色舞，仿佛又回到了那段戎马岁月。

马世诚："那时间很短，我们跑步来的，把那行李都扔在路上，轻装上阵，从翁源到了韶关。我还记得那口号，'别让蒋介石跑了，打到广州，解放全中国'。也就是一夜之间，跑到13日，这时候就接近江村了，到江村对面好像就是石井，这江村对着白云山，我们那师三个团，382团从白云山下来，往石井那奔广州。"

14日下午，马世诚和战友抵达广州城区，到了傍晚，他们忽然听见一声巨响！

［音效：巨响］

梁俊飞：自知大势已去，国民党当局决定要把当时广州唯一一座跨江大桥——海珠桥炸毁。

吴央央：我们的记者黎小培现在就在海珠桥上，现在我们用广州电信提供的 5G 信号，和小培进行视频对话，让他来讲述海珠桥被炸毁的这段往事。小培，你好。

黎小培：主持人你好，我是记者黎小培。大家看我手上拿着几张海珠桥的老照片。（翻照片声音）这是第一张照片。

梁俊飞：小培，我看到你手上拿到的照片里面的海珠桥是可以开合的，这是什么时候照的？

黎小培：对的，这是 1932 年竣工的海珠桥，造价高达 103 万个大洋。它是广州市首座跨江大桥，也是中国罕见的一座开启式铁桥，有"民国四大桥"之称，对改善珠江两岸和广州港的交通有重要作用。

1949 年 10 月，国民党当局在败退广州前，由广州卫戍司令李及兰派遣军队和便衣特务，用汽车运载黄色炸药近百箱，置于桥墩、桥梁接合部。10 月 14 日下午 5 时 50 分，随着一声巨响，海珠桥被拦腰炸断，周围一片火海。我手上这张照片，就是当时海珠桥被炸的惨状。

由于炸毁海珠桥的计划仓促，民众没有及时疏散，死伤的市民人数高达 400 多人，100 多艘民船沉毁，数百间房屋震损，受灾居民达 3000 多人。

国民党当时还嚣张地说：两三年内，共产党休想把桥修复通车。但是，各位看看我手上这张照片，没有依靠外援，没有额外经费，1950 年 5 月下旬，衡阳铁路局第三桥梁队正式开始修复海珠桥。同年 11 月 7 日，海珠桥竣工通车，前后仅不到半年的时间。各位再看看我身后的海珠桥，半个多世纪过去，它连接着广州南、北市区的交通，继续默默地见证着时代的沧桑变化。

主持人，我在现场的报道到这里，下面把信号交回直播室。

梁俊飞：炸桥后，国民党军队派出 2000 多人及上百辆满载军用物资的车辆，经荔湾涌，聚集在布满碉堡和桥头工事的黄沙码头，就是我们现在直播所在的地方。当时国民党官兵准备渡江到芳村，再往粤西撤退。

吴央央：这时，解放军 128 师以摧枯拉朽之势从黄花岗进入市中心惠爱路一带，兵不血刃地占领伪总统府、伪绥靖公署等机构。到了黄沙渡口，他们看到码头边挤满国民党的军车和慌乱的士兵。

梁俊飞：后来，来到黄沙渡口的两路解放军和自发抗敌的民众，对国民党军形成合围，发起进攻。

AI：真没想到，现在风平浪静的码头，当年还有碧血一役。

梁俊飞：这一天子夜时分，广州终于解放了！争取十月下旬占领广州的计划提前完成了。

吴央央：今年九十七岁的贾献图，参加过百团大战、解放战争、抗美援朝战争等重大战役，是新中国培养的第一批飞行员。1949 年，人民解放军南下解放广州，他作为其中一员，亲身经历了广州战役和解放军入城仪式，是"历史的参与者和创造者"。现在贾老年岁已高，讲话、听力都有不便。

梁俊飞：还有，今年九十三岁的东江纵队老战士刘明，也参与广州解放战争。今年国庆前，他们都领到一枚沉甸甸的军功章。

AI：历史不应该被忘却，下面我们来听听老战士们的深情回忆。

贾献图："不忘历史！不忘历史！"

刘明："我当时参加东江纵队很年轻，只有十七岁，到现在我已经九十三岁，我的领导早就去世了，我的战友都走了八九成了，留下的人已经不多了。当时（解放后）都在番禺工作的东江纵队战士，解放初期有 300 多人，现在只剩下 30 人了。"

梁俊飞：广州市委党史研究室地方史工作处处长周艳红认为，华南核心重镇广州的解放对解放全中国有着举足轻重的作用。

周艳红："（广州解放）应该说就是蒋介石最后一次困兽之斗，他也知道广州不一定保得住，他自己也知道。当时在蒋介石手里，他有一个战略三角，就是闽粤台。6 月份的时候闽被解放了，就是福建。10 月后，他的战略三角就剩下两个，台湾和广州。"

第二篇章　新　生

[片花]

在漫长的等待后，广州这座红色革命之城，终于迎来了解放后的第一缕朝阳。经历了战火的洗礼，广州千疮百孔。面对着国民党留下来的烂摊子，解放军和广州人民怎样重建家园？

请听第二篇章：《新生》。

梁俊飞：1949年10月15日凌晨，中共地下党员温盛湘从香港回到广州，一下船就看到长堤一带的马路边，到处都是席地而睡的解放军。

　　　温盛湘："我一上码头，就（看到）在广州戏院和大同酒家楼下，一直到爱群大厦，两边马路都睡满了解放军。"

吴央央：原来，经历大战的战士们在黄沙码头附近席地而坐，互相倚靠着，双手紧抱枪支，没有打扰一户老百姓。黎明到来，人们才发现，南下大军已经进城了。这时，东亚大酒店也挂起广州第一面五星红旗。

AI：这面五星红旗是怎么来的呢？

梁俊飞：小蛋，你想知道？我们连线记者潘彦晖，你就会知道答案了。潘彦晖，下面交给你。

潘彦晖：好的，主持人，我是记者潘彦晖。我现在就在广州近代史博物馆里。我身后的这面五星红旗，就是按照广州解放后，飘扬在广州上空的第一面五星红旗复制出来的。我们可以看到，这面五星红旗上面有很多拼接的痕迹，而且五角星的位置不是特别的规范，显得比较粗糙。究竟为什么会这样呢？我们请来了博物馆的讲解员林冰蓝为我们讲解一下。

林冰蓝：好的。当时在东亚酒店内，广州地下组织成立"东亚酒店职工业余同乐会"开展活动，迎接解放。那时地下党员肖范波同志找到了东亚酒店的职工马明，让她连夜赶制出这面红旗。不过呢，因为当时广州市民没有人见过五星红旗，他们只是通过广播，还有电台，得知五星红旗的样式，于是连夜赶制出了一面红旗。所以这一面红旗在尺寸还有样式上和我们平时所见的红旗有所不同，不过它蕴含着非常重要的历史意义，它见证了广州的新生。

潘彦晖：谢谢林讲解员为我们讲解。广州解放后升起的第一面五星红旗原件珍藏在广州博物馆里，不过并没有对外展出。主持人，我在现场的报道到这里，下面把信号交回直播室。

梁俊飞：一夜之间，五星红旗飘扬在羊城上空，广州老百姓看到了与昔日国民党官兵欺行霸市的作风完全不一样的解放军，他们知道，战争的阴霾已经散去。

吴央央：除了解放军和中共地下党员，还有一群可爱的人，也为广州解放提供强有力的支持。他们就是地下学联和工人护卫队。我们来听听他们的故事。

今年九十岁的幸松筠，当年就是地下学联的一名成员，在广州解放前，她有双重身份，白天是老师，晚上就是地下学联成员，她和同伴用最隐蔽的方式派发红色传单。为了不被敌人发现，她们绞尽脑汁。

幸松筠："自己印传单，我们那时候还特意用左手写字，让人不认得字迹。那些资料都要到处寄，不敢在一个邮筒寄，在全市的邮筒，这里放一些，那里放一些，（如果只放在同一个邮筒）人家就知道你住的范围了。"

广州市委党史研究室地方史工作处处长周艳红认为，地下学联和广州的工人护卫队等，都是广州解放的功臣。

周艳红："广州的地下党做了大量的工作，包括宣传，告诉民众广州要解放了；西村水厂、无线电厂、发电厂的护厂（运动），还有学校和医院都派了地下党员进行保护和巡逻，所以广州的公共设施没有遭到太大的破坏。"

梁俊飞：经历了战火纷飞的广州满目疮痍，百废待兴。迎着解放的曙光，广州社会翻开了新的篇章。

吴央央：解放前，国民党财政支出濒临崩溃，当局疯狂印刷纸钞，通货膨胀非常严重。

梁俊飞：当时一位广州老教授去领工资要带上很大的麻袋，因为一个月的工资是要装上百捆、重量超过一百斤的"法币"。领了薪酬后，就要即刻扛着一大麻袋纸钞，去粮食市场兑换。当时的米价每小时都在变，价格直往上蹿，早一小时或许能多买一点米。

吴央央：解放初期，币值相对稳定的港币成为市面上的主要流通货币。后来，广州规定"市场流通以人民币为本位币"，但一些非法地下钱庄依然兴风作浪，在十三行一带摆设摊档，炒作外币。

吴央央：我们的记者赖婷婷现在就在广州十三行博物馆，请赖婷婷给我们介绍一下十三行的情况。赖婷婷，交给你。

赖婷婷：好的，主持人，我是记者赖婷婷，我现在在十三行博物馆门口。解放初期的广州，由于金融混乱，仍然有不少地下钱庄存在，在十三行马路东段，就有不少流动经营者代客进行议价和成交，派人放风守望，发现警探人员立即发出暗号通知迅速散避。1949年11月，全国物价大幅上涨，港币兑换人民币的黑市价格一涨再涨。黑市上1港元可兑换当时的人民币1470元。

为了重整金融秩序，1949年12月5日，广州统一行动，扫荡地下钱庄，结果捣毁170家地下钱庄。12月10日，人民币与港币的官方牌价与黑市兑换价就基本持平了。如今的十三行，已经成为以服装为主的大型商圈，每天，成包的服装被大大小小的货车运进运出，远销海内外，有着与鼎盛时期相似的繁忙景象。

主持人，我在现场的报道到这里，下面把信号交回直播室。

梁俊飞：另外，为了整治混乱的广州城，保护市民安全，在解放军进城后的第六天，一支守卫广州的队伍——广州市公安局公安总队正式成立，他们的主要任务是：禁娼、禁毒、禁赌、扫荡地下钱庄。

吴央央：为纪念广州解放十周年，时任广州市市长朱光提出要建立广州解放纪念像，在纪念像奠基仪式上，叶剑英元帅做了重要讲话。此后，由著名雕塑家尹积昌设计、全身为花岗岩石雕凿而成的"广州解放纪念像"在海珠广场中央落成，成为当时广州的一大盛景。

第三篇章　硕　果

广州解放，转眼风云过，七十年来，广州人敢为天下先，以开放、包容的广州人精神，杀出一条血路来，成为改革开放的前沿阵地。回首往事，展望未来，广州正翘首以盼。

请听第三篇章：《硕果》。

梁俊飞： 在解放广州和建设广州的历程中，有这么一群人，他们或金戈铁马，驰骋沙场；或潜伏敌内，与敌周旋；或支援前线，策应大军；或随军南下，为新城建设挥洒青春与汗水。这些人，一起为广州这座千年古城焕发新活力而不懈奋战。

吴央央： 为了纪念广州解放，1951 年八一建军节的时候，广州市政府决定将解放军进城途经的中华路更名为解放路。小蛋，你听说过广州的解放路吗？

AI： 我当然听说过，广州的解放路在全国很有名，而且跨度很长，北边从桂花岗开始，一直向南延伸到珠江边。

梁俊飞： 解放路这七十年的巨变，也印证了广州从新生走向成熟。我们的记者姜文涛现在就在解放路上，让他来说说广州解放路的"威水史"。姜文涛，下面信号交给你。

姜文涛： 好的，主持人，我是记者姜文涛。我现在就站在解放北路大北立交，这里是广州第一座立交桥，建于 1964 年。早在明清时代，解放路已经是城中的重要道路，两边以骑楼建筑为主，其中中段称归德门直街，俗称四牌楼。

可以说，解放路沿途的地标建筑见证了广州的城市发展、文化传承和岁月变迁。首先，在我的西侧，是 1974 年建成投入使用的广州火车站，也是无数外来务工者"广州梦"开始的地方。"东南西北中，发财到广东。"上世纪 80 年代，随着改革开放，一波又一波的"南下大军"来到广州谋生。

从大北立交往西南方向望去，不远处就是闻名中外的中国大酒店、东方宾馆，他们都是国内首批中外合作经营的大型五星级酒店；还有广交会旧址，内地企业从这里"走出去"，全球客商从这里"走进来"。这些建筑都是广州解放路的著名地标，共同见证着改革开放最前沿阵地几十年来的点滴变化。

主持人，我在现场的报道到这里，下面把信号交回直播室。

梁俊飞：开放引领时代潮流，无数个"第一"，在广州这片土地上诞生。

AI：我知道，全国第一个经营服装的个体户集贸市场在高第街诞生，中国第一家超级商场是广州友谊超级商场，国内第一个纯商品房住宅小区是东湖新村，西湖灯光夜市是全国最早的灯光夜市；广州还是全国第一个取消粮票的城市，举办了全国首个劳务集市，并率先推行无人售票空调公交线路……一共有近百项全国第一呢！

吴央央：你数得很不错嘛！七十年过去了，一代代广州人在这片热土上，秉承开放、创新、包容的城市精神，敢饮"头啖汤"，敢于"吃螃蟹"，创造了经济腾飞、社会巨变的神话。

梁俊飞：小蛋，我考考你，你知道广州人过去结婚要的"四条腿"和"老四件"是什么吗？

AI："四条腿"是鸡腿、鸭腿和猪腿这些吗？"老四件"又是什么？我一点头绪都没有。

吴央央：（笑）你想到的只有吃吗？广州人的生活变迁，我们来听听大家的心声。

市民吴永："当时说，如果一对青年男女结婚，男的要准备'几条腿'，比如一张饭桌四条腿之类的，电风扇那都是改革开放后的事情了。但是说出来很失礼，我当时给岳父岳母的礼金就只有99元，家里什么电器都没有。"

80年代初，改革开放的春风率先吹到珠三角，第一批早期个体户、第一间五星级酒店……数不清的第一，体现了广州人敢为天下先的特质。在寻常百姓家，"老四件"——自行车、缝纫机、收音机和手表不再是新鲜事，"新三宝"——电视、冰箱、洗衣机成了市民梦寐以求的物品。

现在，广州人越来越富裕，汽车、智能家电早就进入千家万户。东江纵队老战士刘明感慨，我们的生活发生了翻天覆地的变化。

吴永："变化太大了，天翻地覆的，这七十年变化太大了。解放前，我们吃不饱穿不暖，书也没得读。解放后，生活非常丰富。第二就是我们国家的威望在世界上越来越高，我们认为这是最光荣、最伟大的事，我们估想不到的。"

梁俊飞：改革开放后，广州在 1984 年 5 月成为全国首批十四个沿海开放城市之一；再后来，经济技术开发区、高新技术开发区、保税区、出口加工区、国家综合配套改革实验区、国家级新区、自贸试验区等，纷纷在广州落地、壮大，一个全方位、宽领域、多层次的对外开放体系在广州成型。

吴央央：广州还先后举办六运会、九运会、亚运会、广州《财富》全球论坛等国内外盛事，进一步彰显了广州的综合实力。

梁俊飞：数字就是最好的证明。下面我们来听听《数字话广州巨变》。

1978 年，广州货物贸易出口值为 1.34 亿美元；1987 年，广州进出口总值 21.71 亿美元；1993 年突破百亿美元；2010 年突破千亿美元；2018 年达 1484 亿美元，是 1987 年的 68 倍，年均增长 14.6%。

1979 年，广州实际利用外商直接投资仅为 165 万美元，2018 年达 66.11 亿美元。

2015 年正式挂牌的中国（广东）自由贸易区广州南沙新区片区，注册企业数由挂牌前的 8400 家增加到 2018 年的 91230 家，增长近 10 倍。

在自贸区政策带动下，中远海运散货全球总部、中远航运风电总部、唯品会跨境电子商务总部等航运物流总部企业落户南沙，一个高水平的对外开放门户枢纽正在崛起。

梁俊飞：还有一组核心数据：1949 年广州地区生产总值仅为 2.98 亿元，1978 年提高到 43.09 亿元，按可比价格计算，1978 年地区生产总值是 1949 年的 13 倍；2018 年更是达到 22000 多亿元，是 1978 年的 530 倍，是七十年前的 6800 倍。

吴央央：改革开放初期，广州经济总量在全国主要城市中居第八位，不仅低于北京、天津、上海，也低于沈阳和武汉等城市。乘着改革开放的春风，广州插上腾飞的翅膀，1989 年起经济总量跃居全国第三，仅次于上海和北京，连续二十七年稳居全国主要城市第三。

AI：我知道，就在 2016 年，世界城市研究机构全球化与世界城市研究网络（GaWC）公布了 2016 年世界城市名册，广州首次跻身国际一线城市序列；到了 2018 年，广州更是挺进世界一线城市的 30 强，位居第 27 位。

梁俊飞：现在的广州，和解放初期一穷二白的状况有着天渊之别。举个简单的例子，小蛋，你知道广州解放前的第一高楼在哪里吗？

AI：这个还不简单吗？我一搜索就知道了，是建于 1937 年的爱群大厦，高 64 米，是当时华南地区最高的建筑物，曾经占据"广州第一高楼"的位置三十多年。

吴央央：短短七十年间，广州的城市天际线发生了怎样的变化？我们的记者肖阳现在在广州塔，我们让他来为我们盘点一下新中国成立以来广州的第一高楼。肖阳，交给你。

肖阳：好的，主持人，我是记者肖阳，我现在在广州塔的东门。一个城市天际线的变迁，最直接地反映出城市建筑水平的进步。

20 世纪 60 年代，珠江边出现了一栋新的高楼，那就是二十七层高的广州宾馆，一度成为广州城的地标性建筑，被老广州人亲切地称为"27 层"。20 世纪 70 年代，楼高三十三层的白云宾馆成为新的"第一高楼"。到了 20 世纪 90 年代，广东国际大厦落成，人称"63 层"。

1997 年，主楼八十层的中信广场耸立在天河，成为"90 后"心目中城市天际线的最高点。这里当时也是最多大型企业进驻的地方，是代表广州经济发展的高地。

21 世纪，广州的高楼如雨后春笋一般，拔地而起。2009 年，新广州地标级建筑"广州塔"竣工。我现在站在 600 米的广州塔下，从这里看上去，塔身线条流畅，中部扭转形成"纤纤细腰"的样子，因此这里也被大家亲切地称为"小蛮腰"。

在小蛮腰对面就是珠江新城东塔、西塔等高度超过 300 米的摩天大楼。这里拥有众多跨国公司、世界 500 强企业，是广州的城市中轴线。

主持人，我在现场的报道到这里，下面把信号交回直播室。

梁俊飞：党的十八大以来，广州坚持新发展理念，转变发展方式，经济由高速增长阶段转向高质量发展阶段，2013—2018 年均增长 8.3％，成为全国经济发展最具活力的地区之一。

吴央央：现在的广州，立足城市资源禀赋，高标准规划推动高质量发展，重点建设国际航运、航空、科技创新三大战略枢纽——一个跨越式发展的国际大都市正在悄然形成。

梁俊飞：去年 10 月，习近平总书记视察广东期间对广州提出了"老城市新活力"的时代课题。

吴央央："广州要实现老城市新活力"，吹响了新时代城市发展的集结号。千年商都，云山珠水，得风气之先，走变革之路，领时代之新，扬活力之帆。

梁俊飞：回望七十年，追梦新时代。今天，我们共同庆祝广州解放七十周年，缅怀那一段往事，不忘历史，是为了创造更美好的明天。

AI：说到未来，我觉得我有一点发言权了，毕竟作为人工智能的代表，我就象征着未来。有了人工智能，就能推动广州经济的高质量发展。

吴央央：是啊小蛋，你也要为广州的发展出一份力，要记住，幸福是奋斗出来的！

AI：遵命！

梁俊飞：听众朋友，庆祝广州解放七十周年 AI+5G 全媒体现场直播——《回望七十年，追梦新时代》已经进入尾声，在节目结束前，我们来听听共和国同龄人对广州未来的祝福和寄语。

吴央央：祝福广州，祝福中国！

两　人：再见！

高纪元："我叫高纪元，我出生在 1949 年 10 月 1 日，我衷心地祝福我们伟大的祖国富强繁荣昌盛，祝福祖国的人民永远幸福安康。"

蔡炳基："我叫蔡炳基，我今年七十岁，和共和国一起成长，我祝祖国繁荣昌盛，广州更加美好，越来越靓。"

刘德丽："我叫刘德丽，我生于1949年，我祝福我的祖国和我生活的城市广州，未来会越来越好。"

[《歌唱祖国》歌声压混，结尾拉低]

(该作品获2019年广东省广播影视奖二等奖)

《回望七十年，追梦新时代》直播团队

评　析

采编过程：

今年是新中国成立七十周年。1949年10月14日，广州迎来了解放。跨越七十年峥嵘岁月，广州广播电视台新闻资讯广播借助AI人工智能和 5G 技术，在 10 月 14 日当天，做一场开全国广播先河的 AI+5G 现场直播，全景式全方位致敬这座英雄之城。

2019 年 6 月，在大胆决定利用尚未商用的技术进行现场直播后，台组建三十多人的跨部门联合团队。在没有任何经验可借鉴的基础上，团队一边自学，一边对节目的可行性和安全性进行十多次研讨。

2019 年 8 月，团队选定科大讯飞和中国电信作为技术支持单位，并就每一个技术难点，与技术支持单位进行反复讨论、磋商。从可行性方案研讨到学习 AI 和 5G 技术，从选择直播点到联系技术支持，从文案资料搜集到保障推演……团队都在摸索中艰难前行。技术方案被修改近百次，文稿前后反复被修改了二十多版。

为保障直播顺利进行，团队提前商请有关博物馆周一开馆。直播前一天，播音员、技术人员提前进驻黄沙码头，外采人员到博物馆进行最后一次踩点，技术人员对 5G 信号和 AI 技术进行最后调试。直播当天，各小组配合默契，出色完成直播。节目播出后，科大讯飞和中国电信团队负责人均表示，这是他们近年来，承接的技术难度最大、工作量最多的项目之一。

社会效果：

该节目对推动媒体融合发展具有积极引领的示范作用。当广播遇上 AI 和 5G，表现形态不再拘泥于传统历史资料+采访录音的老套模式，能玩出更多丰富的新花样：

1. 在传播渠道上，采取传统广播现场直播加新媒体图文直播相结合的方式，扩大宣传矩阵。以当天在广州新闻电台官方公众号和花城 FM APP 两个分发渠道的图文直播点击量为例，两者总点击量超过十万人次，是同类型主题报道的数倍。

2. 在传播形式上，加入大量的记者现场直播、引入视频通话聊天、在图文直播中插入视频直播和小视频拍摄等形式，达到以往光靠大气电波传播所不能达到的效果。

3. 在社会意义上，达到推广 5G 技术的作用。广州是国家 5G 试点城市之一，到今年 8 月底已建成 5G 基站 7885 座。这次的直播，正是检验目前广州 5G 网络覆盖的好机会。中国电信了解我们的直播构想后，表示："全力支持！对参与到广州解放七十周年这么有意义的大事感到十分荣幸！"

作品评介：

这是一场开全国广播先河的现场直播，AI 和 5G 技术第一次在广播中得到成功运用。

1. 技术创新，开创先河。庆祝广州解放七十周年 AI+5G 全媒体现场直播，首次实现了 AI+5G 技术同时在中国广播节目中的实战应用，开创国内广播的先河，对推动媒体融合发展具有积极引领的示范作用。

2. 主题重大，意义深远。节目作为我台年度三大策划之一，主题宏大，传播效果好，社会影响大。通过主线"解放军入城线路"，重温广州解放惊心动魄的时刻；通过副线"广州人民迎接解放军入城"，借当年工人、农民和地下学联学生等人回忆，展现广州百姓对新生活的向往和期盼，以及七十年来人民生活发生的翻天覆地的变化。

3. 素材丰富，层次分明。节目分成"破晓""新生"和"硕果"三个章节，逻辑分明，脉络清晰。节目除了在传统广播直播，还在花城 FM 同步视频、图文直播。直播借助音频、视频、图文等新形式，丰富节目元素，提升作品的可听性和观赏性。

"冠军教练" 赖宣治

[总版头]

20 多个世界跳绳冠军，10 多项跳绳世界纪录，一根根平凡的跳绳，创造出一个个辉煌的战绩。

[压混：跳绳声]

学生 1："感觉脚都已经麻木了，特别地累，要吐了，还要坚持跳，还是坚持下来了。"

学生 2："五个金牌，两个银牌。"

赖宣治，七星小学体育教师，他带着孩子们"跳"出乡村学校小操场，站上世界大舞台。用一根跳绳，改变孩子的命运。

"冠军教练" 赖宣治

家长："付出了，那么辛苦，能拿到奖，很厉害，为她骄傲。"

赖宣治："最让我感动的，不是说我拿多少块金牌或者是培养了多少个世界冠军，是我把这帮农村孩子的命运改变了。"

欢迎收听特别节目《"冠军教练" 赖宣治》。

169

梁俊飞：听众朋友大家好！欢迎收听 FM96.2 广州新闻资讯广播特别节目《"冠军教练"赖宣治》，我是节目主持人梁俊飞。

吴央央：我是节目主持人吴央央。

梁俊飞：7 月 2 日至 12 日，一群来自农村的小学生在挪威举办的跳绳世界杯上，赢得 85 枚金牌，比赛视频在网络被疯狂转载。

吴央央：本次跳绳世界杯比赛总共吸引来自世界 26 个国家和地区的 975 名运动员参赛，参赛规模创历史之最，而代表中国跳绳国家队出征的总共有 18 支队。

梁俊飞：当中有 3 支队伍来自广州，它们分别是由花东镇七星小学和花东中学共同组成的花都跳绳队、黄埔东荟花园小学云荟跳绳队和从化希贤小学跳绳队，一共有 43 名中小学生参加。

吴央央：俊飞你刚刚所提到的 85 枚金牌，就是由花都队所夺得的。

梁俊飞：没错！赛场上最引人瞩目的，莫过于来自花都的"光速少年"岑小林，不仅在比赛中表现惊人，打破五项赛会纪录，还以 570.5 次打破了他去年自己创造的 568 次 3 分钟单摇跳绳纪录，网友戏称岑小林的跳绳动作是"地表最强踩点"。

吴央央：而这位小冠军的教练就是赖宣治老师。在"跳绳天团"花都队里面，像岑小林这样的"绳霸"其实还有很多。今天我们非常开心请到了赖老师，他是花都跳绳队的教练，也是广州七星小学的体育老师。

梁俊飞：赖老师，您好。

吴央央：赖老师好。

赖宣治：你们好。

梁俊飞：现在我们就和坐在我们面前的赖老师，一起来聊一聊一个乡村小学是如何"跳"出 20 多个世界冠军的，非常厉害！从零起步到世界跳绳冠军教练，赖老师是如何做到的？

吴央央：对，我们一起来听一下故事。我知道赖老师其实是茂名信宜人，那我想知道，为什么没有留在茂名做体育老师，而是选择了花都区七星小学，来这边做小学老师，当上跳绳队的教练呢？

赖宣治：其实这个是跟我的经历有关的。因为我是一个来自农村的孩子，小时候读书不好，性格叛逆，换了两所中学，就换到了我们信宜市的一个华侨中学那里，慢慢地练体育，加入了篮球队，然后通过体育，就慢慢改变了人生，考到重点大学。那么在大学里，我就希望能够来到广州这么发达的城市立足，因为我毕竟是农村出来的，就想找份好的工作，所以当时我就选择来到花都这边，也通过招聘考试。

吴央央：所以就来到花都这边做老师。

赖宣治：对。

吴央央：其实您刚来七星小学的时候，这个小学是什么样的？跟您想象的有出入吗？

赖宣治：其实说真的，当时我真的是意想不到，广州一个这么发达的城市，学校应该都是很好的，学生很多，学校很大很漂亮。当我第一次踏入这个小学的时候，我真的被眼前的景象惊呆了。整个学校就一幢教学楼，全校师生150多人。你真的是想象不到！当时那个球场的草，比我人头还要高，你说这样的……其实说得难听一点，这种学校比我当时的农村学校，感觉还要差。

吴央央：那这里的小孩呢？当时跟他们接触（觉得怎样）？

赖宣治：其实当时我还很清楚地记得，我来的时候刚好是学校放学，我从校门口走进来的时候，那些学生看到我一个这么高大的人走进来，都怕，躲起来，左躲右躲，都很害怕。当时那些孩子给我的感觉是什么呢？非常胆怯，非常腼腆，而性格又非常内向，没什么自信。其实，我刚来的时候，我们的主任跟我说："赖老师，你是我们这所学校成立以来，在1963年成立以来首位大学生。"我的天啊！我听到这个话，我的压力好大。他说，你是我们学校首位体育专业的大学生。你想想，这几十个字，其实说真的，给了我很大的压力。

一、缘　起

[小版头]

七星小学场地太少，学校经费不足，体育器材不够。

"只有十来万，还要除去办公经费，还要除去请来这些杂工的费用，已经没钱了。"

篮球搞不了，试着搞田径。

"田径太枯燥无味。学生跟你闹脾气，退出了！"

田径也做不下去，试着组建象棋队。

"一个学校100多号学生，就来了七八个！"

三年多来，尝试开展各种体育运动均宣告失败！

作为"学校历史上首个大学生体育老师"，赖宣治能否顺利地带领七星小学迎来华丽转身呢？特别节目《"冠军教练"赖宣治》正在播出。

梁俊飞：刚来的时候有没有想开展一些什么样的体育项目？

赖宣治：当时我也找校长谈过，我说："校长，你给我五年时间，我一定可以把这个学校给做好的。"我当时是很有自信心的。可是，当我真的在这个实践过程当中，我发现真的是比登天还难。

我在2010年的时候，其实开展过很多项目的。因为我本来大学的专项就是篮球、游泳。你说开展游泳，那是不可能的，因为学校都没有泳池。那我就想开展篮球吧。当时学校有一块破旧的篮球场，好像勉强还可以，那我就试着开展篮球。但问题来了，第一次我找校长，我说："校长我要开展篮球，能不能给我买些篮球？"校长一听，就蒙了，跟我说："赖老师，你知道我们学校有多少个学生吗？147个学生。那你知道我们一年的办公经费是多少吗？只有十来万。你知道我们还要除去办公经费，还要除去请来这些杂工的费用，已经没钱了。"

不过当时，我们校长也很支持我，他就到处去找，也给我拉些赞助买了25个篮球。我当时就很有信心，组建了一个篮球队。我组建了篮球队，开始训练的过程当中，就发现问题了，那些学生家长就不干了。

梁俊飞：为什么呢？

赖宣治：家长的意识是根深蒂固的，他觉得练体育就是会影响到这个孩子的成绩。

梁俊飞：他们觉得（应该）就是在玩，是吧？

赖宣治：对。我记得我在组队的第二天，就有家长来找校长投诉了。

梁俊飞：第二天就来了？

赖宣治：第二天就来了。然后家长投诉完了，那时候就有一些孩子退出。这还不算最惨的，最惨在哪里？有些家长直接地就跑来学校这里来闹。在这过程中，就有些老师，他会私下去打电话给他们家长，就说这个体育会影响到成绩，所以当时有很多家长，也是后来打电话过来要退出，所以说第一年这个篮球队就在这个当中辗转，就开展不起来。

吴央央：就篮球不行。

赖宣治：篮球不行。后来我就想了，既然篮球是要钱的，我就想想什么运动不要钱呢。

吴央央：哈哈哈，跑步啊。

赖宣治：跑步，你说对了！我从 2012 年就开始搞田径，又可以给学校省钱。当时也是顶住各种压力，就组建了田径队。一年下来，我们也在镇上，包括在区里也取得了一点成绩，应该说做得还不错的，这个田径队。但是问题也来了，到第二年基本上所有的学生都退出了。为什么，你知道吗？

梁俊飞：嗯？

赖宣治：你天天在那里跑步，小时候你肯定不愿意的，就是因为这个田径太枯燥无味了。当时就不是说老师不想干，不是说家长不想干了，是学生不想干了。学生跟你闹脾气，他也想退出了，所以这个田径队在 2013 年也宣告解散。然后，我想既然搞田径都搞不起来，那我搞象棋行了吧！

吴央央：哈哈哈，静态的。

赖宣治：对，本来我自己也不会象棋，天哪！我说怎么搞呢？后来就找我们学校的保安来跟他们一起玩这象棋。一开始觉得还可以的，玩玩当中，其实我们也拿过镇的第一名，但是我又发现一个问题，这些学生在玩象棋的时候，经常会拿着象棋扔来扔去，特别难管理。这是第一点，（难）管理。第二点，当时报名的人数特别少。

梁俊飞：来了多少个人？

赖宣治：有七八个吧。一个学校 100 多号学生，就来了七八个，所以说这个象棋也开展不了。从 2010 年到 2013 年，一眨眼就过了三年了。

梁俊飞：您承诺五年的。

赖宣治：对。而且有时候还有些老师天天说："你是我们学校唯一的大学生喔。"我说天哪，这个压力好大。对不对？

吴央央：对的。

二、困　难

跳绳，简单又不占地方，对七星小学的孩子们来说，可能是最合适的选择。但对于不会跳绳的赖宣治来说，这无疑是巨大的挑战。

"你要是搞个跳绳（队），猪都会上树啊！"

别人不看好，幸好校长却很支持。

"校长说：'可以。反正钱就不多，你爱怎么弄就怎么弄。'他买了两条绳子给我。我的天哪！就买两条绳子，我怎么弄啊？"

到底赖宣治是如何克服重重困难，一步一步带领这帮农村孩子走上国际最高领奖台的呢？特别节目《"冠军教练"赖宣治》正在播出。

采访赖宣治教练现场

赖宣治：从小学到大学，我都没有接触过跳绳。我第一次看到这个跳绳，是由广州市番禺区的沙涌小学进行的表演。哇，当时震撼到我，没想到跳绳可以是这样的，跳得非常精彩，五花八门。

我以前一直觉得跳绳就是拿条绳子在跳，没想到那次跳绳确实是改变了我（的看法）。哎呀，既然这些前面都试过了，都不行，都碰钉子，干脆我就试一下去搞跳绳吧。迫不得已，当时真的没办法，我就在2013年的时候选择去开展跳绳。

因为当时七星小学在2013年的时候，学生有203人了，但是还是改变不了之前的状况，学生整体的素质还是非常差。

梁俊飞：也不爱什么体育运动。

赖宣治：对。我想，既然（这样），我就开始开展这个跳绳吧。但问题来了，我怎么去教这群孩子？

吴央央：对。

赖宣治：你们也知道我大学专业是篮球、游泳。记得有一次，我去镇里面跟体育老师打球，我说我准备要组建一个跳绳队。结果那些体育老师就说："你要是搞个跳绳（队），猪都会上树啊！"

吴央央：哈哈哈，大家都不相信您。

赖宣治：都在笑我。当时，我就憋着一股劲，既然大家都不相信我，我就组建给他们看。我当时就跟我们的校长说，校长说："可以。反正钱就不多，你爱怎么弄就怎么弄吧。"

梁俊飞：又简单。

赖宣治：然后他买了两条绳子给我。我的天哪！就买两条绳子，我怎么弄啊？后来我说没办法啦，我自己动手去做器材。

吴央央：哦？

赖宣治：就那两条绳子买回来之后，我就把它拆开来看，哦，原来很简单，随便地剪下那绳子，把它剪下来。绳把从哪里找呢？我想到了，农村里不是有很多竹子吗？我把那竹子找回来，把它锯掉，把竹子搞了一截，把它穿个洞，把绳子穿过去，这不就成了绳把了吗？

吴央央：哦。

赖宣治：所以，当时我是这样动手去制作绳子的。几十号人的绳子就解决了，把学校废弃的电线等收集起来去做绳具。那么，绳具解决了，还有怎么教这一块还更头疼啊！因为在 2012 年，花都区为了推动跳绳（项目），就组织了所有的体育老师进行跳绳测试，而我呢，说到这个真有点难堪，我是唯一一个测试了三次都不及格，第四次勉强及格了。你说要我去教，我怎么去教？

吴央央：对啊。

赖宣治：既然选择了这条路，我就要走下去，所以我当时憋着一股劲，每天一下班，因为我住学校里面也没事情干，晚上黑乎乎一片，我干脆就研究跳绳。所以在 2013 年，我可以用"疯癫"来形容我自己。

梁俊飞：怎么？

赖宣治：疯了一样去研究跳绳。我连晚上做梦都想到跳绳，怎么去教？怎么才能跳得更快？当时我老婆都说："你讲梦话都讲到跳绳呢。"

吴央央：哈哈哈。

赖宣治：所以说，我当时真的，那一年我疯狂地去研究跳绳。

梁俊飞：嗯。

赖宣治：我每天就在网上去找资料，有时候我为了看一个动作，跟你说，我一个晚上看到凌晨几点钟。

吴央央：研究一个动作？

赖宣治：对。我就在那里想：怎么才能跳得更快？我就把国内外所有比赛的那些视频都（认真）研究。后来我终于发现了一个规律，凡是国内外优秀的选手，都有一个共同点，他都会弓着腰去跳。后来慢慢地摸索出了一条半蹲式的跳法，但是我觉得我还要研究个东西，什么东西呢？当你动作会了之后，什么东西会影响到你的成绩？

吴央央：心理吧？

赖宣治：不是，是科技。借助器材，就像游泳一样，游泳为什么研究出这个鲨鱼皮来游泳？可以提高 15% 的成绩嘛，对不对？

梁俊飞：对。

赖宣治：我当时就想，是不是我们这个跳绳的材质当中，有什么好东西可以增加速度呢？我就做了很多尝试。从麻绳到胶绳，到钢丝，凡是能跳的东西，我都试了一遍。

后来，机缘巧合，有一次，我开摩托车出去的时候，我的摩托车就坏了。然后，我就去村里面那个修车店那里修车，他把它的线拆出来，我在那里看到那条线，我拿起来看。

吴央央：两眼发光？

赖宣治：我一直要找的东西，原来就是这样东西，就是这个刹车线。

梁俊飞：它符合你的什么样的要求？

赖宣治：完全符合我的要求。第一，很细，只有 2.0 毫米的（直径）。第二呢，它有很好的韧度。

吴央央：嗯，韧劲。

赖宣治：非常适合跳绳。所以当时我就无比地开心。我说老板赶紧给我拿几条旧的。我就拿了几条。当时回来就尝试了一下，真的没想到，这学生拿刹车线真的可以跳起来。

梁俊飞：第一次尝试的时候，有数一下，已经快了多少吗？

赖宣治：没有，第一次尝试的时候，还是很多失误。在跳了一个星期之后发现，这个速度明显比以前快了很多。

梁俊飞：有没有数据？当时有没有自己算一下？

赖宣治：有，我当时记得 30 秒单摇跳到 45 个到 50 个，我就觉得很快了。

梁俊飞：嗯嗯。

赖宣治：真的。当时岑小林也是跳这个成绩的。但是我给他换了一条这个刹车线之后，立马从 50 个跳到 80 个。

梁俊飞、吴央央：哇！

赖宣治：提高好多哦，在一个星期内就提高了。后来还有个问题，是什么呢？除了速度之外，我还教花样（跳绳）的嘛。

梁俊飞、吴央央：嗯。

赖宣治：那你看看，我这个连着几次测试都不及格的一个老师，怎么去教？我每天在那里研究跳绳的时候，我都会去试一下，看能不能做出来（动作），结果是很高难度，肯定做不出来，对不对？

吴央央：对。

赖宣治：结果有一天晚上我在跳绳的时候，突然间绳子断了。就在断掉的一瞬间，我刚好跳起来。原来断掉的绳子可以做出高难度动作的。

梁俊飞：咦，断了的绳子做高难度动作？是一个什么样的……

赖宣治：很多人都没想到这个，就我想到了。

吴央央：对。

赖宣治：可以拿一条绳子，把它剪开，一剪掉，我是不是可以做动作出来给学生看了？

梁俊飞、吴央央：哦。

赖宣治：对。是不是就解决我教高难度动作了，对不对？

吴央央：哦。就自己跳不了没关系，就演示给他们看。

赖宣治：所以，那样就可以解决我教（花样跳绳）的问题了。当时，我就是这样一步步地走过来。

就这样，研究出一个（快的）跳法，再研究出教（花样的方法）之后，就一发不可收拾。从 2013 到 2014 年的时间里，我从镇，到区，到市，然后到省，已经获得很多冠军了。

其实我当时的想法，我跟你说，我训练这个跳绳队，我就想拿成绩，真的，因为我就想证明我自己。学校五年这个承诺，我肯定要做出来的。但是，在 2014 年，有一件事情确实是改变了我。

三、改　变

[小版头]

"突然间，她跑过来，把金牌挂到我脖子上。她居然跟我说了一句话。她说：'我很开心。'我的天啊！我当时，真的，我眼泪'啪'地就流下来了。"

跳绳队里，一位来自贵州的留守儿童的一句话，彻底改变了赖宣治。

"我觉得最让我感动的，不是说我拿多少枚金牌或者是培养了多少个世界冠军，是我把这群农村孩子的命运改变了。"

特别节目《"冠军教练"赖宣治》正在播出。

赖宣治：在我们训练这个跳绳队当中，有一个小女生，是贵州的一个小女生，一年多了，你想想，她没跟你讲过一句话。

吴央央：她有训练跳绳吗？

赖宣治：有。你问她话，她站起来就是低着头。你问多两句，她就哭，你大声一点，她就哭。

梁俊飞：这么内向？

赖宣治：对。你一转头，她就躲到柱子那边去。这个小女生跳绳还特别厉害。2014 年的时候，我带着她去安徽参加全国比赛，就她自己一个人就独揽了十项的冠军。

梁俊飞、吴央央：哇！

赖宣治：我们坐在颁奖台那里的时候，突然间她跑过来，把金牌挂到我脖子上，她居然跟我说了一句话。

吴央央：第一句话？跟你说的？

赖宣治：真的跟我说了一句话。她说："我很开心。"我的天啊！当时校长就在我旁边，我当时，真的，我眼泪"啪"地就流下来了。

梁俊飞：嗯，这根绳子把你的心和她的心连起来了。

赖宣治：突然一下就拨到我心里最深的那根弦。

梁俊飞、吴央央：嗯。

赖宣治：就是我小时候的经历，真的。我小时候就是一个很叛逆的孩子，我父母也不在身边，我是个留守儿童，到中学经常去打架斗殴，换了两所初中。

吴央央：换了两所学校……

赖宣治：对。后来因为转到了信宜市华侨中学，加入学校篮球队，我们的教练非常地认可我，非常地鼓励我。在那个时候，我就慢慢找到这种自信，找到自我。我的体育越来越好，也从而带动我的文化成绩，我以前在整个年级是倒数第一名。

三年之后，我考到重点大学，就是因为体育改变了我，给我信心。所以 2014 年之后，我的想法变了。

梁俊飞：变成什么呢？

吴央央：不再是为了……

赖宣治：不再是为了去争金夺银。原来，体育不仅仅可以强身健体，而且可以磨炼锤炼学生的意志力，增强他们自信，可以改变他们的人生，改变他们的学习态度。

梁俊飞、吴央央：嗯。

179

赖宣治：所以从那时候，我就有这个坚定的想法，到现在为止，我还是朝这个目标去做。

吴央央：就您（以前）篮球队的那个老师，他改变了您的人生，所以您也希望可以通过自己的努力，去改变更多孩子的人生？

赖宣治：对。因为我看到这个农村孩子就看到我以前的身影。其实这群农村的孩子他们很辛苦，特别是贵州过来的这帮孩子。你觉得读小学六年级是几岁的孩子？

梁俊飞、吴央央：11、12 岁。

赖宣治：但是我跟你说，在我第一年来到七星小学那一刻，其实有很多孩子 18、19 岁还在读小学六年级的。

梁俊飞：哦？

赖宣治：我的天哪！你真的是无法想象的。

梁俊飞：为什么？

赖宣治：后来我才发现，原来他们是跟随父母来这边种菜。冬天来广州，一到了春天就马上要去其他地方、其他城市。他的孩子来广州这边读一年级，但是回到另外一边，又要重新读一年级，导致他们一直以来都是没有正常地完成这个学习的。

梁俊飞、吴央央：哦。

赖宣治：我问他们的家长，我说："你们的孩子，他读完小学，你们有什么打算呢？"他说："老师，我们没有什么计划。他们读完小学，我基本上要他们出去打工的。"当时，这几句话真的是戳到心里的。

吴央央：对。

梁俊飞：嗯。

赖宣治：所以我当时的想法，我必须得努力地去改变这种现状。所以从 2014 年开始，我就一直去说服这些家长。你想，这些贵州的孩子，17、18 岁的孩子很惨的，如果你不去做这件事情，有可能读完小学就没书读了。到现在为止，我们（孩子）中学、高中一路走上去，个别孩子已经走到大专了，也有的已经走出来做教练了。其实这样已经六七年了，我觉得最让我感动的，不是说我拿多少枚金牌或者是培养了多少个世界冠军，是我把这群农村孩子的命运改变了。

吴央央：这个金牌对于这个小女孩来说，它不仅仅是一个金牌或者是一个冠军，是她人生当中一个很重要的节点。

梁俊飞：是一个转折点，改变她了。

赖宣治：你就没想到她现在已经能言会道。

吴央央：是吗？

赖宣治：对，烦得你不得了。

吴央央：她现在整个人变开朗了？

赖宣治：很开朗了！很自信了！可以跟你聊天了。以前你来到七星小学，你看到这群孩子，（他们）一看到你，"啪"一下全跑了。现在你过来看到这群孩子，怎么样呢？他会主动地跑上去跟你聊。

梁俊飞：嗯。

赖宣治：以前你说到七星小学，学生都不好意思说"我是七星小学毕业的"。但是现在你看看，在网上有多少评论说"我是七星小学的"。

梁俊飞：哦，你们是世界冠军的小学。

赖宣治：所以说，体育会不断地增强所有人的信心，老师也有信心了，学生也有信心了，整个学校就开始好起来了。你现在说到我们七星小学，每个人都觉得无比自豪。我们老师也无比自豪，现在谁也不服输。我们的语数英文化成绩都在镇里面排名前几名的。

吴央央、梁俊飞：嗯。

赖宣治：由一个倒数的（学校），一个华丽的转身。

梁俊飞：这是一个让人意想不到，但是也是情理之中的事情了。

【采访录音】

说到七星小学的华丽转身，学生状态的改变，以下这个人物就不得不说了，他就是"光速少年"岑小林。

［混响：岑小林获奖时的欢呼声］

7月初，岑小林在挪威举行的跳绳世界杯赛事上载誉而归。来自广州花都的"光速少年"，打破了5项赛会纪录，还在30秒单摇、3分钟单摇以及个人花样三个项目上拿到了个人金牌。

赖宣治说，在接触跳绳以前，岑小林的学习成绩极为糟糕。

赖宣治："他刚转（学）过来的时候，语文和数学考 20 多分。因为在跳绳上面取得好成绩之后，他的文化课突然间在班上前几名了。"

岑小林 2011 年从贵州转到七星小学就读一年级，家里还有三个哥哥姐姐，他的父母到花都打散工，因为文化程度不高，只能干一些粗活。

岑小林父亲："干干重活，挖田，挖地，帮人家搬一点砖，掏一点沙子，搬一点玉米，去菜地里帮人家搬菜，拉耕耙地，帮人家搬树，有什么活就干什么活。一个月有什么就干，没有就算了，两个人一个月可能有 4000 到 5000 块钱吧。"

岑小林的成长，就是外来务工子女的缩影。"农家出身""外来工子女"等标签，让这群孩子自卑、内向、极度敏感。而他现在的成绩，是用努力的汗水铺就的。

岑小林："印象最深的是一次我练花样前空翻的时候，不小心头碰地了，然后流鼻血，那时候我想放弃，不过最终我还是坚持下来了。"
岑小林父亲："回来都是一身汗，有时候看他太累了，吃饭都吃不下，看他很可怜。"

取得举世瞩目的成绩之后，岑小林的理想是去贵州大山里当一名体育老师，教那里的学生跳绳，让更多孩子像他一样走出大山，看看外面的世界。
他希望用自己的经历告诉乡里的孩子：幸福是靠自己努力奋斗出来的。

岑小林："教练经常跟我们说，不管多苦多累，都要坚持下去，吃得苦中苦，方为人上人。我们都会根据这句话，坚持下去。"

四、困　惑

[小版头]

赖宣治所带领的七星跳绳队终于跳出了名堂，赢得了荣誉。

但被"中国速度、七星奇迹"的光环环绕时，赖宣治却遭遇到前所未有的挫折与考验。

"他的母亲当着这么多家长面前，把我骂得真的是很惨。她说：'你这个老师怎么这么没道德，就为了训练这些孩子去拿奖金！'"

这个挫折，差点中断了赖宣治"冠军教练"的生涯。

"干脆我老师都不想做了，我真的有这样的想法。"

赖宣治到底如何冲破困惑，继续在跳绳路上坚毅前行呢？特别节目《"冠军教练"赖宣治》正在播出。

赖宣治：在 2015 年的时候，我去迪拜（参赛）已经拿到很好的成绩了。当时我们已经拿到世界冠军了。很多家长就觉得：哎哟，你拿了世界冠军，应该有很多奖金吧？很多人都会问我们的，真的，包括会问这些孩子。很多当地的家长会问这些外地学生，你们是不是拿了很多奖金，是不是有百万富翁等等这些，都有这个声音。

梁俊飞：嗯。

赖宣治：其实，我一直跟他们讲，真的一分钱都没有。去参加这些比赛，只想让孩子走出去，为国争光，能够开阔视野，到世界去看一看。你们都应该知道，这个跳绳项目，它不是奥运项目，它没有专项经费的，都是我们区政府、区教育局全额拨款给我们出去参加比赛的。100 多号的学生，我当时就（有）买两条绳子的钱，就没了，都是动手去做的。这一路走过来非常艰难。

吴央央：嗯。

赖宣治：后来，我就在 2015 年选拔了一名队员，这是本地的，我当时开始选拔本地生了。但他父母非常不同意。

吴央央：嗯。

赖宣治：那天我在训练的时候，由于这个孩子没有告诉他父母，过来接他的时间就比原定时间推迟了十多分钟。刚好下课，我送他出去的时候，他的母亲当着这么多家长面前，把我骂得真的是很惨。她怎么骂呢？她说："赖老师，你还是不是一个老师？还选了我这个孩子来这个跳绳队里面，你知不知道这样做，会害了我的孩子？你这个老师怎么这么没道德，就为了训练这些孩子去拿奖金！"当时那句话真的戳到我，我当时真的是，那种委屈……我那天晚上真的就这么想的，干脆我老师都不想做了。我真的有这样的想法。

梁俊飞：这就是您最痛苦、最想放弃的一刻吗？不是在您没有得到支持，反而是在您已经得到了很多荣誉之后，有这种质疑您的时候？

赖宣治：就是说你训练这群孩子是不是为了去拿奖金呢。

梁俊飞：就好像您剥削了他们，利用他们，然后来得到自己的荣誉。

赖宣治：对。包括身边很多人都会这样对你产生质疑。我当时的委屈真的是没有人能够体会到。

吴央央：听起来都觉得，明明那么辛苦去希望改变这些孩子的人生，但反而被他们的家长这样说。那后面是怎么样去渡过这个难关？自己是怎么克服内心的？

梁俊飞：又坚持了下来？

赖宣治：其实我觉得还是这群孩子后来给了我动力。因为那天晚上，我想了很多，一晚都睡不着。到了凌晨5点多的时候，有件事情触动了我。

到凌晨5点半的时候，突然，我看到门口怎么有学生进来了。原来从那时候（起），5点多钟的时候，我们的学生已经开始陆陆续续地进来训练了。其实那天我就没有去（训练室），我就躲在房间里面，因为我当时真的想放弃。（后来）我就到房间去看，让我想象不到的是，我没有出去，在这一个小时里，学生自己一个人在训练。

吴央央：虽然您不在。

赖宣治：很自觉地在那里训练，而且是满头大汗。就是那个满头大汗触动到我……（哽咽）

梁俊飞：忍不住了。

赖宣治：对对……（流泪）不好意思，不好意思……

梁俊飞：其实我们真的能明白那种感觉。

赖宣治：对，对。（这一幕）让我坚持下来。所以说，就在我最想放弃的时候，在2015年的时候，这让我挺过来了。就是这种平平淡淡的孩子，你想象不到他超出常人的付出。你看这地板上，随便一块，黑乎乎的一片。你们知道这地板上黑乎乎的是什么东西吗？

梁俊飞：那个绳子打在地上……

赖宣治：不是，是滴下去的汗。

梁俊飞：啊，滴下去的汗！

赖宣治：以前那里地上有铺瓷砖的，瓷砖都打平了，瓷砖都磨平了。真的，我们训练的时候，那衣服上的汗水，那一拧全是汗！

吴央央：学生们有喊过累吗？

赖宣治：学生们，你说不累，那是假的，不可能的。但是，你觉得这农村的孩子不通过努力有机会出去吗？

吴央央：他们知道这一点？

赖宣治：我们都知道！你不通过自己努力，真的没机会出去。就因为我们通过努力，我们才有机会去坐飞机，才有机会去外面的世界看一看，才有机会去站在世界上最高的领奖台上，才有机会去为国争光！真的，我们付出比常人辛苦百倍。通过这个绳子，得到了我们上级领导、部门特别的照顾，我们新建了教学楼、新建了操场，我们还有这么多的体育器材，这是我们所说的幸福是奋斗出来的。我们通过自己努力换取到别人的尊重，让我们这群孩子得到更好的学习机会。因为我们知道，你想绝对公平，这是很难的，但是，我觉得有一样东西是可以公平的，就是努力！

【采访录音】

正如赖宣治所说的，幸福是奋斗出来的。他们通过自己的努力换取到别人的尊重。现在的七星小学跳绳队，不再是当年无人问津的状态了。

徐女士是花都当地人，她说，她女儿今年七岁，已经学了一年跳绳。

徐女士："我这个是幼儿园就想来这里跳的，因为幼儿园的校车经过学校门口，然后看到里面好多人跳绳，她就说：'以后读小学就要进七星（小学）。'"

徐女士说，当初对于女儿要进跳绳队，是不支持的。但是一年下来，她慢慢地改变了自己的想法。

徐女士："开始我还是不愿意让她来的，就是觉得上学时功课又多，加上要跳绳，很辛苦的。"
记者："那你觉得她学了一年多，学习成绩有没有下降？"
徐女士："没有。她还在班上是前五名的。一年级两学期两科都是总分第一名。"

徐女士说，一年的时间，令她真正地感受到跳绳队奋斗拼搏的精神。

徐女士："我女儿进了跳绳队以后，我每次都会申请跟他们去（比赛）帮忙照顾这些小的队员，从中感受到这些孩子真的很辛苦。"

现在徐女士的女儿不仅学习成绩有了进步，7月中下旬，她参加了在花都区举办的全国跳绳联赛总决赛，还拿下了三个团体金牌。

徐女士："心情还是很欣慰的，觉得她很厉害了，会为她骄傲，继续支持下去！"

五、扬　威

[小版头]

2018年年底，赖宣治带着两百多根跳绳去巴拿马，把"中国速度、七星奇迹"带到巴拿马。

"我就没有想到，有一天真的可以出国，把这个跳绳去推广。"

赖宣治的奋斗拼搏精神，感染了巴拿马学生。他坚信：只要努力，总会有梦想实现的一天。

"总会有实现梦想的一天，尽管在这个过程当中，遇到很多的困难、很多的挫折，但现在不要放弃，走好自己这条路！"

特别节目《"冠军教练"赖宣治》正在播出。

赖宣治：当时是中巴建交一周年，我们就收到中宣部的一个委托，我们花都区宣传部就选派了我。我没有想到，有一天真的可以出国把这个跳绳去推广。时间只有一个多星期，要排出一个节目。当时我教这群孩子，最让我感动是什么呢？跳了一个星期之后，（他们的）腿痛得走路都走不了了。

吴央央：还是没有放弃的？

赖宣治：没有放弃。我就在这七天时间顺利地完成编排的任务，当时这个表演是现场最震撼的。表演完之后，他们当地的校长就过来跟我讲一句话，他说："你是我见过最棒的体育老师。"他这么高度地评价我。对他们还真的挺怀念的。他们到现在还经常跟我联系。

吴央央：那您还记得您带着七星小学的小孩，在国外第一次拿到大奖的时候，那个情形吗？

赖宣治：2016 年的时候，我们第一次参加世界跳绳锦标赛，这是世界上水平最高的一个比赛。我们当时填补了中国历史的空白，获得了首个团体总分第一名。只有获得团体总分第一名才会升国旗奏国歌。我和带队老师，还有这些孩子，第一次这么大声地唱国歌，全部人一起哭着把国歌唱完。当时无比自豪，现场所有人都为你鼓掌：China，very good！真的很棒！

吴央央：去参赛的时候，其他国家或者其他队伍有想到过这支农村来的队伍那么厉害吗？

赖宣治：没有想到过。

吴央央：他们都不把你们当成强劲的对手？

赖宣治：对。我们当时也是第一次参加这种大型赛事，以前中国一直以来都没有人拿过这个团体总冠军。

梁俊飞：这个感觉真的是让人很感动，很难忘的。

赖宣治：对。我觉得就是我们国家的

节目组与赖宣治教练（右二）

强大，在赛场上争金夺银的时候，奏响国歌的那一刻，给更多的外国选手造成这种很大的震撼。因为以前跳绳一直都是欧美发达国家他们垄断的，没想到突然间，中国冒出了一支队伍。

梁俊飞：你看，现在最新消息就是 7 月份的挪威跳绳世界杯，是 85 枚金牌，其实您觉得这个成绩以后还有可能会超越吗？

赖宣治：我觉得超越是很正常的，因为毕竟我们只是一个农村小学，我相信未来有很多队伍可以超过我们，随着我们现在学生越来越多，我觉得我们的成绩也会越来越好。

吴央央：只会越来越好。

赖宣治：对，我还是要坚持地走下去，我还是想走好我自己那条路，就希望通过这条绳子，能够教好我每一个学生。我希望告诉孩子一个道理：只要你坚持，只要你努力，总会有实现梦想的一天！尽管在这个过程当中，遇到很多的困难、很多的挫折，但现在不要放弃，走好自己这条路，就足够了。

梁俊飞、吴央央：好的，谢谢赖老师。

（该作品获第三十届中国新闻奖三等奖）

评　　析

采编过程：

20 多个世界跳绳冠军，10 多项跳绳世界纪录，这是中国广州花都的一所乡村小学创造的辉煌战绩。乡村小学教师赖宣治用一根跳绳，带着学生们"跳"出乡村学校小操场，"跳"上世界最高领奖台，改变了许多孩子的命运。

2016 年，赖宣治带领七星小学跳绳队第一次参加世界跳绳锦标赛，就为中国获得首个团体总分第一名。回国后，本台首先做了采访报道，并时刻留意这支跳绳队的进步。2019 年 7 月，在挪威跳绳世界杯赛场上，花都跳绳队共拿到 85 枚金牌，刷新 7 项赛会纪录。新闻资讯广播决定对这位不断创造奇迹的老师进行专访，挖掘背后更多使人奋进向上的故事。

2019 年 7 月到 8 月，主创团队一边组织三位采编播人员驻村采访，一边收集各种资料，仅采访的学生和家长就超过 30 位，参加家访超过 10 户。随着采访的深入，节目组发现这位老师身上对事业发展的拼搏和对幸福生活的追求，正好体现习近平总书记提出的"幸福是奋斗出来的"观点。

2019 年 8 月底，节目组一行九人，把录制现场搬到七星小学，在学生练习跳绳的操场录制节目，用最真实的声音，还原跳绳队的日常生活。录制现场赖宣治触景生情，一度哽咽，暂停录制半小时，这是他参加所有采访都没有出现的激动。随后节目组用近十天时间，进行剪辑、合成和后期制作，并在教师节前夕推出，向全国教师致敬。

社会效果：

1. 传播积极向上的正确价值观念，起到教化作用。赖宣治在 2019 年被评为"感动广州的最美教师"。本节目播出之后，为广大听众立体呈现"最美教师"感人的事迹，他带着乡村留守儿童去追逐梦想，用青春诠释了一名乡村教师的坚守与情怀。正如赖宣治所说的："最让我感动的，不是说我拿多少枚金牌或者是培养了多少个世界冠军，是我把这群农村孩子的命运改变了。"

2. 社会影响力大。节目播出第三天，广州市委统战部领导的广州市新的社会阶层人士联谊会联系节目组，通过节目组联系到七星小学，为学校捐助价值两万元的体育器材。

3. 听众反映强烈。节目在花城 FM APP 等客户端的总点击量超过 20 万人次。很多听众听完之后，留言表示要到七星小学去参观，甚至要送小孩到学校进行培训。

作品评介：

2017 年 12 月 31 日，国家主席习近平在发表 2018 年新年贺词时提出，"幸福都是奋斗出来的"。奋斗是这个时代的关键词。对社会而言，奋斗是推动时代前进的动力；对个人而言，奋斗是实现自身成长的阶梯。唯有奋斗者，才能在历史中留下自己的足迹。

1. 小人物，大主题。节目围绕花都七星小学一位普通农村体育教师展开，用生动的情节、朴实的语言，讲述这位教师在困难面前百折不挠，通过改进方法、创新教学，先后培养出 20 多名世界跳绳冠军的故事，体现习近平总书记多次提出的"幸福是奋斗出来的"观点。

2. 以主流价值观为导向。七星小学学生多数是留守儿童和外来务工者子女，开展训练并非易事。赖宣治不断努力，使孩子们从乡村"跳"进世界舞台，让学生们发现自己的无限可能性。节目传播积极向上的正确价值观念，起到启迪、教育等作用。

3. 节目形式新颖。录制现场架设在七星小学，使访谈者的情感流露自然、真挚。除主人公的讲述之外，还有多位学生、家长的访问，多角度、多层次地烘托出人物形象以及故事的客观真实。

4. 节目内容丰富，可听性强。节目在包装中，巧妙地用小版头进行分隔。所采用的小版头，既承上启下，也设置了一个个的疑问，吸引听众继续收听，效果相当不错。

潮剧名角姚璇秋

[总版头]

"潮之州,大海在其南。鲸鹏之大,虾蟹之细,无不归容……"唐代大家韩愈描绘古潮州的名篇佳句,经历代传衍,至当代已然有了全新的注解。这里,木雕潮绣巧夺天工,潮剧潮乐绕梁坊间……

[压混潮剧片段]

习近平总书记今年10月中旬视察潮州时说过这么一句:"潮州这个地方有很多宝。"而今年八十六岁高龄的姚璇秋,就是这里的"国宝"之一,她是国家级非物质文化遗产潮剧项目代表性传承人,至今,仍然

采访姚璇秋老师现场

191

为潮剧艺术的传承做贡献。

欢迎收听特别节目《潮剧名角姚璇秋》，一起走进姚璇秋八十余载的潮剧人生，品味这个拥有五百多年历史的古老传统地方戏曲剧种——潮剧。

吴央央：听众朋友大家好！欢迎收听 FM96.2 广州新闻资讯广播特别节目《潮剧名角姚璇秋》，我是节目主持人吴央央。

梁俊飞：我是节目主持人梁俊飞。

吴央央：10 月 12 日，一些不熟悉潮剧的朋友纷纷打听："姚璇秋是谁？"

梁俊飞：姚璇秋是新中国成立以来，潮剧打破童伶制后的第一代女旦之一，是国家非物质文化遗产（潮剧）传承人。

吴央央：10 月 12 日下午，正在广东考察的习近平总书记来到潮州古城。他强调，潮州是一座有着悠久历史的文化名城，潮汕文化是岭南文化的重要组成部分，是中华文化的重要支脉。潮绣、潮雕、潮塑、潮剧、工夫茶以及潮州菜等都是中华文化的瑰宝，弥足珍贵，实属难得。

梁俊飞：今天我们非常高兴请到了八十六岁的著名潮剧表演艺术家姚璇秋来到我们的节目现场。在潮剧界，姚璇秋是名副其实的潮剧符号，当代潮剧表演界的扛鼎人物。

吴央央：秋姨，您好！总书记到潮州古城的视频，您看了吗？

姚璇秋：我在电视上看他到其他省份去，我都看见了，但是突然来到潮州，他讲到潮州市是古老的文化名城，也提到了木雕、潮剧，同时提到我的名字，我觉得很突然也很高兴！总书记惦记着我们潮剧，这是我们潮剧界的光荣，对潮剧是一个很大的支持，很鼓舞人心！

生恰逢时，才华初露

[版头]

姚璇秋，出生于 1935 年那个战火纷乱的年代，父母在战乱中相继去世。姚璇秋小小年纪就成了孤儿，跟随大伯母一起艰难度日。她小时候常常去救济院里看两个哥哥学戏，对潮剧产生了浓厚的兴趣。

从清末至 20 世纪二三十年代，是潮剧发展的兴盛时期。据《云霄县志》卷四"风土"载："按本邑今唯潮音剧盛行，每一唱演，则通宵达旦，举国若狂。"

一代潮剧名角姚璇秋就是在潮剧的兴盛时期出生。她在潮剧艺术上的成长伊始，正是潮剧经历戏改、废除童伶制、规范教学、提高剧目艺术性与文学性的时期。

因此，姚璇秋认为自己很幸运，赶上了潮剧的黄金时代。

吴央央：潮剧，又名潮州戏，是使用潮州话演唱的一个古老的汉族地方戏曲剧种，它在 2006 年入选国家第一批非物质文化遗产保护名录。

梁俊飞：姚璇秋是新中国成立后的第一代潮剧演员。1951 年，潮剧界正式宣布废除童伶制。这个变化，在当时对您产生了什么影响呢？

姚璇秋：解放以后，宣布把卖身契烧掉，整个潮剧界的老艺人、童伶等对中国共产党的感情是特别深！以前（签）卖身契的这一群人，过着不是人的生活，经常要挨打，有一点差错就被那个（班主）拿藤条来打。更严重的时候就说，你们自己打自己，就这样。他们这些演员，手上都有伤痕，大腿都有伤痕。所以，那时招我进来，就有这个大好形势。我们那个时候还是按照那个古老的"以戏代功"来带我们这帮新演员，老师唱一句你跟一句，唱一句你跟一句，没有整个本子给你看。后来剧改会搞音乐的人就说，一定要改革，整个本子都要发给演员看，不要老是老师讲，这样就很好了。

吴央央：那个时候经历了那么多的事情了？

姚璇秋：我们一来，白天早晨一定要练功，手脚，那个身段等一定要学好。

吴央央：其实您在入行接触潮剧之前，您的童年生活是怎么样的？当时从几岁开始成为潮剧演员？

姚璇秋：我是排第八的，前面有五个姐姐，两个哥哥。解放前到澄海以后，逃日本的时候，老二的姐姐就抱着我去逃难，回来以后，父母跟姐姐（大姐）就死了。澄海有一个孤儿院，两个哥哥就进了孤儿院。孤儿院就办了戏班，你就要学戏。我懂不懂反正老去看一看，看看他们怎样排戏。他们做"天光戏"，从（晚上）7 点钟做到天亮，半夜进去看戏很便宜，所以我那个时候，有时候就去看下半夜的戏，好看又便宜，这样就有点感染到。

后来，还有一个外江戏班，刚好就住在我们那个家附近，我就可以去听一下音乐，后来就在这里能学习一些汉剧，我开始就在这里学一些外江戏，一个小片段。在我们澄海有一个广播站，也在我们家门口，那里的人说：来，义务唱一些潮剧小折子。

梁俊飞：您还记得当时第一次唱的是什么？

姚璇秋：大概是关于土改的内容。后来，正式的潮剧团到澄海演出，路过听见我的声音，说去试一试唱腔怎么样。试了之后他们说："跟我们剧团好不好啊？"

梁俊飞：您不去？

吴央央：为什么？

姚璇秋：因为那个挨打的情形，我记得很深，不会去做戏。后来剧改会就来做（思想）工作了，就来了。来了以后，第一个戏就演《扫窗会》。

梁俊飞：我们知道这个《扫窗会》是比较难的一个剧，它唱腔唱做方面难点在哪里呢？

姚璇秋：那是我们潮剧最古老的唱腔。最古老的，最难唱的，功夫是要下得最苦的。这个戏唱腔比较难，难度比较高。

梁俊飞：有没有觉得特别辛苦的时候，想放弃？

姚璇秋：开始学戏剧，腰腿功、身段、唱，上身的动作十二种基本功，天天学，天天学。每天老师给你上完这些课以后，你有自己的时间，还要自己去磨炼。

梁俊飞：一个动作要练多少次？多少个小时？

姚璇秋：练好几年了。例如我开始练这个《扫窗会》，练八个月，五十五分钟的戏练八个月，选剧目，选演员，演员就选到我，而且宣布要拿这个戏到广州来会演。那个时候是1953年全省的文化艺术，戏剧、乐团、歌舞团、木偶团，舞台上的艺术品种都大会演。

吴央央：那您还记得那一次登台，当时的观众有什么样的反应，第一次演《扫窗会》的时候？

姚璇秋：那是来广州第一个（出）台没有排到我们，我们就先看其他剧种演出。那个时候给我第一个感触就是："哇！他们的水平那么高，他们的演出那么好看！"轮到我们这一台戏演出的时候，因为这个戏是五十来分钟，唱的一个场面：她那个未婚夫考中状元以后，就给宰相招去做女婿，她就接到女婿的一个"休"字。这个人物接到这个"休"字以后就受不了，要上京去找丈夫问一句："为什么你要休我？"这个人物出台的时候，转了一个圆圈，哭了，就叫一声苦："叫一声苦啊！"哇，满台下面就鼓掌，我自己吓坏了，我以为我出了什么差错，呵呵……

吴央央：哈哈，以为做错了。

姚璇秋：这种心情啊！因为是新演员，当地的观众还没有见到过我的，所以打好基础是很重要的。那个戏以后，接下去其他戏你就有基础，是当闺门旦还是青衣和花衫，就会分配节目（给我）以戏代功，在团里头代代相传，就是这样。

挑大梁演旦角，迎来高光时刻

[版头]

五十年前的初春季节，在周恩来总理的亲切关怀下，老舍、曹禺等一行十多人，专程来访潮汕。潮汕独特的文化艺术，尤其是潮剧打动了他们的心，老舍挥毫疾书，写下满怀深情的诗："莫夸骑鹤下扬州，渴慕潮汕数十秋。得句驰书傲子女，春宵听曲在汕头。"

而此时的姚璇秋，也迎来了她戏剧生涯的高光时刻——两次上京演出。

姚璇秋：1955 年来广州（演出）见到梅兰芳老师，他说："啊！有潮剧剧种啊？我们只知道有粤剧啊。"看完以后，高兴地上台就问："你们这个戏排得那么好，我们之前是不知道有这个剧种呢。"就问到很具体，指着我就问："你学了多少年？"他说："哇，学三年就这样？按照我们的科班要有多少年才有这样的。"所以有很多专家，例如田汉、曹禺这些大作家都来汕头地区看我们的潮剧。

梁俊飞：梅兰芳老师肯定潮剧，应该说是对潮剧文化的认同。

姚璇秋：潮剧刚刚进广州，很多人都不认识潮剧，那个时候准备组织一个广东潮剧团，我们那个班十二个人调来，整台戏《扫窗会》就搬过来了。先到国内上海、杭州、苏州、武汉等这大城市，之后就去北京，去了（北京），整个文艺界都很热情，看我们的一场戏一定要召开一场座谈会，就是那么重视。

吴央央：1957 年，广东省潮剧团第一次上京，在中南海为中央领导同志演出，还受到毛主席和周恩来等领导同志的亲切接见。

姚璇秋：我们以为北京那么多戏台，应该是普通演出，后来就宣布要去怀仁堂，我们也不知道怀仁堂是什么东西。那一天进到怀仁堂的时候，时间没有到在门口等。后来一开场，那就紧张了，原来是最高级的领导人来看戏。那天晚上是毛主席跟中南海的所有领导都来看戏。

吴央央：那段经历非常宝贵。

姚璇秋：为什么中南海会安排这个戏剧去演出？可能是毛主席要看看这些戏改工作做得怎么样。要百花齐放，百家争鸣。那个时候舞台是由一条一条布条来隔场，我就偷偷地从缝隙看，毛主席进场我就更紧张啊，紧张是因为怕出差错，如果出差错就没办法收场了，压力很大！后来就定一下气，拼命让自己要平静下来。轮到我出台，灯光暗下来，就不管台下什么人看，就进入戏里头去了。这一次毛主席来看完演出之后，还上台跟我们各个演员握手，总理还介绍给主席说，这个就是姚璇秋。因为总理前几次也见过了，1955 年左右见过，他来广东，他也知道我们的名字。毛主席来看戏以后，我确实是觉得又高兴负担又重。说实话，一点都不能骄傲。我在做潮剧的时候，可以说一直是党培养出来，守好本分，做好戏就好，你每台戏每一个节目出来，你能够担起来，就行了。

吴央央：一直都在舞台上。

姚璇秋：对，一直在舞台上。

梁俊飞：您那次去北京演出遇到了梅兰芳大师，他当时有没有跟您谈些什么，给一些什么意见给您？

姚璇秋：他那是第二次看我们的节目。这一次去北京，他说你的戏不错，但是，你现在的这个《扫窗会》，生气的时候，一见她的丈夫的时候，气起来的时候，手拿着的扫把，这个扫把是主要工具来的。

吴央央：主要工具？

姚璇秋：她用扫把扫到丈夫的书房去，好多动作啊！气起来的时候，这个手用扫把就打他，他就点到这个动作了。梅大师说，这个打啊，想打不打，这个节奏感还不够明，锣鼓做气氛要做强一点，可以更大声，节奏就更好。很感谢梅大师提这个意见。梅老师提出这个意见，我们就把它排出来，所以这个戏就更进一步了。还有一个，他写字很好看。他说，你们也要学啊，你们演戏有时候要用到的，这就点到我演《陈三五娘》《苏六娘》这两个戏。所以回来以后，我就学，我们在乡下睡的床铺，放一个小凳子，把蚊帐拿起来，就这样来写的。

吴央央：1959年的时候，当时广东潮剧院一团就到北京参加中华人民共和国成立十周年献礼演出，这是您第二次上北京演出了，那这一次就是跟之前有什么不一样吗？毕竟演出的剧目也不一样了。

姚璇秋：1959年我们带《辞郎洲》的戏，还有一个现代戏《革命母亲李梨英》去北京了。演出的时候，剧协、文联都开会了，梅兰芳先生、李少春等都看了我们的戏，（人）都是满满的，都不用出广告，你在戏院里头，锣鼓一响，他们一听这个锣鼓不同，什么戏啊？潮州戏，就买门票进去，都满满的。

远赴境外演出，弘扬优秀文化

[版头]

20世纪60年代是潮剧最令人追忆和向往的黄金时期，也是姚璇秋创造辉煌的十年。在《扫窗会》《荔镜记》《苏六娘》之后，姚璇秋又出了《松柏常青》《辞郎洲》《江姐》《万山红》等众多经典作品。音乐、剧本的改良，演员文化素养的提高，使得潮剧迈进了"金色十年"。姚璇秋成为新潮剧的代表人物。

1960年，姚璇秋随广东潮剧团首次到香港演出，在香港各界掀起一股"潮剧热"。同年10月，随中国潮剧团赴柬埔寨做文化交流访问演出，这是新中国成立后潮剧第一次受国家委派出国访问演出。姚璇秋的表演艺术备受称赞，在柬埔寨皇宫演出后，接受皇后授勋。

吴央央：您是 1960 年也是随广东潮剧团首次去到香港演出。

姚璇秋：到香港演出的时候就更热闹了，他们东南亚的人都坐飞机来看的，在戏院门口是排队排到天光，来票房买票。

吴央央、梁俊飞：那就跟现在看演唱会一样，买票要排队。

姚璇秋：对。还没有开门的时候，他们在那里休息呀。其中有一个电影公司的那些演员、那些领导都去看。《辞郎洲》，我们演三天，他们都看，看剧本，看舞台上的排场怎么样，演出怎么样。看完了以后跟我们开座谈会，座谈会上感叹很多："想不到解放后你们这些戏改变得那么大。"我们说主要是有这个制度改变了，这个戏改工作有毛主席的"双百"方针，贯彻起来就很好了。

梁俊飞：除了去香港，我知道后来也去了柬埔寨。

吴央央：还有泰国、新加坡。

梁俊飞：在那些地方还有那么多人来听潮剧，是不是也表示了大家对这个民族认同的一种感觉？

姚璇秋：我们去柬埔寨回来以后，再过一两年，我们政府就派老师跟香港组织一个剧团，培养一个剧团。那到东南亚呢，他们的团队、业余爱好者看了我们两部电影以后，他们就全部改了，改唱潮剧，一直到现在。

梁俊飞：其实这些会不会让您感觉到大家对于中华文化的一种认同感呢？

姚璇秋：这个很重要。因为这个剧种现在已经五百多快六百年的历史，所以这个剧种在当地生根，都是人民群众喜爱的，东南亚地区的人喜爱的。

吴央央：每次在国外演出的时候，看到那么多华侨过来看您的演出，是不是也有那种浓浓的乡愁的感觉？

姚璇秋：他们主动要求跟我们座谈，有人专门看台词、写本子抄下来，也有人专门听唱腔，把音乐写下来。我们去了，他们演给我们看。我们对他们说，你们不错的，这个戏学得真的很好。

梁俊飞：所以也说明了我们的潮剧深深地吸引了他们，这就是我们所说的文化自信。

姚璇秋：所以（他们）这一次听到总书记在潮州市讲到潮剧，点到我的名字，他们都很高兴，有人说："哇！我们都知道啊！"接了三个电话，说要来这里见见面，大家一起来享受这个高兴的心情。

吴央央：有没有感受到我们坚定了文化自信，还有就是民族的自豪感？

姚璇秋：他们都说，哎呀，我们潮剧在这里，在新加坡演出影响很大。所以现在新加坡政府看了他们排的这个戏之后，舍得投本钱下去，给他们很多钱排好这个戏。

化身传播使者，继续发挥余热

［版头］

潮剧是中国古老戏曲存活于舞台的生动例证，是中华民族优秀文化表现形式的代表之一。1990年以后，面对多元化娱乐方式的冲击，优秀的传统表演艺术处在艰难发展的状况之中，亟待保护和扶植。2006年5月20日，潮剧经国务院批准列入第一批国家级非物质文化遗产名录。2008年，姚璇秋被国家文化部确定为潮剧的代表性传承人。

在一系列促进戏曲传承发展的相关政策陆续出台之后，中国传统戏曲发展迎来了又一个百花争艳的春天。作为潮剧传承人的姚璇秋，在她晚年又承担着教授晚辈、传承和发扬潮剧的使命。

梁俊飞：除了唱潮剧之外，其实您跟红线女有过什么交流和合作吗？

姚璇秋：红线女当广东省剧协主席时，我当副主席。两人都一起开会，碰在一起。红线女当主席的时候，有一个提议，就是对各个剧种要怎么培养新一代青年的方法、做法，提出建议。培养新演员，就自己找题材来参赛。我们也支持，直到现在也是，培养新演员，两三年举办一次赛事。

吴央央：您是2008年就被国家文化部确定为潮剧的代表性传承人。但那个时候您七十多岁，可能就是带带孙子、安享晚年的时候，但是您就要担起这个责任，这个担子很重。

姚璇秋：这是剧种的需要，而且我还动得来、做得来。新演员，我跟他们一起排练，再演出给大家看。以后出去演出，上集就是年轻的（来演），下集就是我的演出。那时候东南亚的观众看到说，不错哦，还有十几岁的（演员）。

梁俊飞：我们知道有三位潮剧演员是获得中国戏剧梅花奖的。

姚璇秋：这个梅花奖，设这个奖来鼓励这些年轻人来爱好戏剧是很重要的，我们要支持！我们潮剧有三个了。

吴央央：您也有时候收徒弟，就2001年的时候收的李丽。

姚璇秋：传承人要拿出来，我也尽力而为。李丽他们来学习，一招一式我都传给他们。

梁俊飞：您对那个年轻演员，您对他们有什么期望吗？

姚璇秋：希望他们既然来了，就尽心尽力去做！有这个初心就应该要有精力去拼！

梁俊飞：您对他们现在的表现还满意吗？

姚璇秋：还可以。这路这么走还长呢，一辈子这样坚持下去，我们老一辈的老师，绝大部分就是做得很好了。

梁俊飞：习总书记提出要坚定文化自信！

姚璇秋：相信你自己的剧种，你先爱护自己的剧种。我是演员，我要爱护我这个事业。

吴央央：您退休二十年，但是您退而不休，一直都坚持在前线，为潮剧尽自己的力量，您觉得潮剧给您带来了什么？

姚璇秋：我能完成任务，就是我的责任。潮剧能够这样发展，看到一代一代人能够成长起来，我就高兴啦！

吴央央：其实我知道您最近这段时间也在潮汕地区在传承工作上有一些新的任务，是吗？

姚璇秋：就是这个传承工作。要传承《苏六娘》给二团，给三团。

梁俊飞：秋姨其实是把一生都奉献给潮剧了。

姚璇秋：因为这个剧种需要，事业也需要你，现在能做能动，能做到多少就做多少！

吴央央：好的，今天谢谢秋姨接受我们的采访。那么在节目的最后，我们也祝愿秋姨幸福安康！

梁俊飞：身体健康！谢谢！

姚璇秋：谢谢！

（该作品获 2020 年度广东广播影视奖三等奖）

节目组与姚璇秋老师（居中）合影

评　　析

采编过程：

　　文化是一个民族的魂魄，文化认同是民族团结的根脉，潮剧作为中华民族优秀传统文化之一，在粤港澳和东南亚各地有深厚的积淀。习近平总书记视察潮州时说，潮州这个地方有很多宝。今年八十六岁高龄的姚璇秋就是这里的"国宝"之一，她是国家级非物质文化遗产潮剧项目代表性传承人。

　　为了做好姚璇秋大师的专访，团队认真部署，精心筹划，提前一个月赶赴潮州采访调研，查阅当地各种与潮剧有关的历史资料，对访谈嘉宾、潮剧历史和现状进行全面摸查。访谈前已拟订详尽的采访提纲，确保整个访谈节目有深度、有厚度、有力度，更有温度！录制当天更请专业技术人员，到访谈嘉宾的家里录制，确保录音质量。

随后团队用近十天时间，进行剪辑、合成和后期制作，并在元旦前推出音频、视频和融媒产品，全面展现潮剧名角姚璇秋数十年来从事潮剧表演艺术的心路历程，反映出中国戏剧文化底蕴深厚，使人民群众对中华优秀传统文化特别是潮剧更加自信、更加认同。

社会效果：

节目给受众传播积极向上的正确价值观念，能够起到启迪、教育等作用。姚璇秋说："相信你自己的剧种，你先要爱护自己的剧种。现在能做能动，能做到多少就做多少。历史文化遗产是祖先留给我们的，我们一定要完整交给后人。"

节目播出后，经姚璇秋大师的传播，泰国和新加坡等国家以及中国香港地区的潮剧团纷纷表示希望到潮州做文化交流访问演出，让早年漂洋过海谋生路的潮汕人及后人，感受浓浓的潮剧气息。近期，潮剧更是获得新加坡国家艺术理事会基金扶持，将会有更多潮剧曲目登上新加坡舞台。

节目在花城 FM APP 等客户端的总点击量超过二十万次。有听众留言认为，在粤剧更为普遍的广府，能听到潮剧名角的故事很难得，希望粤剧潮剧能够更加频繁互动，共同传承好中华民族优秀传统文化；也有听众留言表示有空要到潮州观摩潮剧文化。

作品评介：

作为新中国成立后党和政府培养的新一代潮剧演员，姚璇秋是中国戏剧界的一面旗帜。从艺七十载，在她的演绎里，潮剧博采各家之长，迸发出新的生机活力；在她的传播下，潮音足迹遍布多国，连接起无数潮侨思乡情怀；在她的教导下，青年演员人才辈出，不少人成长为潮剧表演的中流砥柱。

1. 人物典型，极具文化意义。姚璇秋是名副其实的潮剧符号、扛鼎人物。节目通过姚璇秋八十余载在全球各地进行潮剧文化交流的故事，反映习近平总书记多次提到的"文化是一个民族的魂魄，文化认同是民族团结的根脉"。

2. 扎实采访寻觅"鲜料"，提炼人物"闪光亮点"。团队提前到姚璇秋生活、工作了大半辈子的潮州实地探访，深度挖掘、耐心细致寻找不为人知的故事，包括姚璇秋谈及童伶制的经历和感受等内容，都是首次在媒体上公开呈现。

3. 形式多样，内容丰富，可听性强。节目不是简单介绍姚璇秋的故事，而是采用一明一暗双主线：一边以嘉宾的故事，反映文化文艺工作者承担以文化人、以文育人、以文培元的使命；一边使用多个版头内容，反映整个中国潮剧艺术发展历史，印证了习近平总书记提出的"要坚定文化自信"的观点。

跨越半个世纪的觉醒：我志愿加入中国共产党

［总版头］

［渐入］

［递交入党申请书现场］

杜源申：我正式地写了一份入党申请书，希望你能帮忙递交。

普华永道党委书记陈建翔：好的，我们会递交给注册会计师行业协会党委。写得很认真啊！

杜源申：在写的过程中，我真的会认真考虑写的每个字，它的含义是什么，我自己能否做到。如果将来你们普华永道有一些党员活动，我希望我也能参加。

陈建翔：好的，没问题。

杜源申：多谢！

（握手）

［渐出］

"我是杜源申，中国香港人，今年六十五岁。我志愿加入中国共产党……"

杜源申，中国香港人，中国香港商会广东荣誉会长。他在内地工作生活三十多年，退休前任普华永道会计师事务所广州分所负责人，退休后从事慈善工作。

八年来，他成立的"伟博儿童福利基金会"共为 154 个病童家庭 422 人累计提供 39708 日住宿；资助重病贫困儿童 423 人次，资助总额超过 507 万元。

他从对中国共产党一无所知，到志愿加入中国共产党，历经了近五十年的觉醒。

欢迎收听庆祝中国共产党成立一百周年特别节目《跨越半个世纪的觉醒：我志愿加入中国共产党》。

我是香港人，我志愿加入中国共产党

［版头］

［压混］

中国特色社会主义制度是当代中国发展进步的根本制度保障，是具有鲜明中国特色、明显制度优势、强大自我完善能力的先进制度。它吸引着无数人沿着这条路奋勇前行。

杜源申：就像一台旧的汽车，还有一些油，为什么我不把它用完，在我的余生继续为人民服务呢？

［渐出］

吴央央：听众朋友，大家好！欢迎收听 FM96.2 广州新闻资讯广播庆祝中国共产党成立一百周年特别节目《跨越半个世纪的觉醒：我志愿加入中国共产党》，我是节目主持人吴央央。

梁俊飞：我是节目主持人梁俊飞。

吴央央：今年是中国共产党成立一百周年。百年征程波澜壮阔，百年初心历久弥坚。

梁俊飞：从上海石库门到嘉兴南湖，一艘小小红船承载着人民的重托、民族的希望，越过急流险滩，穿过惊涛骇浪，成为领航中国行稳致远的巍巍巨轮。

吴央央：一百年来，中国共产党人的奋斗精神，已经熔铸于战争年代的烽火硝烟之中、建设年代的广阔天地之中、改革年代的风起云涌之中。这种精神，不仅让中国不畏艰险曲折前行，屡经考验初心不改，而且感动了无数党外人士。

梁俊飞：有一位中国香港人，他在内地奋斗三十多年，退休之后，他决定留在内地生活，全身心地投入慈善工作。

吴央央：现在，他坚定信仰，递交入党申请书！

梁俊飞：他就是来自中国香港的杜源申。杜先生，欢迎来到我们节目。

吴央央：杜先生，你好！

杜源申：两位主持人好！

吴央央：杜先生退休前是普华永道会计师事务所广州分所负责人，现在是广州伟博儿童福利基金会的发起人。

梁俊飞：杜先生，你是香港人，为什么那么执着要加入中国共产党？

杜源申：在我的成长过程中，对共产党认识不多。我在香港长大，尤其是 1967 年，香港有暴动。人人都说，共产党打来了，你还不走？将来没有好日子过的！这是我成长时，共产党给我的"第一印象"。

接着我就去国外读书，然后就回内地工作。接触了很多不同的公司，里面有很多党员，接触下来发现都是普通人而已，并不是成长中给我的印象那样。

后来，我做了很多社会公职，做政协、统战和侨联等工作，更加令我觉得（中国共产党）不是我成长时的印象。这个"觉醒"的过程，是三十年、五十年慢慢改变的想法。

到了我退休之后，我做伟博儿童福利基金会，接触了很多病童、贫困家庭，做这件事令我慢慢明白"为人民服务"是什么。

梁俊飞：杜先生为什么会选择这个时间决定加入中国共产党？

杜源申：我觉得今年是一个很好的时机，因为今年是建党一百周年。我觉得，应该不要再等。如果有一天真的不行的话，那我觉得我也做了想做的事情。

吴央央：没有遗憾了。

杜源申：没有遗憾！就好像一台旧的汽车，还有一些油，为什么我不把它用完，在我的余生继续为人民服务呢？

吴央央：在这次新冠肺炎疫情中，你见到在中国共产党的领导下，中国的抗疫防疫等工作是做得很好的。

杜源申：政府能够这么有效地推行这些防疫工作，是因为有"为人民服务"思想在里面。当时说有不能去探访朋友等各方面措施，听起来似乎不人道的，但其实就是要做到这么严谨，才能控制后来的疫情。如果人人都不肯牺牲小我，是不会成功的。我很多朋友是党员，他们都是要做一些事情的。

吴央央：是的，坚守岗位。

杜源申：我就觉得，为什么当时不能有人也让我去做一些事情呢？其实我是有时间的，如果当时我是党员，可能已经有一些工作给我做了。

梁俊飞：其实在疫情当中，我们党员是发挥了党员的模范作用，要带头做先锋，其实你看到他们的这种行为，你有很迫切的心理，我也想一起做这些事情。

杜源申：所以我的余生，我希望能做更多的事情，比我现在自己做做这些、做做那些要好。

初到内地，感受黑白与灰蓝的广州

［版头］

［压混］

［音乐《走进新时代》］

［渐进］

1978 年 12 月 18 日，中共十一届三中全会在北京召开。会议做出把党和国家的工作重点转移到社会主义建设上来和实行改革开放的战略决策，确立了以经济建设为中心的基本国策。这次会议拉开了中国改革开放的大幕。

［渐出］

［压混］

［80 年代生活场景］

［自行车铃声等音效］

[渐进]

1985 年，乘着改革开放的东风，国际四大会计师事务所之一，也是全球最大的会计师事务所——普华永道到中国内地开拓市场，杜源申被委派到广州开设办事处。

就这样，杜源申在广州一做就做了三十多年，成为中国会计行业的开拓者，也是改革开放的亲历者与见证者。

梁俊飞：你刚刚来到广州的时候，广州是一个怎么样的城市？

杜源申：没什么颜色，很单调的。街上都是很暗的，当时整个城市供电也不是很足，除了会分区停电之外，街灯也不亮。在那个年代，其实生活的很多东西都很匮乏，包括洗发水、沐浴露，甚至是方便面，我周末回香港，大包小包地拎过来。

吴央央：当时，因为你们是外国公司，会不会接触本地人并不多？

杜源申：因为那时刚刚（改革）开放，很多公司来内地投资，我们提供会计的咨询服务给他们。我第一个客户是亨氏，然后就有标致汽车等。刚开始，我是自己一个人来的，一个办事处就在东方宾馆。

吴央央：只有你一个人？

杜源申：是的。请了两个秘书。

吴央央：在广州请的？

杜源申：是的。但就是有一些文化差异。比如说，我那时候是在东方宾馆住的，我就觉得为什么我的同事都那么早上班。后来我了解到，她们是回来洗澡的。现在看来会觉得有没有搞错，其实在那个年代，她们家里很可能是没有自己的洗手间，或者可能没有热水。

吴央央：就是比较少。

杜源申：我们觉得不可思议，后来我就理解了。

吴央央：现在完全想象不到，因为发展太迅速了。你自己三十多年来在广州看着普华永道的成长，从一间小小的酒店套房到现在珠江新城一幢大的写字楼，其实都是跟着广州一起变的，你自己有什么感想？

杜源申：其实是觉得自己很幸运的，可以参与这个过程。所以我觉得，这是觉醒的一个过程，其实你以前所了解的，原来是另外一回事。

爱上广州，三十多年时光流影与广州共发展

［版头］

［压混］

［歌曲《相约广州》］

"美丽的珠江，真情总在流淌，心灵的请柬化成彩云的翅膀，在这青山绿水间，花城捧出芬芳……"

广州，在近代是中国"睁眼看世界"的窗口；在当代，广州是中国改革开放的先行者和试验区。广州两千多年来所保持的开放性，无疑是吸引全球高端资源流动的关键因素。

对杜源申来说，这座城市吸引他的，不仅是一流的营商环境，还有独特的人文环境。

吴央央：因为物资短缺，很多东西要从香港带回来，这种状态大概是什么时期有所改善？

杜源申：1985、1986年的时候，就有很多外资公司进来，产品是有提升。（20世纪）90年代初，香皂、洗头水就不需要带过来了，但是到下一个阶段，就会说麻烦你帮我带个录像机、相机回来。

吴央央：哦，到电子产品了。

杜源申：所以这是一个过程。但是到现在，已经没什么人说要从香港买东西回来，这个也是国家进步的反映。

吴央央：你在现在的一些工作当中，有没有过很想为这座城市的发展或者进步尽自己的一份力？

杜源申：我帮广州市政府去引资，请外国公司进来投资，包括香港特首、（广东）省长，去巴黎、东京等很多地方，一起去上台介绍广州。我觉得很荣幸，可以以一个香港人的身份代表广州去招商。这件事一直都在做。

吴央央：其实，你觉得伴随着广州经济的腾飞，在招聘人才方面，会不会感受到内地人才知识结构和能力的变化和提升？

杜源申：如果说在 80 年代，我们经常会纠结是招会英文的，还是懂会计的呢。当时的人要不就（仅）读英文，要不就（仅）读财务的。

吴央央：懂一方面已经很厉害了。

杜源申：但时隔这么多年，现在在广州任何的大学，英语已经是必需的。

吴央央：综合型人才越来越多。

杜源申：是啊。所以现在中国的人才资源比以前多了。

梁俊飞：那你们公司后来就成立了党组织？

杜源申：很多大学毕业生来普华永道参加工作，都已经是党员了，所以我觉得真的要成立了，政府也是很支持的。

吴央央：这个过程中，也跟很多党员打交道。

杜源申：大学生毕业，厉害的很多都是党员，因为我们聘请的都是优秀的人才，很多都是党员。但是我作为一个老板，我也是要知道，党员在做什么。

吴央央：要去了解。

杜源申：变成他们反过来教育了我。但是这不是一天两天的事情，而是一段时间、一段时间逐渐改变，来了这么多年，我才真正明白。特别在疫情期间，是真的能看到的，所有党员都不遗余力地去帮助别人。

我看到广州和整个中国在改革开放后呈现出来的效果，你不能否认，中国人民的物质和精神生活是日益丰足。我也很相信现在国家走的路和她的方向，对中国共产党治理国家的能力，我是很有信心的！

兼济天下，毅然投身慈善事业

［版头］

［压混］

［歌曲《没有共产党就没有新中国》］

党的十九届五中全会历史性地首次提出，发挥第三次分配作用，发展慈善事业，改善收入和财富分配格局，赋予慈善前所未有的政治地位，为推动慈善事业发展提供了根本遵循。

穷则独善其身，达则兼济天下。2013年，准备退休的杜源申注册了广州市伟博儿童福利基金会，旨在传递慈善爱心，全心全意帮助孤寡、贫困和残障儿童。

病童家属：感恩遇到"小家"，感恩遇到他们。

杜源申：如果不是有中国特色社会主义制度，是不会走得那么快的。

杜源申：汶川地震之后，香港商会就买了七千张被子送到汶川，派给当地的居民。这令我开始感觉到，其实有些社群真的需要人来帮助的。接着又突然收到我一个很好的同学去世的消息，很突然的。我就觉得："Sunny Doo，你现在不去做，都没有机会做了。"

吴央央：做慈善有很多的方向，当时为什么会想到要帮助小朋友？

杜源申：资源有限的。我们现在所做的事情并不是说要挽救世界，我不是超级英雄。所以在资源有限的情况下，我们是要专注做某一方面的。

梁俊飞：做了这么多年的慈善，有没有一些事情印象是特别深刻的？

杜源申：2013年，我第一次去捐钱给一个小朋友。那个小朋友得了白血病，我就捐一万块，我把钱给小孩的爸爸时，他跪下来了。你想一下，这个动作的背后有多少事情。可能他是借钱、筹钱筹到山穷水尽，借了所有的亲戚朋友，都没有了。他已经是一个绝望的阶段。我觉得做人的尊严，就是做父母的，为了小孩真的可以做任何的事情。（哽咽）

吴央央：虽然这件事过去了这么多年，我们看到杜先生想起那个爸爸下跪的情景，还是有很深的感触。

杜源申：那件事令我很坚定，我真的想去做慈善，去帮助别人。

吴央央：做慈善是你余生都要尽力去做好的一件事。

杜源申：我们多做一些事情，给这些父母挽回一些尊严。其实做慈善也不全是给钱的。有一次少年宫的主任打电话给我，他说有一个得了白血病的小孩想做一个蛋糕给他妈妈，我就打电话给酒店，我跟酒店方面说了这个情况，我说帮帮忙，让小朋友做个蛋糕。对方说没问题，安排了一个做西饼的大厨，跟小朋友一起做。其实整个事情我是没有参与的，我也忘记了，但是过了半年左右，主任打电话给我，说这条片子播出的当天，小孩就去世了。他妈妈说感谢我，并不是说我满足了那个小孩的愿望，而是给了她一个纪念，感谢我。

　　吴央央：她会永远记住这件事了。

　　吴央央：我们都去过伟博小家看过。

　　杜源申：伟博小家是我们提供一些场所给病童和他们的家人住的。如果是贫困家庭，他们就算有钱治疗，也未必有钱去居住。我们就提供这些设施给他们，是免费的。有些是我自己的物业，有些是租的。

　　吴央央：那里除了在经济上、生活上给予这些父母、家庭支持之外，其实在心理上也给了他们很多的支持。

　　杜源申：起码那些小孩之间不会歧视，那些父母是同病相怜。

　　吴央央：可以互相倾诉。

　　杜源申：一起做饭，一起聊天。所以叫"家"，叫"小家"。

　　梁俊飞：我觉得是一个"大家"了。

［间奏］

［现场采访《"小家"聚大爱为来穗求医重病患儿雪中送炭》］

［现场压混］

［"伟博小家"家长忙着做饭］

　　杜源申：你好。正在做饭吗？

　　管家：是啊，很热闹啊，正在做饭。

　　杜源申：我来，我来煮饭，我来帮忙。

　　管家：好的。

　　杜源申：介绍一下，这是我们的管家。

　　记者：有几个小朋友在这里住？

　　管家：现在有五个小朋友，其他"小家"离医院远的，就来这里做饭，距离近，做好的饭、汤拿到医院都还没凉。他们的关系都很好，大家一起做饭，就像一个大家庭一样。

　　杜源申：刚刚有人给我们捐蔬菜了？

管家：是啊，很新鲜的菜，很靓！

［病童家属做午饭现场压混］

记者：今天吃什么菜呀？

众病童家属：今天好多菜呀，大家一起来。有排骨、墨鱼汤、清蒸鲈鱼、小炒香干、爆辣椒炒鸭蛋，还有两份青菜。平时都是大家一起在这里做饭吃，都是这么热闹的。以前不熟悉我们就是分开做，现在我们熟悉了，我们一起拼（菜）。刚开始来大家都是不认识，都是在这里相识、相知，然后相互帮助。

［旁白］

伟博儿童福利基金会发起人杜源申介绍，第一间"伟博小家"成立于 2016 年 10 月，主要是为异地来穗就医的贫困患儿和家长提供临时性住所，并给予治疗和生活的支持及帮助，为他们营造温暖家园。

［压混］

"妈妈，我要吃糖！"

记者：来自湖南郴州的许芝，带着两岁的儿子在广州求医已经大半年。她儿子确诊的是神经母细胞瘤，高危晚期。许芝说，遇到"伟博小家"，在漫漫的求医路上，即使生活再苦，总有一抹光照亮前方的路。

许芝：我感觉就像自己的家一样，在这里有那么多家人一起，就是不管是在生活方面还是在求医方面，都学习到很多，也给了我们很大的帮助。医生跟我说，这个病要叫我们做好心理准备，只有百分之二三十治愈率，我知道是没什么希望，我就想去争取。

记者：现在他是结束治疗了？

许芝：对，真的是感恩，让他现在八个疗程就结疗了。以后还需要我们真的要很有耐心地去照顾他，只要看到他是活泼的，我就争取一天是一天。感恩遇到"小家"，感恩遇到他们。

［音乐渐出］

吴央央：从 2013 年到现在 2021 年，你做慈善工作已经八年，其实我们都知道，做慈善是很难的。

杜源申：是的，做慈善是难的，因为你很多时候都是问别人拿钱。

但我是幸运的，因为我有资源，有很多企业的朋友，以前是我帮他们搞上市等，所以现在我问很多企业，例如广州药业、王老吉等，他们都会支持我的。

吴央央：现在有没有一些方法能够令更多企业，或者更多跟你一样想做公益的人跟你一起？

杜源申：有。因为我觉得做慈善的事情，一定要做出来给人家看，让他知道是怎么样的。所以第一、第二家是我自己拿钱出来做的，做了之后，很多企业、身边的朋友就说可以支持。平均一个小家一年是十来二十万，一家企业每年拿十来万做慈善，并不是太多。所以第二、第三家，我们就给企业冠名，就是什么公司的小家，它的名字在这里，这样就可以持续运作下去。

梁俊飞：其实在这些慈善事业中，政府给到什么样的支持？

杜源申：像我现在做的小家，其实区政府、街道是知道的，他们有时候也会提供帮助的。我记得在第二间伟博小家那里，有一个露台，我就说想建一些秋千等设施。

吴央央：小小游乐场。

杜源申：是的，让小孩可以走出去呼吸一下新鲜空气。那时就跟街道说，我不记得那时街道是包了全部费用，还是出一部分，但至少是有支持有协助的。

梁俊飞：这些年中国致力于全面脱贫，其实在脱贫攻坚战后，你在做慈善方面，会不会感受到一些变化？

杜源申：例如我们做"大爱救心"的项目，一些有心脏病的小孩，在贫困山区，他们来广州治病，其实医院帮一些，我们基金会帮一些，当地政府也会给一些钱。

梁俊飞：这些变化你是一点一点地看着变的？

杜源申：如果不是有中国这样的一些制度，不会行得那么快的。可能很多年前，中国没那么多钱，想做都做不了，但随着国家的富裕，就可以做一些这样的事。我觉得中国在党的领导下，很多事情都转变得很快。以前我逛街，看到一些政府机构都会挂有"为人民服务"的标语，总觉得这只是一个口号。但是现在我发现，帮病人，帮家长，其实都是为人民服务。原来中国共产党一直都在做这件事，但是他们做的范围一定是大很多的。

吴央央：也是发现自己为人民服务的信仰，跟中国共产党是一致的。

杜源申：我自己做的为人民服务，只是一个小部分。我觉得我可以继续再去多做一些事情。

吴央央：也是加深了对党的认识了？

杜源申：是的。所以我说，这是一个过程。开始做慈善，我才真正知道"为人民服务"是什么。我现在更加领会到，现在中国的体制，令到中国能有今天的发展。因为如果不是中国特色的社会主义，是不会走得这么快的，我们现在所看到的东西，未必能够实现。

致力穗港合作，赤诚之心筑最美"中国梦"

［版头］

［《选委界别分组面面观》节目］

林郑月娥："由全国人大常委会经修订的基本法附件一、附件二，完善了香港选举制度，其中最重要的元素是重新构建选举委员会……"

4月29日，由香港特区行政长官林郑月娥担任主持人的电视节目《选委界别分组面面观》，采访了中国香港（地区）商会广东荣誉会长杜源申先生，分析了内地港人团体代表在香港选举委员会中的组成意义，并探讨内地港人团体如何与特区政府一起，为港人在内地学习、就业、生活提供便利，协助港人把握粤港澳大湾区发展机遇，积极融入国家发展大局。

杜源申：我们希望通过这个渠道，能够反映给香港政府，在施政的时候，知道我们内地港人工作的需求。

吴央央：在这集的节目当中，林郑月娥采访了你，你在节目中是同观众分享了哪些方面的信息呢？

杜源申：主要是我们香港人在内地工作的感受，还有我们的需求。比如说香港有一个鼓励年轻人来大湾区工作（的政策），有一个补贴，补贴一万八千元，但到目前为止，能够成功申请的不多。原来申请的这些公司，一定要是香港公司，不可以是香港人在内地登记的公司，很多这些细节的东西，我都要反映给特首。

吴央央：谈到内地香港人团体在未来如何与特区政府一起努力跟进国家，为便利港人在内地学习、就业、生活而推出的措施方面，您的见解是怎么样的？

杜源申：其实很多香港年轻人对于内地真是一知半解。政府在这方面应该要多做一些，不能是只说你去吧，去发展吧。其实应该要告诉他们，原来这里的发展机会是比香港大的。

吴央央：在香港新的选举制度下，选举委员会在第四界别增设了"内地港人团体代表"界别分组的选民团体组成，对于这个新变化，你是怎么看的？

杜源申：非常好啊！我从来都没想过我们会有机会的。我觉得非常荣幸，所以我们希望通过这个渠道，能够反映给香港政府在施政的时候，知道我们内地港人工作的需求。

吴央央：你接下来的工作，会在哪些方面发力？

杜源申：因为我们是香港商会，我们的目标和服务对象就是香港人，或者香港公司。香港企业有很多都是中小企业来的，来到这里就能省就省，因为他们没有那么多的启动资金，希望我们香港商会能给他们提供一些服务，或者是指引性的（意见），希望他们不要走冤枉路。

［渐入］

［歌曲《明天会更好》］

梁俊飞：好，今天谢谢杜先生。我们今天的节目暂告一段落，多谢杜先生接受我们的采访。

吴央央：谢谢杜先生。

杜源申：谢谢你们聆听我的故事。

［渐出］

（该作品获广州市广播奖一等奖）

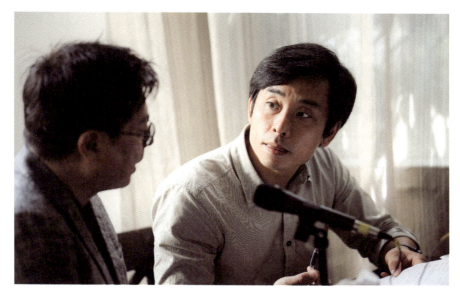

徐宏（右）与杜源申

评　析

采编过程：

2021 年是中国共产党成立一百周年。《跨越半个世纪的觉醒：我志愿加入中国共产党》采访了多次申请加入中国共产党的中国香港人杜源申。杜先生是中国会计行业的开拓者之一，也是香港选举委员会委员。节目讲述他在内地工作生活三十多年，从对中国共产党了解不多，到多次申请加入中国共产党的心路历程。通过一位香港同胞的亲身经历和感受，客观、真实、生动地展现"中国共产党团结带领中国人民，自力更生，发愤图强，创造了社会主义革命和建设的伟大成就"。

2020 年，记者在采访中结识香港同胞杜源申，杜先生多次表达对社会主义制度的向往，并真诚希望加入中国共产党。在建党百年的报道策划中，记者认为，这是一个极具新闻价值的难得题材。经过多次邀约，杜先生答应接受专访，讲述他的人生经历以及真实想法。这是独家之作，它通过一位香港同胞的亲身经历，折射出一百年来中国共产党人的奋斗精神和取得的成就。这种精神和成就不仅让中国不畏艰险曲折前行，屡经考验初心不改，更是感动了国内外无数党外人士，特别是港澳台同胞，吸引着无数人沿着这条路奋勇前行。这种精神和成就由香港同胞结合自身的经历讲述出来，具有很好的代表性与说服力。

为了做好专访，团队认真部署，精心筹划，提前三个月深入到杜源申工作生活场所进行采访调研，走访他退休前就职的普华永道会计师事务所，退休后创办的广州伟博儿童福利基金会以及他捐建的"伟博小家"等地，还跟随他到援助的贵州毕节进行采访拍摄，对人物的人生经历进行全方位的了解，访谈前拟订详尽的采访提纲，确保整个节目有深度、有厚度、有力度，更有温度。

为了找到合适的地方，团队耗时一周，专门考察了杜先生工作和生活的几个地方，最后选择在杜先生的餐厅进行录制。团队用近十天时间，进行剪辑、合成和后期制作，并在庆祝中国共产党成立一百周年之际陆续推出音频和融媒产品，并在"海峡之声"播出，取得良好的社会效果。

目前，杜先生的入党申请书已经被普华永道会计师事务所党委接收，并按要求逐级请示、申报，组织部门和统战部门正在处理中。

社会效果：

节目在"海峡之声"播出，国际传播效果好。"海峡之声"广播电台有中波、短波、调频 16 个频率，节目在德国、法国、丹麦等 30 多个国家和地区都能收听到。

海外华人圈转发，传递正能量。杜先生利用资源将广播录音在海外华人圈传播，向华人传播积极向上的价值观，起到启迪、教育等作用。

在中国共产党成立一百周年以及《中华人民共和国香港特别行政区维护国家安全法》实施一周年之际推出该节目，非常及时，意义深刻。该节目配合目前对港宣传工作的重点，有效针对香港同胞，入耳入心。节目在香港引起较大舆论关注，很多香港听众在推文中留言，表达希望到广州发展，并请杜先生为其提供意见和建议。

融媒传播，影响力大。节目体现了习近平总书记关于坚定"四个自信"的重要论述。节目在移动端预告，在传统广播端播出，并通过融媒传播，扩大影响力，客户端累计阅读量 18.61 万人次，留言 824 条。同时，很多听众转发微信朋友圈、微信群、微博等多个融媒平台，总点击量达到 102 万次；特别是节目在杜先生世界各地的微信朋友圈广泛传播，并得到美国执信中学校友会的大力肯定和转载。

立体传播，效果显著。采访团队还将杜源申的访谈精心制作成 20 分钟的电视专题，经传播后，效果良好，按节目时段的收视率统计，观看人数约为 58 万人次。

作品评介：

该新闻作品题材重大。习近平总书记提出要坚定"四个自信"：中国特色社会主义道路自信、理论自信、制度自信、文化自信。节目通过在香港出生长大的杜源申说出对内地所选择的道路、理论、制度和文化的认可与向往，无疑是对"四个自信"的最好诠释。

作品所选取的访谈对象人物典型，极具代表性。杜源申是中国会计业开拓者之一，更是香港选举委员会委员，他的故事，不仅说明社会主义制度的优越性，彰显中国共产党的先进性，还深刻影响到很多港澳台同胞。

节目制作精良，流畅动听。采用"平民化"的视角，拒绝"宣教"，主持人与嘉宾的交流亲切自然，让嘉宾自如表达真情实感。通过嘉宾讲述自己的亲身经历，表达真实感受，在言语之间自觉地流露出对中国共产党全心全意为人民服务宗旨的认同，使得"四个自信"细致入微地渗透进了听众的心中。

节目播出后，在香港引起较大舆论关注。节目配合对港宣传工作重点，有效针对香港同胞，入耳入心，是一期不可多得的佳作。

消　　息

徐宏在乐昌水灾现场写稿

中国第一个污泥处理厂竟然成了污染源

播音员：今日（25 日）上午，广州市人大代表就广州铬德工程有限公司——中国第一个污泥处理厂的污染问题召开询问会。会上，人大代表曝光了一个惊人的事实：本来是广州市乃至全国首开先河的环保项目，如今却臭气熏天，成了扰民的污染源。请听本台记者的报道：

【录音】"四次拒绝代表进厂，并且不给拍照。不给代表进去是什么性质，是什么意思?! 不给代表进去，说明你就见不得人。"在询问会上，说起视察遭到拒绝的情形，市人大代表马永志显得很激动。

原来，位于广州市番禺区的铬德公司是中国第一家从事污泥处理的环保公司。2003 年底，该公司投产以来，每当刮北风，污泥散发的臭气就吹到番禺；刮南风时，臭气就吹向黄埔，附近的广州大学城、黄埔军校等地都能闻到恶臭，住在附近的居民根本不敢开窗。

接到市民不断的投诉之后，铬德公司的主管单位——广州市政园林局曾要求该公司要在 2006 年 3 月 20 日前完成有关臭气的整改工作。不料，广州市两会召开之前，数名人大代表到实地了解整改情况，却遭到该公司几次拒绝。

随后，记者来到铬德公司现场，听到了附近居民怨声载道。【录音】"这么臭，谁敢开窗啊？不信你自己闻闻看，这样怎么住人啊？""如果那家公司有人敢在这里开窗住上一个星期，我保证不投诉他们！"

记者：面对市民的投诉和市人大代表的询问，铬德工程有限公司副总经理戚曙光表示，他们的生产操作完全是按照国家标准来进行的。【录音】"关于臭味，我们严格按照环保的要求，执行的是《恶臭污染物排放标准》，这是国标 GB14554-93，就是这个排放标准。"

记者：既然是严格按照国家标准来运作，为什么会出现"两公里外还能闻到臭气呢"？市政园林局总工程师吴学伟称，两公里外还有臭气说明该厂绝对存在气体污染。不过他也表示，铬德公司2003年底才开始投产，2005年10月开始进行污泥处理，目前还在试运行阶段，所以部分污泥池还没有加盖封闭，部分污泥的运载船运经珠江时也没有加盖，暂时还没有达到环保的要求。【录音】"它现在还在试运行阶段，只有试运行数据积累到一定数据，才能提请环保验收，它不能一投产就马上验收，有这么一个过程。"

记者：根据《中华人民共和国大气污染防治法》第二章第十一条规定："建设项目投入生产或者使用之前，其大气污染防治设施必须经过环境保护行政主管部门验收，达不到国家有关建设项目环境保护管理规定要求的建设项目，不得投入生产或者使用。"看来，吴学伟总工程师对铬德公司现状的解释是行不通的，有关职能部门应该承担相应的监督责任。

目前我国还没有出台污泥的处理标准，也没有成功的运作模式可以借鉴。广州是污泥处理工程的先行者，更应该明确工程中出现的各种问题，比如污泥处理厂的选址和设计、污泥的运载方式等，为全国其他城市开展污泥治理提供经验教训，不要再让环保工程变成污染源。

评　　析

采编过程：

当治污环保工程在运作过程中产生更大的污染，便得不偿失了。被誉为"中国第一个污泥处理厂"的铬德公司就是在处理污泥时，产生了大量的臭气影响到周围的居民。在广州市两会期间，人大代表向公众曝光了该事情并询问有关部门，希望有关部门对该污泥处理厂进行监督。

随后，记者走访了该公司附近的居民，采访了当事单位和主管单位，全方位地取证并客观地报道了该事实。

在环保成为时代主题的今天，全国各地还有很多的环保工程正酝酿或者建设中，我们希望能够将此教训，引以为鉴，别让环保工程变成一句空话甚至造成新的污染。

社会效果：

事件报道后，在社会上引起了强烈的反响，有关部门也立即责令该厂进行整改。特别是报道的时间选择在广州两会期间，受到的关注更大。

报道出来后，媒体收到很多市民来电，特别是苦铬德公司已久的附近市民，专门为媒体发来感谢信。

作品评介：

良好生态环境是最重要的民生福祉之一，2007年，地方环境污染、生态破坏问题仍时有发生。广州媒体勇于通过媒体监督，曝光环保问题，督促政府主动作为、群众广泛参与，进而推动解决一大批群众身边的生态环境突出问题，以舆论监督作为整治环境问题的利器，让天更蓝、地更绿、水更清。

1. 践行四风。作者没有停留在会议新闻，而是跟人大代表再进行采访，特别是对企业、市民进行采访。

2. 录音精彩，内容丰富。作品选取的录音非常精彩，有强烈的火药味，这样的舆论监督才有说服力。

3. 意义重大。环保是民生福祉，社会的发展不能以牺牲环保为代价，该报道督促政府作为、企业整改、社会关注。

虚假政绩使人忧，数字游戏几时休

播音员：今日（11日）上午，广州市政协到从化调研涉农资金的使用情况，从化市财政局有关负责人在汇报时称，从化 2006 年涉农资金的投入超过五亿元。这个数字引起政协委员的质疑：从化有这么多钱投入农业吗？

记者：广州市政协委员沈志超一针见血地指出，从化市在汇报中称 2006 年投入涉农资金超过五亿元，但是在调研过程中，当地农民却不见受益，汇报明显存在"猫腻"。【录音】"2006 年为五亿一千三百六十六万，2005 年是一千多万，2007 年也是六千多万，2006 年突然变成五亿一千多万？这是为什么？为什么 2006 年的数据特别大呢？我们有理由怀疑你的投入是凑起来的，还是你用到什么地方去了？不清不楚的！"

记者：广州市农业局发展规划处处长林木钦认为，从化市故意"张冠李戴"，把一部分非涉农资金统计到涉农资金里面去，多报投入。【录音】"你怎么有五亿多啊？投入农林水，你农业的多少？水利的多少？你有没有真正投入这个钱下去，我们要实事求是啊！"

记者：面对市政协委员的质疑，从化财政局负责人涨红着脸，支支吾吾地解释说，2006 年的统计确实把不属于涉农资金的土地出让金也计算在内。【录音】"因为我们拿的范围涉农资金比较广，不好意思啊领导，真的不好意思，土地出让金我们……我们……我们……""我们有……有……有相当一部分是真的用在三农上面的，比如我们的新农村建设……这个，嗯，领导，嗯……我们再核实数据，再具体……主要是统计范围比较大，我们比较急，没有跟农业有关部门协调，到时候，我们再把这个数据统计一下，再跟农……农……农业部门协调一下……"

记者：从化财政局负责人尴尬的解释，让从化政协主席李玉宜不得不出面澄清：从化财政部门统计出来的涉农资金不多，"丑媳妇怕见家翁"，担心面子上过不去，这才多报了。【录音】"他就怕报得少，做了个七亿多，你就厉害了，涉农资金从化七亿多！呵呵，我都偷笑了。那些数就怕人家说，从化人这么少的，怎么搞农业啊？我们'丑媳妇不怕见家翁'，讲话，就是要实事求是，你讲也没有用！所以，哪些真真正正是涉农资金，政府的李主任，你牵个头，要有个正确的数字。"

(该作品获中国广播电视协会新闻奖二等奖)

评　析

采编过程：

　　广州市政协到从化进行农村调研时发现，2006年涉农资金的数字过大，便提出疑问。记者捉住双方辩论的片段，通过政协委员的激烈而富有逻辑的言语，以小见大，揭示时下有些单位领导为追求政绩，编造虚假政绩。两位政协委员的质疑一针见血指出汇报存在"猫腻"，可听性强。从化有关负责人心里"有鬼"，答复闪烁其词，支支吾吾。政协委员和财政局的对话，一个流利一个结巴，形成典型鲜明的对比，更烘托出稿件主题。

社会效果：

　　虚假数字传递错误信息，错误信息就会导致决策失误。"人有多大胆，地有多大产"的狂热口号，造成了虚假的产量神化。虚假的神化带来的却是饥饿的严重后果，历史的教训所有人都应该记住。

　　稿件播出后，得到广州市的高度重视，责令从化改正，并在全市掀起整顿虚报之风，让很多报告和总结可信度越来越高。

作品评介：

　　报道充分展示了这种虚报信息和数字的现象，是一篇不可多得的舆论监督报道。广州市政协到从化农村调研时，委员们从当地农民的口中发现，近年来，虽然广州市政府对"三农"补贴不断增加，但是，当地农民拿到手的补贴却不见增加，这引起了政协委员的注意，到底怎么会这样呢？

在听取汇报的时候，记者和政协委员都特别注意从化涉农资金的投入和使用情况，在报告中，政协委员发现了 2006 年涉农资金的数字过大，提出疑问。记者捉住双方辩论、解释的片段，通过政协委员的激烈而富有逻辑的言语，以小见大，揭露时下有些单位领导为追求政绩，干预统计数据，暗示、授意甚至强令统计机构和统计人员"把数字搞上去"，有的甚至迎合地方领导意图，编造虚假政绩。

稿件中，政协委员和财政局的对话，一快一慢，一个流利一个结巴，形成典型鲜明的对比，更烘托出稿件主题。

广州甜玉米，汶川发新芽

距离那场无情的灾难虽然只有一年，但当我们今天（2009年5月12日）重返汶川县布瓦村时，却被山腰上一幕幕翠绿的景象惊呆了：去年的黄土废墟如今成了一片"希望的田野"——广州新培育出的甜玉米苗，在汶川发芽了！

［狗吠声］

在广州人民的援助下，布瓦村村民不仅把残垣断壁的村落建成阡陌交通、鸡犬相闻的新羌寨，而且依靠种植广州新开发的甜玉米实现自食其力。羌族妈妈董兴碧轻抚着嫩绿的玉米苗欣喜地说，自家六亩地种上的甜玉米已经发芽，国庆前后就能收割了。【录音】"以前我们种的玉米产量就比较低，一亩地收不了多少玉米，最贵的时候可以卖到九毛五一斤，一般都是七八毛。甜玉米肯定卖得到三四块一斤，产量肯定比以前的玉米产量要高很多！"

一年里，广州支援汶川重建工作取得重大进展：维修5047套受损房屋，新建3600套新房，实现村村通水、通路。村长朱德平说，援建让村民安居乐业，而甜玉米则让布瓦村变成"希望的田野"。【录音】"和以前相比，那一亩地的产值可以增加三番，现在我们村民都非常乐意去调整这个结构，就

是去用甜玉米种子。"

(该作品获广州市广播电视节目奖三等奖)

评 析

采编过程：

2009 年 5 月 12 日，记者再次来到位于皇子山山腰的汶川县布瓦村。一进村就看到庄稼地里种下的甜玉米都冒出了新芽。当地人介绍说，这是广州农业部门援建时带过来的新品种，产量和价格都比原来村里种来喂猪的老玉米要高很多。家住村口的年轻的羌族妈妈背着小孩正在地里忙活着，稿件正是记者和她聊天的缩影。村里一幕幕翠绿的景象与去年地震时记者看到的景象变化太大了，在场的人都被这一幕惊呆了。连布瓦村村民都说，这是一片"希望的田野"。原来，布瓦村村民常年住在山上，很少下山，生活非常拮据，种植甜玉米后，很大程度改善了当地人的生活。支援汶川重建的稿件基本上都立足于重建取得的成就，可是"授人以鱼不如授人以渔"，该稿件除了反映援建工作解决村民当下的生活问题，更侧重反映布瓦村长久生计的解决。

社会效果：

2009 年，记者第二年到汶川报道灾后重建情况。在汶川，记者看到各地援建的火热场景和当地面貌的日新月异，感到非常欣慰。

报道抓住了一个小事件，触发大主题，援建的硬件可以很快完成，但当地的可持续发展怎么解决确是一个难题。这篇稿件报道了农业部门解决了这个难题，促使其他援建部门也考虑援建后安居乐业的长久之计。

作品评介：

1. 以小见大。记者捕捉村民董兴碧下地忙活的瞬间，写成这篇报道，内容朴实，通过玉米苗发芽这一现象，一语双关反映了当地人在广州人民的帮助下，自力更生，最终重获希望。

2. 富有典型性。报道虽然简短，但是两段录音的选取都非常有典型性，它从不同的人、不同的角度反映出灾后重建的进展和成绩。

3. 广播特点强。稿件中，还把记者进村时的狗叫声和羌族母亲怀里的婴儿哭声作为背景，更从另一个侧面描述了当地村民的安居乐业，使报道更加生动、形象，而且富有立体感。

广州市政协副秘书长范松青今日公布自己家产，呼吁推行官员家庭财产申报公开制度

播音员：在今天（18日）召开的广州市政协十二届二次会议上，广州市政协副秘书长范松青公开自己的家庭财产，并呼吁广州推行官员家庭财产申报公开制度。请听记者徐宏的报道：

【录音】"每个月的收入大概一万多，没有任何别的多的财产。现在的房产就是一套福利房，是1998年我在市纪委工作的时候分的房改房，七十多个平方米。"

记者：公布自己家产后，范松青提出广州应该制定出台官员家庭财产公开申报制度，包括申报范围、申报内容以及审核和惩罚的规定等，增强领导廉洁从政的自觉意识。

【录音】"巨额财产如果说是转移到孩子、配偶身上，那他自己的收入虽然就一点点，但是巨额财产来源就说不清。"

记者：在申报和审核基础上，范松青建议财产公开的范围按干部的不同层级处理。

【录音】"领导干部特别是高层领导干部才公开财产，一般的干部不必要公开，但是需要申报。"

记者：广州作为综合改革的示范城市，范松青认为，步子可以迈得更大些，在全国率先试行，促进我国民主法治建设的进程。

市政协主席苏志佳在随后的政协会议上也表示，愿意推动官员家庭财产公开制度建设：

苏志佳："配合好党委政府去搞好试点，先搞试点，然后再铺开。"

评　析

采编过程：

党的十八大报告提出"要坚定不移反对腐败，永葆共产党人清正廉洁的政治本色"。反腐倡廉必须坚持标本兼治、惩防并举、首重预防。在广州市政协十二届二次会议上，市政协副秘书长范松青面对记者，坦然公布自己家庭财产，成为"广州公开家庭财产第一官"。他坚信自己呼吁推行家庭财产公开的迫切性和正当性：这是在恰当的时间、恰当的地点，以恰当的身份、恰当的方式，提出了一个恰当的防腐制度性建议。稿件敏锐地捕捉到意义重大的新闻事件，并经过多方努力，联系到广州市政协主席苏志佳，就范松青"勇于吃螃蟹"的行为进行采访，当天下午播发消息，成为首家获得该消息并最早播发的媒体。

社会效果：

1. 影响力大，传播正能量，推动社会法治进程。虽然承受压力，但是却真真切切地推动了广州乃至中国反腐工作的反思和制度化进程。该报道播出后，国内媒体纷纷跟进报道，转载、评论的媒体不下百家；百度搜索关键词"范松青　财产"，相关的信息竟然多达34700条。

2. 改革制度，推进试点。该报道及相关新闻得到市委市政府的高度重视，推进领导干部财产申报公示制度随后被纳入广州市委全会100项重点督办工作之一，作为试点的广州市南沙区在春节后启动该项工作。而且，广州纪委赴香港、澳门学习官员财产公开。个人的努力，与制度层面的推进，再加上媒体的推进，最终形成了有效的合力。

3. 凸显惩治腐败的重要性。任何国家都存在腐败问题，如何有效杜绝腐败问题，中央在行动。报道通过官员的身体力行，思百姓所思，忧国之所忧。高调反腐，功在千秋，中国幸福生活国富民强梦才能实现，这是质朴而有力的声音。

作品评介：

1. 社会影响力大，意义深远。反腐是中央在十八大后的大动作。作为首家披露范松青家庭财产和相关提案的媒体，新闻报道后引发社会广泛讨论，随后，国内媒体纷纷跟进报道。该消息及其产生的影响力，使它为中国预防腐败的制度化建设提供了有效的探索，并推进归纳出切实可行的办法。

2. 广泛的社会认同度和响应力。范松青副秘书长公布家产并提出提案后，广州市多位政协委员、市政协主席和市长随即纷纷赞成，并表示将稳步推进。在报道后两个月，广州就在南沙区试点官员家庭财产申报制度。

3. 焦点集中，结构紧凑，音源清晰。作为短消息，稿件选取的录音典型集中，突出主题，采访录音清晰有力。针对该话题，记者还采访了多位政协委员和市长陈建华，但最终只选用政协主席苏志佳的采访作为结尾，更显得集中。

人生不过百却要办证 103 个,
政协委员呼吁 "一证行天下"

在今天广州市政协十二届三次会议上,市政协委员曹志伟展示了一幅 "人在证图" 说: "人的一生,不是在办证,就是在办证的路上。" 他呼吁 "一证行天下"。

曹志伟指着 "人在证图" 和上百个各式各样的证件说,一名普通群众一生要办理的证件超过 100 个。

> 曹志伟: "常见到的证有 103 个! 我们的第一个证,在娘胎里面就要开始办了; 死了之后还没有消停,要办火化证、死亡证明还有骨灰存放证! 我们人的一生不是在办证,就是在办证的路上。" (掌声)

随着现代科技的发展,曹志伟认为, "一证行天下" 完全可以实现。他呼吁政府建立公民信息大数据库,提高证件技术含量,取消、合并大部分证件。

> 曹志伟: "身份证的信息就应该可以涵盖我们的退休证、老人证,甚至跟我们的五险一金的卡、证合并,刷我们的身份证,就可以查阅五险一金的使用情况。"

市政协主席苏志佳回应说,曹志伟的建议符合李克强总理提出的 "创新政府管理理念和方式" 的精神。

苏志佳："从科学的角度去分析和评估，合理的继续保留，不合理的取消，方便群众。特别是作为深化改革工作的一部分，从先易后难的角度去解决。"

评　析

采编过程：

2013年曹志伟提出"万里长征图"，解决"事"的审批问题。今年，他提出"人在证图"，旨在解决"人"的办证问题。

在广州市政协十二届三次会议上，记者敏锐地察觉到，曹志伟提出这个建议符合"党的十八大对行政管理实践的新要求"，可以为广州在推动行政体制改革、行政机制创新上，提供有效的探讨和实践。

记者捕捉新闻事态发展过程中最富有表现力的场面和细节，在千变万化的新闻现场"抢点到位"，迅速、及时地采写稍纵即逝的典型而精彩的新闻消息。

会后，记者就该建议采访政协主席，通过人物录音，报道了该提案对广州推进行政管理机制创新研究具有非常重要的理论意义与现实意义，这不仅是广州贯彻科学发展观、深化行政体制改革的必然要求，同时也是加强政府自身建设、构建社会主义和谐社会的必由之路。

社会效果：

稿件在倾听群众呼声、体察国情民意和营造良好社会氛围上，起到通达社情民意、传递人文关怀、凝聚百姓意愿的作用，引起强烈的社会反响。

消息播发后，多家媒体、网站进行跟进报道，受到众多听众关注，引起共鸣。市民纷纷来电反映办证问题并对报道给予肯定，产生良好的社会效果。市委市政府也表示，由市发改委、市法制办牵头，研究并提出解决问题的初步方案。

新闻不断发酵后，有关部门用了将近七个月时间，摸清了广州职权范围内的80多项办证项目，清理了办证清单，梳理了办证所需材料，摸查了办证所需的费用，清理了所有证件的分类办法。随后，主动向媒体通报工作进展，确定撤销、合并的项目数量达 30 多项，占广州办证项目总数的三分之一。稿件立意深远，达到为党和政府帮忙不添乱的效果。

作品评介：

1. 选题准确，见解独到，思想深邃。稿件围绕党的方针政策和工作大局，紧贴百姓关心"办证多、办证繁、办证难"问题。"题目抓得准，针对性强"，又结合政协委员的意见和建议，用心思索，认真考虑，找准途径和方法，有的放矢。

2. 语言精练，布局紧凑，要素齐全。稿件对已经掌握的文字、声音等素材进行认真整理和甄别，挑选出信息量最大最能反映新闻主题的录音和细节，并融会贯通，用最精练的语言说明问题，达到透视事物、揭示事物本质的目的。

3. 音响丰富，运用自如，制作精良。作品音效丰富，与文字内容相互照应，使音响元素在不同细节间互为补充，相辅相成，形成广播合力。记者在对音效和文字进行编辑时注意运用整合思维，让其发挥最佳的传播效益。

阿里巴巴电商交易额破 3 万亿元，
广东稳健转型成电商第一大省

　　今日（3 月 21 日），阿里巴巴宣布 2016 财年电商交易额突破 3 万亿元，超越沃尔玛成为全世界最大零售平台。广东省占据了"卖出"和"买入"地区总额的双料冠军，成为电商第一大省。

　　近年来，广东转型步伐稳健。2011 年以来，全省电商交易额每年增长速度超过 25%，2015 年交易额达到 3.2 万亿元，占全国交易额近五分之一，稳居全国首位。阿里集团首席执行官张勇认为，电子商务已成为新常态下广东经济的新亮点。

　　　　张勇："供给侧改革是需要利用互联网，利用这样一种新
　　的网上经济平台，让消费者的行为、消费者的数据，更好地被
　　生产商、制造商所获取，同时对消费侧的提升，到达对供应侧
　　的提升。"

　　电商发展还与实体经济相互依托，相得益彰。中国社科院财贸研究所副所长荆林波认为，近年来，广东利用制造业上的优势——拥有玩具、服装、家电等多个专业镇，为推动电商发展奠定了优势力量，为全国电商创新发展提供了示范效应。

　　　　荆林波："去年到今年为止，风险投资公司投资中国的互
　　联网企业多达 155 个项目，超越了美国纳斯达克市场上所有的
　　融资额度，中国的电子商务进入爆炸式的发展期。"

电商的发展还解决了广东 270 多万人的就业，成为广东乃至全国经济发展的新动力。

评　　析

采编过程：

2016 年 3 月 21 日 14 时 58 分 37 秒，记者在杭州见证了阿里巴巴 2016 财年（2015 年 4 月 1 日—2016 年 3 月 31 日）电商交易额突破 3 万亿元人民币，在本财年内超越沃尔玛，成为全世界最大零售平台和"网上经济体"。该信息在发布前已引起国家广电总局的重视，特别要求各地广电媒体做好相关报道，因此，我台专门派出记者赴杭州进行现场报道。

记者在现场对参会的嘉宾、阿里巴巴负责人、经济专家等进行采访。在采访中，记者特别留意与广东相关的信息，发现广东在该平台"卖出"和"买入"地区交易总额的统计中，都位居全国第一位。记者抓住该新闻点，并认真查询广东省历年发布的数据，发现广东不仅在该平台，而且在所有电商平台的交易总额连续多年都位居全国首位：2011 年 1.2 万亿元；2012 年 1.5 万亿元；2013 年 2 万亿元；2014 年 2.6 万亿元；2015 年 3.2 万亿元，交易额占全国比重从 2011 年的 18%上升到 2015 年的 20%。

据此，记者认真组织思路，有重点地在采访中引导专家结合广东情况进行分析，突出反映电子商务成为新常态下广东经济的新亮点。

社会效果：

该作品播发以后，取得积极的影响和效果。广东电商近年来高速发展，对边远地区、个体零售业、快递业、包装行业等，都是极大利好。该消息向各地传递了一个可复制的成功信号，得到政府、业界和市民的极大好评。

该报道体现了广播作品主流媒体的使命和任务。为快递行业及从业人员注入了信心。业界认为，由于电商的兴起减低了交易成本和费用，网上从业人员将大幅增加，解决了广东270多万人的就业问题。

该录音报道第一时间将电商经济对百姓的影响带给听众，让大家对电商发展充满信心。

作品评介：

1. 围绕中心，关注热点。该报道既抓住中心，又反映民生；既坚持团结稳定鼓劲的宣传思想，又结合为人民服务的方针。近年来，全国各地一直为经济转型探索道路。在探索中，广东省委省政府及广州市委市政府发现，依托广东原有的实体经济，电子商务可以成为发展的新动力。而在实践中，广东也利用这种模式，摸索出一条合理、稳健而且成功的转型道路。经过近几年的努力，广东的电子商务依托实体经济，已经走在全国前列，建立了初具"网上经济体"形态的生态循环模式。

2. 思想精深，借鉴意义重大。该作品坚持正确舆论导向，贯彻走转改等纪律和要求，认真总结经验，为各地电商的发展提供了一条可复制的成功路径，也为广东各地特别是粤西粤北的经济发展，提供了新的途径和机遇。

3. 采访到位，内容丰富。消息简短，却有业界、权威专家等采访，从各方各面反映电商对社会经济、生活的影响。既报道了新闻，又为全党全国工作大局服务。

4. 艺术精湛，制作精良。记者赶赴现场进行报道后，及时发回现场录音报道，时效性极强，具有广播新闻传播短平快的优势和特点。同时，这篇短消息音响制作清晰，尊重事实，新闻要素齐全，导向正确，充分体现作品所蕴含的认知价值与欣赏价值。

全国首例共享单车公益诉讼案审判：
小鸣单车须按承诺退还押金

播音员：全国首例共享单车民事公益诉讼案昨日（22 日）在广州市中级人民法院公开审理。法院当庭判决，"小鸣单车"须按承诺向消费者退还押金。请听报道：

小鸣单车

记者：原告省消委会称，"小鸣单车"在押金收取、存管和退还都存在漏洞，损害了消费者群体的合法权益。【录音】"押金作为消费者的担保资金，在法律属性上属于消费者的个人财产。被告更无权将该押金作为其企业自有资金进行使用。"

记者：被告认为，共享单车企业为抢占市场，采取免费骑行等恶性竞争手段，导致市场失控。"小鸣单车"已经退还了 330 多万元用户押金，剩下 70 多万元用户押金，正想办法偿还。【录音】"'小鸣单车'（一辆单车）价值就是 700 到 800 元，199 块的押金的收取是合理的。（共享）单车的租赁形式是共享经济产生的一种经营模式，它就是利用收取的押金流转，再使用它，这个也不违法。押金监管不规范、不健全，这些都有待于共享单车在发展中进一步完善。"

记者：法院认为，被告无法退还部分押金已成事实，应承担民事责任。【录音】"按承诺向消费者退还押金，同时十日内，将收取而未退还的押金向'小鸣单车'运营地的公证机关依法提存。"

（该作品获 2018 年度广东广播影视奖二等奖）

评　析

采编过程：

　　共享经济推动着新时代迅速向前发展，也为国家经济、法律法规、百姓生活等带来机遇和挑战。共享单车作为共享经济的一个典型，近两年风生水起，受市场资本青睐，急速扩张，但其业态发展、运行模式、押金监管等都基于互联网思维，目前法律法规尚未能完全对其进行规范。因此，其带来的问题已经成为消费投诉的"重灾区"，引起了社会的高度关注。

　　小鸣单车曾经是国内比较火的一款共享单车，用户众多。2017 年下半年开始，广东省消委会陆续收到消费者关于小鸣单车押金逾期未退还的投诉，此时，记者开始关注事件的发展，并提前策划。同年 12 月，省消委会就小鸣单车拖欠消费者押金、资金账户管理不规范等问题，向广州市中级人民法院提起消费民事公益诉讼，记者敏感地捕捉到这一新闻点，并多次向广州中院提出庭审采访要求。经多方协商，广州中院同意记者采访请求。案件开庭当日，记者到庭审现场认真旁听，详细记录庭审内容，采访原告、被告和法院负责人，对庭审情况进行报道。

社会效果：

　　共享经济下，消费者在享受科技带来的生活便利的同时，自身的合法权益如何才能得到真正的保障？这是消费者非常关注的问题。作为共享单车消费民事公益诉讼全国第一案，本案的报道，是媒体利用宣传手段，推动社会治理的一个典型案例，具有重要意义。

　　由于个案数额较少、诉讼成本较高等问题，共享单车消费者难以进行维权诉讼。该报道把社会高度关注的共享单车押金问题进行报道，宣传并引导消费者利用诉讼解决纠纷的法治化渠道，为今后解决共享单车押金问题提供了处理方向。通过对案件的广泛宣传，保护了众多共享单车消费者的合法权益，增强了他们的消费安全感。

作品播出后收到了良好的社会舆论效果，很多消费者从中获取到他们需要的信息，满足了众多消费者的知情权。

作品评介：

作品紧扣民生热点，反映重大事件。围绕全国首例共享单车公益诉讼案公开开庭审理，并当庭宣判这一热点新闻事件进行采访报道，主题鲜明。小鸣单车作为国内较火的一款共享单车，累计用户多达400万人次，累计收取用户押金总额8亿多元，数额庞大，关系着众多消费者的利益。作品针对消费者押金及预存资金安全等社会关注的焦点展开报道，第一时间将广州中院审判结果公之于众，回应了消费者关心的问题，保障了消费者的权益。

作品结构严谨，语言简练。作者很好地抓住重点，交代了庭审的情况。在有限的篇幅里，利用三方录音，准确反映出原、被告双方的观点，以及案件的判决结果，尤为难得。

作品具有深远意义。2017年共享单车遭遇寒冬，小鸣单车出现消费者退押金难等问题。案件的报道，引发政府、公众对共享经济的再思考。果不其然，2018年12月，共享单车巨头OFO出现"退押金潮"，摩拜单车首席执行官也辞职，共享单车何去何从，再一次引发大家热议。

时隔十五年！申军良终与被拐儿子团聚

播音员：历经十五年艰难漫长的寻子路，3月7日晚，申军良终于与被拐卖的儿子团聚了。

[接录音：父子团聚]

记者：收到儿子被找回的消息后，河南周口人申军良马上从山东济南驱车二十多个小时赶到广州增城。即使连续五十多个小时不合眼，他都沉浸在幸福之中。

申军良："跟小时候没有什么变化，还是圆圆脸的，不算胖。一看，我们就在那哭！哎呀，跟小时候一模一样！"

记者：2005年1月4日，广州增城区沙庄街一间出租屋内，几名人贩子将年仅一岁的申聪从他母亲手中抢走，拐卖给他人。十五年来，为了寻找儿子，申军良几乎跑遍了增城的大街小巷，甚至多个珠三角城市，发誓要找回孩子。

申军良："申聪这件事情我从二十几岁找到四十几岁，花光了所有积蓄，我感觉到对不起任何人！我一定要找到他，哪怕我走不动，爬不动，我也要去找他！我想告诉所有人，我儿子我找到了，父亲对不起他！"

记者：2003年至2005年期间，这几名人贩子共拐卖了九名儿童。十多年来，警方从未停止对嫌疑人的追捕和被拐儿童的寻找工作。2016年3月，拐卖儿童的张某等五名犯罪嫌疑人被抓获归案。2019年11月，

增城警方找回该案被拐的两名儿童。负责督办该案的增城公安分局副局长李光日哽咽地说，申聪是警方今年3月4日在广东梅州市找到的，他是一个爱打篮球的健康阳光男孩。至此，涉该案的九名被拐儿童，已经成功找回三名。

　　李光日："这几年我们一直没有放弃过对这九个孩子的查找，因为我也是一个父亲……（哽咽）不好意思啊！我们所有的公安民警都一样，都想帮申军良先生把他的孩子找回来，剩下的六个小朋友，我们目前也在积极地开展工作。但是比较遗憾的是，目前还没有办法给大家一个预期，我们什么时候能把全部孩子找回来。"

　　记者：申军良说，十五年来，他内心的绝望没有人能够真正体会。他感谢警方、媒体和所有帮助过他的朋友。

　　申军良："我一直在想着，我在申聪面前，我一定要做一个尽心尽力尽责任的父亲，因为当时没有照顾好他！"

评　析

拐卖儿童一直以来都是社会关注的焦点问题。申军良是"梅姨案"被拐孩子申聪的父亲，从二十八岁到四十三岁，他人生中最美好的十五年，都用在了寻子路上。近年来，全国无数媒体都曾报道过申军良寻子的辛酸历程，引发社会极大关注。

2020年3月7日，在广州警方的安排下，寻子十五年的申军良与儿子见面认亲。3月8日下午，申军良在父子相认后首度发声，讲述与儿子团聚的情况。

外界期待看到申军良父子见面的激动场面，但是这次煎熬了十五年后的家人团聚却异常低调，警方没有邀请媒体到认亲现场见证，也没有公开申军良与申聪认亲的任何细节与现场照片。尽管如此，记者仍然主动联系当事人，真实及时地记录下申军良和儿子相认前的心情，为听众呈现出温馨感人的场景。

在报道中，记者对申军良寻子的事件简明扼要地回顾了一遍，并通过警方之口，还原出被拐的申聪的性格特征与现状，权威及时地回应社会各界对这对父子的关切。在这一过程中，敏锐地捕捉到发布信息时，民警的动情之际——哽咽着向媒体讲述案件进展，引起听众极强的共鸣。

社会效果：

"相认"这一看似单纯的事件，实质为听众呈现出"打拐"效率的质的飞跃，为社会呈现出真实客观的治安环境。同时，进一步增强社会各界尤其是儿童的防范拐卖犯罪意识，从而可以动员全社会积极参与反拐工作，共同减少拐卖儿童犯罪，构建和谐社会。

另外，这则新闻的报道，继续引发社会对拐卖儿童的广泛的关注。这个家庭虽然结局圆满，但还有家庭在煎熬中度日如年，通过新闻的延伸，社会的讨论一直在持续着：到底谁是最可恨的人，是人贩子还是收养被拐孩子的养父母呢？

作品评介：

1. 题材重大，影响力强。申军良寻子十五年，是中国寻子群体里面坚守时间最长的人之一。人贩子张维平曾经在法庭上供述，九起通过中间人"梅姨"完成交易的拐卖儿童案，申军良的儿子申聪就是案件中的其中一名被拐卖儿童。这条申军良寻子成功的新闻，无疑是一个具有爆炸性的题材，受到群众的普遍关心。

2. 客观叙述，余味悠长。记者通过对一个事件的简洁叙述，突出把申军良与子团圆的心境形象动人地展示在听众面前。记者没有发表任何意见，只是客观地讲述，没有评论，没有感慨。但是，听众听完新闻作品后，自然而然地感受到了当中的酸楚与喜悦。题材好，记者只要把新闻事实讲清楚，用不着去引申或抒发什么，就可以达到发人深省的效果。

3. 善于选取录音，音效丰富。记者对申军良的采访音频的选取，使得听众在收听过程中，跟随着新闻事件的报道进程而层层推进。先是父亲对儿子小时候记忆的描述，继而讲到寻子十五年的艰辛之路，最后申军良还表示，找回申聪之后，要做一个尽心尽力尽责的父亲。录音的精心安排，使得稿件叙事逻辑链条严密，条理清晰。而采用发布案件的民警将心比心、产生了强烈共情的音频片段，使寻子事件结局的温馨感人得到升华。

贵广铁路今天开通，粤桂黔三省打通"黄金大走廊"

今天（26日）上午，连接贵州、广西和广东的贵广铁路正式开通运营。这条全程856公里的"黄金大走廊"将助推粤桂黔经济、旅游发展进入新常态。

[现场声贵州苗族山歌压混]

【录音】"我们就是冲着首发团来报名的，很兴奋很兴奋。"

贵广铁路首发团迎来了500多名老广"尝鲜"。已经退休的蔡老师说，以前去趟贵州坐火车要20多个小时，坐飞机又太花钱。"（以前）火车太久了，但是坐飞机去机场候机也要时间，现在有高铁是非常便捷的。"

没有任何仪式，首发车8点整从广州南站开出，10：10分抵达桂林北站，11：10分抵达贵州从江站，并在12：46分抵达终点贵阳北站，全程4小时46分。试乘了首发车的广东省委书记胡春华、省长朱小丹均表示："这条是非常黄金的旅游线。"（胡春华）"一票难求，才25对车，我看不够。"（朱小丹）

来自广东清远的刘导游说："高铁开通之后对旅游是个促进，价格方面比较优惠，不像坐飞机，基本要2000元以上的了。"

贵广铁路开通后，双向每天可运送旅客3万多人次，春运期间西南方向车票紧张的状况有望得到较大缓解。同时，广东众多知名企业也有到铁路沿线布点的意向。正计划在广西扩大投资的广州商人郝旭明说："我们现在来（沿线）投资，早上8点多上车，工作完了晚上6点多回广州，我觉得铁路通车，经济一定是迎来一个高速发展的阶段。"

（该作品获2014年广东省广播影视奖一等奖）

评　析

采编过程：

贵广高铁 12 月 26 日 8：00 从广州南站发车，记者从 7 点进入广州南站开始，就对参加首发团的广东游客、带团导游进行采访，从跟随旅行团出发、安检、上车以及车上的设施设备使用感受，再到全程后的体乘体验都一一进行了采访。

除了旅游之外，贵广高铁还是一条经济动脉，它途经粤桂黔三省，对沿线经济发展也起着带动作用。在贵广高铁开通前夕，记者也走访了部分广州企业，了解高铁开通后，对相关产业以及经济的带动影响，以及对企业投资意向进行了采访。

另外，贵广高铁开通当天，粤桂黔三省的领导也均有上车体乘，并就规划建设高铁经济带达成重要共识。记者跟车采访，也有幸录到了省领导的体乘感受。

录音报道中的采访现场声，都是在首发当日列车上采制，现场感极强，让听众有身临其境的感受。记者早上 8 点在广州跟车采访，中午 12：46 分抵达贵阳，并在 14：00 就发回现场录音报道，时效性极强。

社会效果：

贵广高铁是西南地区继南昆线之后的又一条重要的出海通道，它为长期与外界阻隔、无直接出海口的大西南（除广西外）提供了一条便捷的出海通道，是一条重要的东西向铁路大动脉。

随着贵广高铁通车，广州到贵阳的火车耗时从当前普通铁路运行的 22 小时缩短至 4 小时之内，这对旅游业发展是极大利好。对此，旅游业界人士认为，由于跨省短线旅游的时间成本和费用成本都大大降低，团队游客、自助游客人数将大幅增加，"高铁沿线游"将有望成为未来小长假、周末游的主打产品和经济亮点。

贵广高铁途经贵州省贵阳市、黔南州、黔东南州等行政区，辐射、覆盖贵州黄果树、荔波、千户苗寨等重点景区，对客流、货流具有极强的吸引力。预计贵广高铁开通后，将有大量的游客前来体验高铁旅游，贵州旅游市场半径将快速扩大。

据了解，贵广高铁对沿线经济发展的拉动作用，早在贵广高铁"出生"前的建设时期就已显现。贵广高铁开通后，对贵州经济的拉动作用将更加直接和多元，让沿线走进跨区域同城时代，这样的"同城圈""大社区"遍地开花，也为沿线中小城市带来发展红利，助力贵州中小城市迅速崛起。让深居贵州地区的中小城市与地处沿海的大城市携手相连，实现了东、西部经济发展的同频共振。

该录音报道第一时间将贵广高铁的旅游、经济对百姓的影响带给听众，让更多广州市民有兴趣、有愿望去尝试新的高铁，并在规划自己的假期的时候，会考虑到新高铁的沿线旅游景点，从而也拉动了高铁经济。

作品评介：

1. 关注热点，意义重大。12 月 26 日，贯穿中国南方的贵州、广西、广东三省区，建设六年之久的贵广高铁正式开通。这条全长 856 公里的高速铁路途经贵阳、从江、三江、桂林、贺州等民族风情浓郁、山水秀丽的地区，沿线的秀美风光为这条铁路赢得"中国最美高铁"的美誉。

同时，当前泛珠合作已走过十年历程，并已开启新一轮合作，其中共建高铁经济带属于泛珠合作范围。作为泛珠合作的重要内容，贵广高铁将争取纳入国家"十三五"规划，从国家层面加快推进。

2. 采访全面，内容丰富。贵广高铁途经贵阳、从江、三江、阳朔、贺州等风景秀丽但经济仍欠发达的地区，高铁的开通将改变沿线当地人民的生活习惯，也将为广东等沿海发达省份的游客体会少数民族地区风土人情提供更多的旅行选择。消息虽短，但涵盖了对旅游业、旅游者、投资企业以及省领导的采访，从各方各面反映了铁路开通对社会经济、生活的影响。

3. 广播时效突出。贵广高铁线路开通后，贵州至广州的运行时间将从 22 小时缩短至约 4 小时。记者早上 8 点在广州跟车采访，中午

12：46分抵达贵阳，并在 14：00 就发回现场录音报道，时效性极强。同时，这篇短消息言简意赅，音响制作清晰，尊重事实，新闻要素齐全，导向正确。

广东实施《民法典》首案宣判：
高空抛物被判赔 9 万元

播音员：广州越秀法院今日（4日）审理黄某高空抛物纠纷案并当庭判决：黄某赔偿庾某医疗费、精神损害抚慰金等合计9.2万元。这是《民法典》施行后广东判决的第一案。请听本台记者蔡璇的报道：

[现场声压混]

【录音】"鉴定费合计82512.29元……"

记者：六十九岁的庾某于2019年在越秀杨箕小区散步时，突然一个矿泉水瓶从天而降。【录音】"我当时整个人摔倒了，摔在地上血流出来，粉碎性骨折了，做了手术。"

记者：监控显示，矿泉水瓶系黄某的小孩从阳台扔下，庾某决定用法律手段维权。

[现场声压混]

【录音】"原告代理人：应当由被告全部承担原告本次的损失……"

记者：法院认为，矿泉水瓶虽未砸中庾某，但直接导致庾某受惊受伤，被告应承担赔偿责任。

[现场声压混]

【录音】"向原告庾粤贤赔偿精神损害抚慰金1万元……"

记者：今年元旦起，《民法典》开始实施。针对社会关注的高空抛物，《民法典》增加物业服务企业安全保障义务、明确公安及时查清责任人等条款。广州市人大代表徐嵩律师表示，高空抛物纠纷案旗帜鲜明地向高空抛物行为说"不"。【录音】"它并不是仅仅停留在条款上，或者说像以前更多的是一个道德上的谴责，而是真的是要承担法律责任的。"

评　析

采编过程:

2021 年 1 月 1 日,被誉为"社会生活的百科全书"的《民法典》开始正式施行,这是我国第一部以法典命名的法律,对推进全面依法治国、加快社会主义法治国家建设具有重大意义。

作者在元旦期间多方联络,获悉广州越秀法院将在新年第一个工作日上班时,开庭审判一宗高空抛物案。元旦期间,作者与法院取得联系,申请对该案庭审现场进行全程直击报道。

元旦假期后的首个工作日,高空抛物损害责任纠纷案如期在广州市越秀区人民法院公开开庭审理,这是我省乃至全国第一例用《民法典》判决的高空抛物案。该案的裁判报道,为全国广大民众在类似民事活动形成广泛、有力宣传,并树立行为规则,产生积极的导向作用。记者提前与法院对接后,庭审当天全程直击。经过一个小时的审理,合议庭适用《民法典》当庭宣判,最终判决黄某某赔偿庾阿婆医药费、护理费等共计 9 万多元。

庭审后,记者当场采访了当事双方、庭审法官、法律专家,多角度、多层次对案件进行解读。

社会效果:

越秀区人民法院审理的"《民法典》实施全国第一案"经我台融媒报道广泛传播后,被新华社写入《习近平的小康故事》专栏,《人民日报》《人民法院报》均在头版显著位置高度肯定了该案的划时代意义。新闻是时代的记录,《民法典》里的新规定、新概念、新精神需要我们主流媒体大力弘扬,要让《民法典》走到群众身边、走进人民心里,这也是习近平总书记殷切的期望。

该作品通过具体的个案,以案释法,加强了社会公众对《民法典》的认知,认识到《民法典》是保护自身权益的法典,要养成自觉守法的意识。在我们的报道播出后，听众纷纷在微信群留言表示：高空不是法外之地，要让高空抛物成为过街老鼠，人人恶之。

另外，作品还发挥了融媒传播的优势，在我台融媒体平台花城 FM APP 新闻专区以图文、音频形式上架三天，总阅读量就突破 10 万人次。

作品评介：

1. 作品题材重大，弘扬《民法典》精神，反映我国法治的进步。《民法典》是新时代中国特色社会主义制度建设、法治建设的重大标志性成果。习近平总书记曾多次对切实实施《民法典》提出明确要求。作为《民法典》施行后的第一案，高空抛物致人损害依法承担民事责任，切实维护人民群众"头顶上的安全"。作品抓住这一重大主题，通过标志性的普法案例，加强社会公众对于《民法典》的认知，旗帜鲜明地向高空抛物等不文明行为说"不"，倡导公众讲文明、讲公德，树立文明、和谐的社会主义核心价值观。

2. 以案说法，强化教育警示作用。通过以案说法，深刻领悟《民法典》中的法治精神，再度警示了高空抛物的危险性，该案的公正判决，为人们树立了正确的行为规则。"熊孩子"高空抛物，负有监护之责的家长也必须担责。因此家长们要从小培养孩子良好的法律和公德意识。我们社会是要讲文明、讲公德，要牢固树立文明、和谐的社会主义核心价值观。

3. 时效性强，信息量大，言简意赅。这则消息在形式上短小精悍，长度仅 1 分 28 秒，却包含了丰富的内涵，意蕴丰厚，发人深思。作品内容权威标准，阐释深刻，既介绍了案情，也通过采访长期关注高空抛物立法的广州市人大代表徐嵩律师，从法律的角度点评该案的意义，增加了报道的力度和高度，让人民群众更加深刻地了解《民法典》实施的意义。

与变异新冠病毒赛跑，
广州 54 小时核酸检测超 255 万人次

　　昨天（30 日），广州市疫情防控新闻发布会通报，5 月 26 日 18 点起，广州在重点区域开展大规模核酸检测。截至 5 月 29 日 0 点，全市在 54 小时内累计检测超过 255 万人次，在与疫情赛跑中，赢得宝贵的防控时间。

　　26 日 18 点，广州通报累计发现变异新冠病毒确诊病例 9 例，疫情防控形势陡然严峻。

［现场声压混］

　　广州市卫生健康委副主任陈斌："当晚，全市紧急组建 1 万多人的核酸采样应急队伍，连夜开展第一轮的核酸扩大大排查……"

［现场报道］

　　记者赖婷婷：我现在就在荔湾区冲口街道核酸检测现场，天气非常闷热，但街坊们自愿配合排队，现场井然有序。

　　为了与病毒赛跑，广州的医护人员、社区工作者和民警等，已经顶着烈日酷暑和暴风骤雨，连轴转了好几个日夜。

　　市民："不管是街道、居委、小区物业，还是给我们提供生活保障的企业和志愿者……今天测核酸，看到医护人员都是全身湿透了还坚持在一线给大家采样，真的很感谢他们！"

在短短 54 小时内完成超过 255 万人次的核酸检测，广州靠的是政府部门和广大民众的众志成城。

　　医护人员等："我们一定不辱使命，出色完成任务！加油！"

评　　析

采编过程：

　　2021 年 5 月 21 日，广州出现变异新冠病毒本土确诊病例。随后，疫情呈多点散发状态，加上变异病毒有传染能力强、传播速度快等新特点，截至 5 月 29 日，广州本轮疫情累计报告 9 例境内感染者，疫情防控形势异常严峻。为了尽快切断病毒传播链，从 5 月 26 日起，广州 11 个区重点区域进行核酸检测。

　　去年以来，我国多个城市曾因新冠肺炎疫情开展全员核酸检测。去年 5 月 14 日至 6 月 1 日，武汉市集中核酸检测 989.98 万人次。广州全市在 54 小时的全员核酸大排查中，累计采样超过 255 万人次，在中国特大城市中，完成非常艰巨的检测任务。

　　经过 37 天的全市上下一心"战疫"，6 月 26 日，广州的疫情基本上得到了有效控制。这一切的背后，是广州与病毒赛跑的成果，其中，广州核酸检测的高效组织能力和快速检测能力功不可没。

社会效果：

　　作品在花城 FM APP 发布后，迅速被广大用户浏览、观看，APP 内累计点击量达 16.79 万次。同时，许多用户还将短视频页面转发到微信群、微信朋友圈、微博等各个新媒体平台，总点击量超过 100 万次，让广州抗击本土疫情取得的成绩进一步扩散。

　　在这场与病毒的赛跑中，广州核酸检测的速度和效率，体现了这座城市的组织能力和科技实力，医护人员、社区志愿者、公安民警的无私奉献，以及广州市民高度配合的素质。钟南山院士曾点评："加大核酸检测筛查力度，尽快切断传染链条，是广州抗疫的首要任务。"实践证明，广州破纪录的核酸检测速度和力度，是广州成功"抗疫"的关键，并首次在国内变异毒株社区传播的防控中取得较好的阶段性成果，对国内其他城市具有积极的借鉴作用。

作品评介：

1. 题材重大。消息紧扣广州面对凶险的新冠病毒变异毒株，实施分类分级精准防控措施，众志成城、齐心抗疫的大主题，从54小时核酸检测人数为小切口，以小见大反映出广州在本轮疫情的精准防控水平，传递出广州完全有能力、准备应对好突如其来的疫情的信号，体现广州为抗击本土疫情所做出的努力与成效。既彰显了广州的自信与负责，也让民众更加安心、放心和宽心，凝聚起全广州共同抗击本土疫情的决心与斗志。

2. 表现手段多元，音响效果丰富。该短消息采用记者现场、同期声、现场音效等多种元素，节奏明快紧凑，结尾用孩子们稚嫩的声音一起感谢医护人员，非常真诚，极具感染力，有效升华了主题。

3. 传递正能量，作品也展现了在广州取得这一成绩的背后，是无数医护工作者、志愿者和市民共同的付出与努力，让广大市民能直观地体会到医护工作者、志愿者在本次抗击本土疫情中的贡献与艰辛。

2020年1月在广州市第八人民医院采访新冠肺炎疫情

257

全球首次！
广州 23 辆无人汽车驶入封控区助力防疫应急

播音员：昨天（6 月 9 日），广州市疫情防控新闻发布会透露，目前广州共有 23 辆无人驾驶汽车进入封控管理区域开展配送服务。这是全球首次将自动驾驶技术应用于防疫应急工作，标志着我国自动驾驶技术走在世界最先进的行列。

［现场配送压混］

记者：我现在就站在海珠区通往荔湾区疫情封控区的鹤洞大桥桥头的交通封控口。在我的左手边有五六顶红色、蓝色的帐篷，其中一顶帐篷上写着"无人驾驶防疫物资收集点"。不少市民和快递小哥正在帐篷前卸下货物箱，排队等候填报收件人信息。

快递小哥："这是急用药，对方如果没药吃就会发作……"

工作人员："你联系一下寄件人，看看她在哪个点……"

工作人员跟收件人打电话："你好！我们现在拍个照片给你，你看一下你的小区有没有在我们的地图上。"

"无人车配送线路"开设一周来，每天都有急需物资通过这条特殊通道，配送到封控区居民手上。自动驾驶汽车企业文远知行负责人区锦燕说，对药品、婴儿奶粉、口罩等急需物资，无人车一定会确保及时配送。【录音】"刚才一位先生说有个市民是长期要服用精神药物的，他快吃完了，希望我们赶快送过去，刚好他要送的 2 号点是没有志愿者在现场的，就需要他沟通好让物管的人等我们的车，确保拿到了才离开。"

无人驾驶工程师李一凡说，对封控区内的物资配送，无人车设定了8个卸货点，并通过网页实时公布营运时间、接送货物时间，居民可以实时查看无人车行驶的轨迹，按时取货就可以拿到急需的物资。【录音】"人类自己去开的话，那就会遇到这个健康码变红、变黄等一系列的问题，那就为后续的运输开展造成很多困扰；那无人车呢，因为它是全无人驾驶，很好地规避了交叉感染等防疫的风险。"

市工信局总经济师陈键华说，从6月3日至今，全市共有23辆自动驾驶汽车、13台小型物流配送车进入封控区域开展配送服务，运送各类物资近千次，累计64.2吨。【录音】"搭建起无须人工的、高效的运输队伍，提高物资配送效率，降低交叉感染风险。"

据了解，文远知行是中国第一家、世界第二家获准开展全无人驾驶路测的自动驾驶企业。这场在全球范围内首次大规模利用无人车进行防疫的应急保障，标志着我国的自动驾驶技术已经走在世界最前列。【录音】"这次无人车的运送物资，检验了无人车在实战中的技术水平，技术水平成熟！这是国内，也是全球第一次将自动驾驶技术应用于防疫应急工作。"

在住建部和工信部推动下，全国将有越来越多的城市投入到新型智慧城市战略中，共同推进国家智能网联自动驾驶全产业链的发展。

评　析

采编过程：

人类同疾病较量最有力的武器就是科学技术。习近平总书记2020年在考察新冠肺炎防控科研攻关工作时强调，战胜疫病离不开科技支撑，要为打赢疫情防控阻击战提供强大科技支撑。2021年年中，广州遭受新冠病毒变异毒株"德尔塔"（Delta）的侵袭，科技战"疫"成为广州在抗击此轮疫情中一个很大的亮点。

"这是国内也是全球第一次将自动驾驶技术应用于防疫应急工作。"在2021年6月9日的广州市疫情防控新闻发布会上，广州市工业和信息化局总经济师陈键华介绍，广州在抗击新冠病毒变异毒株"德尔塔"

的疫情中，在全球范围内首次使用无人汽车驶入封控区助力防疫应急，并且，纯无人车辆运输队伍已覆盖广州白鹤洞街和中南街两个高风险地区，并在东漖街等中风险地区也逐步开展。

凭着敏锐的新闻触觉，记者带着在新闻发布会上捕捉到的这一意义重大的新闻题材，马上联系，第二天一早深入到疫情封控区域鹤洞大桥的交通封控口进行实地采访，现场了解无人汽车驶入封控区助力防疫应急的全过程，包括"无人驾驶防疫物资收集点"收集的物品类型、配送情况、应用优势等都做了详细的介绍，让群众了解到科技的发展离人民的生活并不远，科学技术应用在防疫领域的成果肉眼可见、触手可及。《全球首次！广州 23 辆无人汽车驶入封控区助力防疫应急》稿件在深入采访的当天傍晚就播发了，时效性强。

作品评介：

作品题材重大，内容厚实。广州市工业和信息化局总经济师陈键华指出："这是国内也是全球第一次将自动驾驶技术应用于防疫应急工作。"新闻价值极强。在报道中，既有交通封控口"无人驾驶防疫物资收集点"的场景描述，也有"无人车配送线路"技术操作的介绍，语言生动精练。

现场录音选取注重细节，富有表现力。如："这是急用药，对方如果没药吃就会发作。""因为它是全无人驾驶，很好地规避了交叉感染等防疫的风险。"类似的采访录音，给人们留下深刻、鲜明的印象，使人们感受到如临其境、如见其人、如闻其声。

在采访过程中，记者不仅注重在现场所见所闻的朴实记录，也采访了无人驾驶公司的技术人员，讲述无人汽车在封控区的应用情况，再结合广州市工业和信息化局总经济师陈键华在发布会的现场录音，集新闻性、知识性和权威性于一炉，具有说服力。

社会效果：

1. 作品题材广受关注，效果显著。作品很好地展现习近平总书记提出的战胜疫病离不开科技支撑，要为打赢疫情防控阻击战提供强大科技支撑。2021 年新冠肺炎疫情在广州卷土重来，而且这次广州直面的是新冠病毒变异毒株"德尔塔"。在传播速度快、传播能力强、传播链悄悄扩大的危急时刻，去年驰援到武汉以及全国各地疫情一线立下了汗马功劳的广州各个顶尖科研单位和科技企业，再次展现出科技战"疫"的硬核本色。该报道的及时推出，对于增强广大人民群众战胜疫情的信心有很大的鼓舞作用。

2. 融媒传播，影响力大。据世卫组织 6 月中发布的全球新冠肺炎疫情周报，"德尔塔"变异株已传播到全球 80 多个国家和地区。在这样危急的情况下，广州在全球范围内率先把自动驾驶技术应用于防疫应急，对全球打好新冠肺炎疫情阻击战有着重大的借鉴意义。整个报道具广播特色，可听性强，节目播出后获得听众和专家的好评。该报道不仅在广播平台播出，还登上"学习强国"平台，报道效果覆盖面更广。